KB267702

내 모든 것

내
모든
것

삶과 영화에 대한 고백들
오정미 에세이

MUZE

차례

나무 계단이 있는 집

편의점 앞 보도블록 위에 비둘기 한 마리가 앉아 있다. 땅 위에
엉덩이를 붙인 채로. 물 위에 둥둥 뜬 오리처럼. 나는 역 앞에서
미연을 만나 같이 돌아오던 길에 비둘기가 아직 거기 있는 걸 본다.
하필 버스 정류장 앞인 그곳은 퇴근길 인파로 붐비고 있다.
한 남자가 휴대폰을 보며 급히 오다가 하마터면 비둘기를 밟을
뻔한다. 그래도 비둘기는 별로 당황하는 기색도 없이, 까만 잉크
한 방울 떨어트려 놓은 것 같은 작디작은 그 눈으로 두리번거리고
있다. 설마, 다리를 다친 걸까? 몸통에는 미동조차 없다.

"엄마야, 뭐야!" 뒤늦게 본 미연이 비명을 지르며 물러서고, 나는
잠시 비둘기 옆에 멈춰 선다. 그러고 보니 새의 보폭으로 서너
걸음 떨어진 곳에, 누군가 두부 통에 물을 담아 갖다 놓았다.
며칠째 숨 막히는 더위가 이어지고 있다. 어떤 사정인지는 몰라도
영 날지도 걷지도 않으려 하는 이 새가 이대로 탈진해 죽어 버릴까
걱정이라도 되었던 것일까? 아니면 혹여, 마지막으로 목이나
축이고 가라는 뜻인가?

"뭐 해? 빨리 와!" 미연은 목소리를 떨고 있다. 미연아, 너도 새가
무섭구나. 나도 새를 무서워해. 특히 새가 막 푸드덕거리면서
날아오를 때 제일로 무섭더라. 왜 그런지 그게 꼭 내 얼굴에 발톱을
박고 나를 막 쪼아 댈 것만 같아. 그래서 이 비둘기가 정말로
다리를 다친 건지, 그걸 꼭 확인하고 싶다면 한번 안아 올려 보면
될 일이겠지만, 나는 도무지 그럴 용기가 나지 않는단다. 물론 나는
이런 말들을 입 밖으로 꺼내지는 않는다.

"응, 불쌍해서." 대신에 이렇게만 말하고, 못 이기는 척 미연을
따라 뒤돌아선다. 결국 이 새가 어떻게 되었는지에 대해서는 알지
못하겠구나, 그런 생각을 하면서도.

●

"거의 한 십 년 전이지. 내가 늦은 나이에 보육 교사
자격증 딴다고 교육원에 다니던 때야. 교육원 들어가기 전에
한 두어 달 동안 아무 일도 안 했거든. 백수였어. 집 앞에
비디오 가게가 있었는데, 거기서 비디오를 엄청 빌려 본 거야."
"디브이디겠지."
"그래, 디브이디. 아무튼 그때 너무 행복했다. 매일 아침
열한 시쯤 일어나서 아침 겸 점심 먹고, 두세 시까지 영화
한 편 보고 자고, 일상이 그 반복이었어."
"낮 두세 시?"
"새벽 두세 시."
"새벽 두세 시? 영화 한 편을?"
"응, 영화 한 편을. 나는 원래 그래. 내가 본 걸 계속 보는 걸
좋아해."

그러고 보니 말할 때도 미연은 사람을 계속 보는 버릇이 있다.
그럴 때 그녀의 눈빛은 뭐랄까, 마치 아파트 엘리베이터 같은
곳에서 잠시 마주치는, 왜인지 고르게 떨리고 있는 아이의
눈빛 같다.

"영화가 내 삶에 영향을 미치고 그런 거, 나는 잘 모르겠어.
영화로 인해 내 꿈이 바뀌었다거나 인생관이 바뀌었다거나
그런 거는 잘 모르겠는데, 어쨌든 영화에 빠져 살았던
그 두 달이 내 인생 통틀어서 가장 행복했던 시간이라고
할 수는 있어. 그 영화들이 내 영혼을 행복하게 해 줬어."

그중에 미연을 가장 행복하게 해 준 영화는 「걸어도 걸어도」다. '고로에다' 히로카즈 감독의 「걸어도 걸어도」라고 미연은 말한다. 그리고 실은 누군가 이렇게 어느 유명한 영화감독이나 배우의 이름을 잘못 말할 때면, 나는 동류의 사람을 만난 것 같은 묘한 쾌감을 느끼곤 한다. 반대로 이런저런 영화감독이나 배우의 이름들을 줄줄이 나열해 버릇하는 사람의 이야기는 지루하게 마련이라는, 나만의 편견을 갖고 있기도 하다. 어쨌든 나는 굳이 미연의 '고로에다'를 '고레에다'로 정정하지 않는다.

"몰라, 나는 영화 보는 취향이 좀 독특한 게…… 롱 테이크인가? 잘 모르지만, 롱 테이크라고 하지? 그 영화는 롱 테이크여서, 내가 정말로 그 집에 들어가 있는 것 같은 느낌이었어. 내가 진짜로 그 집에 들어가서 앉아 있는 것 같은 느낌. 엄마는 부엌에서 저렇게 얘기하고, 저렇게 음식을 준비하겠지, 맞아. 아버지는 저렇게 하고, 저렇게 다투고 하겠지. 그런 생활의 소음들. 문소리, 그리고 마악 음식을 하는 소리, 또 이렇게 낡은 집을 걸어가는 나무 위 발자국 소리들……. 영화 속 그 집이 낡은 나무로 된 집이거든. 걸어갈 때마다 뿌지직뿌지직 소리가 나는데, 그런 게 다 너무 좋았어. 근데 처음에 나는 그 아버지가 너무 싫었거든? 아버지가 너무 이상하다고 생각했는데, 두 번 보고 한 세 번째 보니까 아버지가 너무 불쌍한 거야. 아버지가 불쌍했어. 안됐다, 불쌍하다, 그런 생각이 나중에는 들더라고. 계속 보다 보니까."

미연은 영화 속 소리에 대해 말하더니 문득 아버지에 대한 이야기로 건너간다. 나는 그녀가 무슨 말을 하는지 알 것도 같지만, 일단 소리에 대한 이야기를 좀 더 들어 보고 싶다. 그래서 그것에 대해 먼저 묻는다.

“뿌지직뿌지직 소리가 나. 계단을 올라갈 때. 그 좁은 계단을
올라갈 때 나는 소리도 좋았고, 또 목욕탕에서 물 받아서
씻는 물소리도 좋았고. 그리고 나는 그 엄마가 너무 좋았어.”
“엄마가 어떤데?”
“엄마가 진짜 엄마 같아.”
“진짜 엄마 같은 게 어떤 건데?”
“그냥, 이렇게 음식 하는 거……. 그리고 그 엄마가 말이 되게
많아. 딸하고도 계속 얘기를 해, 음식 하면서. 그것도 되게
듣기 좋아.”

초등학교 친구인 미연이 집으로 찾아왔던 게 벌써 서너 해 전의
일이다. 어느 무더웠던 여름날, 수년 만에 불쑥 전화를 걸어온
미연은 그즈음 이사한 지 얼마 안 됐던 나의 첫 전셋집에는 자기가
꼭 한번 와 봐야겠다고 했다. 오는 데만 두 시간 남짓 걸리는
거리였다. 마을버스에서 지하철로 갈아탄 뒤 다시 버스로 갈아타고,
버스에서 내려서 또 한참을 걸어와야 하는 먼 길이었다. 쾅쾅쾅쾅.
“우하하하. 문 열어!” 낡은 아파트 현관문을 내리치며 미연이
웃었을 때, 먼 기억 속에 우리가 자주 앉아 있던 그 놀이터, 그 낡은
그네 옆에서 다시 색색의 폭죽이 터지는 것 같았다.

집에는 손님이 앉을 만한 소파가 따로 없었고, 그래서 식사를 마친
뒤에 우리는 도로 책상 앞에 앉았다. 미연이 날 위해 들고 왔던 작고
청순한 보라색 꽃다발을 사이에 두고서. 나는 늘 그랬듯 풍경이
보이는 자리를 손님에게 양보했다. 늦은 오후 무렵부터 수줍게 볼을
붉히던 남서쪽 하늘과 밤색 벽돌집 지붕들의 잔잔한 파도가 멀리,
아주 멀리까지 내다보이던 자리였다. 미연은 한껏 고개를 빼어
말없이 보고 있었다. 그곳에 앉는 사람은 누구든 뜻밖의 경치에

잠시 말을 멈추곤 했다.

"나는 어릴 때 아빠한테 맞고 살았어."

미연이 말했다.

．

초등학교에 들어가기 전부터 미연은 맞고 살았다. 특히 아빠의
출근길에 자주 걷어차였다. 심할 때는 날아가 벽에 부딪히고
나자빠졌다. 그때 미연은 너무 어렸기 때문에 자신이 왜 맞는지도
모르고 그냥 맞아야 되니 맞는 줄로만 알았지만, 크면서는 점차로
알게 됐다. 어차피 이유는 없기도 하고 또 너무 많기도 하다는 것을.

"그거, 나는 그거라고 불러. 아니면 그 사람. 그거랑 한집에
살아도 나는 아예 그게 없는 것처럼 살아. 내 눈에 안 보이는
것처럼."

그거는 미연만을, 오직 미연만을 때렸다. 엄마나 오빠에게는 손대지
않았다. 그리고 다행이라고 해야 할지 모르겠지만, 미연이 성인이
된 이후로는 더 이상 때리지 않는다고 했다. 미연은 자신이 친딸이
아닌가, 하는 의심도 당연히 해 봤다고 했다.

"하지만 그런 것 같지는 않거든. 엄마 얘기를 들어 봐도
그렇고. 그런데 내가 어쩌다가 어릴 적에 맞았다는 얘기를
하잖아? 그러면 엄마는 뭐라는지 알아? 자긴 모른대.
기억이 안 난대. 그리고 오빠는 또 뭐라는지 알아? 어느
집에서나 그 정도는 맞고 산대."

이 오빠라는 사람은 이미 결혼해서 출가를 했고, 미연은 여전히
그 집에서 엄마와 그거와 셋이서 살고 있었다. 많지 않은 봉급으로
생활이 녹록지는 않겠지만 그래도 나와 사는 게 낫지 않겠냐고
나는 물었다. 미연은 대답을 망설였다. 실은 몇 년 전 어느 대학가
동네에 원룸을 얻어 독립해 봤었지만, 방이 너무 작고 더러워
금세 포기하고 다시 돌아갔다고 했다. 나는 학교 다닐 때 자주
놀러 갔던 미연의 집을 떠올렸다. 그녀의 집은 그 동네 그런저런
아파트들 중에서도 꽤 평수가 크고 값비싼 곳이었다. 문득 그
집 안방 침대에 기골이 참으로 장대하고 서늘해 보이던 검은색
석판이 뉘어 있던 것도 기억이 났다. "미연아!" 우리가 방문을 닫고
들어앉아 그녀의 강아지를 주무르고 있으면, 간식을 가져가라고
밖에서 목청껏 외쳐 부르던 미연 엄마의 갈라진 목소리 같은
것까지도, 금세 다 기억이 났다.

그렇게 미연이 내 집에 다녀가고 나서 얼마 지나지 않았던 그해
겨울, 크리스마스이브였다고 했다. 그 밤 미연이 열한 시쯤 집에
돌아왔을 때, 집 안의 모든 불은 꺼져 있었다. 미연은 소리 내지
않으려고 최대한 조심하면서, 베란다 안쪽 문을 정말 한 삼 센티
정도 열었다. 그렇게 조심해야 했던 이유는 그거 때문이었다.
그거는 퇴근 후 집에 오면 반드시 집 안에 창문이란 창문은 죄
닫도록 했다. 욕실에서 씻고 나온 뒤에 미연은 보리차를 끓여
마시려고 부엌으로 가서 가스레인지에 주전자를 올렸다. 그리고
방에 가서 얼굴에 팩을 붙이고 금방 또 나왔는데, 방문 앞에 그거가
노려보고 서 있었다.

　　"내가 그날 맞아서 한쪽 다리 전체에 피멍이 들어 가지고,
　　한 일주일 동안은 걷지도 못했어. 그러고서 집을 나온 거야."

이제 미연은 보증금 천만 원에 월세가 사십만 원인 여섯 평짜리 원룸에 살고 있다. 그 방 창문은 벽 위쪽으로 나 있는데, 눈이 오든 비가 오든 햇살이 내리쬐든, 언제든 자기 마음껏 하늘을 볼 수 있다고 한다.

"그리고 빗소리가 들리거든. 창문 위로 똑똑 떨어지는 빗소리. 어떨 때는 빗물이 좀 들이쳐도 창을 이만큼씩 열어 놔."
"원룸에 빗소리 좋지?"
"원룸에 빗소리 좋지. 모르겠어, 나는 그냥 생활 소음에 되게 민감하게 반응하고, 그런 생활 소음이 너무 좋아. 그냥 좋아. 그러니까 어떤 사람이 말이 없어. 말이 없이 혼자서 계속 집안일을 해. 그럼 나는 계속 그걸 봐. 좋아. 소음은 계속 나겠지? 설거지를 하든, 음식을 하든, 소음이 나겠지. 그래서 내가 진짜 그 집에 들어가 있는 느낌을 받는 거야. 「여자, 정혜」, 나 그 영화도 좋아하거든? 거기서 그 여자가 진짜 더러운 베란다를 닦아. 시커먼 먼지가 이렇게 묻어나는데도 그걸 마악 계속 닦아. 닦다가 죽은 엄마가 쓴 책을 발견한단 말이야. 그럼 또 마악 먼지를 털어. 나는 그런 게 너무 좋아. 그런 먼지 터는 소리. 대사가 많고 그런 것보다는, 자기 사는 모습을 그냥 보여 주고, 그걸 보는 사람이 생각할 수 있게끔 하는 거. 아아, 저 사람이 그래서 그랬구나, 그거를 말없이 하는 행동들을 보고서 나중에는 알 수 있게 하는 거……. 그래, 내가 좋아하는 영화가 다 그런 식인 거 같아. 나중에야 알 수 있어. 처음에는 그런 일이 있었을 거라고 생각도 못 하지만. 「여자, 정혜」에서 그 여자한테 그런 아픔이 있었다는 걸 나중에야 알게 되잖아. 「8월의 크리스마스」에서도 그래. 그 사람이 술 취해 싸우고 경찰서까지 가는데 나중이면 왜

그랬는지 알게 되고. 그래서 이 사람은 얼마나 힘들었을 거고
그 아픔이 얼마나 컸을까, 그런 게 다 느껴지잖아.「걸어도
걸어도」도 그렇잖아. 그런 일이 있었을 거라고는 아무도
생각을 못 하잖아.”
“정말로, 다 나중에 알게 되네.”
“응, 그런데 또 처음에는 너무 평범해 보이고.”
“아무한테도 말 못 한 비밀이나 굳이 말 안 한 이야기들이 있는
거지.”
“응. 그러니까, 내가 좋아하는 영화들이 다 그런 거 같아.
아픔이 있는데, 그 아픔이 정말로 커. 근데 정말로 큰
그 아픔이 티가 안 나. 또 통곡해서 울지도 않아.”

미연은 죽었으면 좋겠다고 생각할 때가 많았다고 했다. 그래야
억울하지 않게 다 증명이 될 테니까. 아직도 가끔씩 꿈에서
보는 그거의 눈빛은 늑대를 닮았다고도 했다. 늑대의 눈빛이
어떻더라……. 미연과 헤어지고 나서 나는 늑대 이미지를 검색해
봤다. 도 미연은 이따금씩 엄마 꿈도 꾸는데, 그건 연고에 대한
꿈이라고 했다. 어릴 적에 미연이 맞고서 방에 들어가 있으면,
얼마쯤 후에 방문이 빼꼼히 열리면서 문틈으로 쏙 엄마가 나타나
연고만 건네주고 가 버리곤 했다. “그거 알아? 멍 빼는 크림이 엄청
독해. 눈이 엄청 맵거든. 그래도 얼굴이 다 허예질 때까지 그걸
바르고 또 바르고…….”

이윽고, 아버지가 불쌍해 보이는 게 어떤 장면이냐고 나는 물었다.

“거의 맨 마지막 장면이야. 아버지가 말로 했는지는 확실하게
기억이 안 난다. 아무튼 아버지는 아들이 자고 갔으면
좋겠다든지, 아들이 좀 더 머물렀으면 좋겠다든지 그랬던

거야. 그런데 바로 다음 장면에서 아들은 정반대의 생각을
하고 있었다는 걸 알게 되지. 아들은 빨리 이 집을 떠나고
싶었던 거야. 그래서 나는 그 아버지가 불쌍했어. 옛날
아버지들은 자기 속내를 표현 안 하잖아. 사랑하면 사랑한다
말하고, 미안하면 미안하다 말하면 되는데, 그걸 못 하잖아.
그러면서 속으로는 마음이 아플 거 아니야. 처음에 한두 번
볼 때는 잘 안 느껴졌거든. 근데 한 세 번째부터 느껴지더라.
나는 그 영화 너무 좋아.”

그러니까 미연은 남의 아버지 마음을 느낄 때까지, 그 영화를 한 번
보고 두 번 보고 세 번도 봤던 것이다. 주로 한밤중에 방에 불을 다
끄고 노트북을 끌어와 침대 위에 두고서. 그렇게 조용하고 깜깜해야
영화 속 그 집으로 들어갈 수가 있었으니까. 그 집에서는 마음 놓고
소리 내며 계단을 오르내리고, 목욕탕에서 물을 받아 목욕을 하고,
엄마랑은 쓸데없는 얘기를 하며 요리를 하고, 그리고 자식을 때리지
않는 아버지의 마음을 한참 동안 들여다볼 수가 있었으니까…….

　　“거기가 내 영화관이었어.”

그리고 그곳에서 미연은 통곡하지 않았다.

●

집으로 돌아오는 전철 안에서, 나는 미연과의 대화를 복기하다가
문득 길가에 있던 그 비둘기를 다시 떠올렸다. 아직도 거기 있을까?
아니면 지금쯤이면 접었던 날개를 펴고 어딘가로 날아갔을까?
그런데 언제부터였을까? 내가 새를 무서워하게 된 것은.

몇 개의 가정들 중에 가장 유력했던 건 초등학교 삼학년 무렵의
기억이었다. 그날따라 그 트럭이 왜 하필 내 눈에 띄었는지는
모르겠다. 나는 교문으로 향하던 발걸음을 갑자기 돌려서
계란판들을 가득 싣고 있던 문제의 그 용달차로 다가가고 있었다.
아마도 꼭대기가 깨져 있는 달걀을 보는 순간 호기심이 발동했던
것 같다. 깨진 달걀 속을 들여다보며 어린 내가 기대했던 것은
무엇이었을까. 분명히 기억나지는 않지만, 아마 알을 깨고 나오기
직전인 살아 있는 병아리 같은 것을 보고 싶었던 게 아니었을까.

그날 나는 병아리 같은 것을 보기는 했다. 정확히 말하면, 내가
본 것은 병아리는 되지 못한 반병아리였다. 신기하게도 절반만
살이 오르고 털이 나 있던, 또 나머지 절반은 노랑과 빨강이 뒤섞인
찐득한 액체 상태로서 가운데에 눈의 자리로 추정되는 까만 점까지
가지고 있던, 결국엔 부화하지 못한 중간 단계의 사체. 당시 나는
다리가 후들거리며 아무런 소리도 내지 못할 정도로 큰 충격을
받았다. 예나 지금이나 정말로 놀라면 밖으로 표현을 못 하는
편이다. 그리고 그럴수록, 그 순간은 더 선명히 기억 속에 각인돼
버린다. 마치 모든 앰비언스가 사라진 채로 잠시 정지해 버린
영화 속 한 장면처럼.

나는 갑자기 맞닥뜨리게 된 세계의 폭력 앞에서 어쩔 줄을 모르며
멈춰 서 있었다. 후에 내가 본 것을 친구에게도 엄마에게도 설명해
봤지만, 그럴수록 더욱 선명히 까달았던 것 같다. 세상에 내가
본 것 같은 것을 본 사람은 흔치 않으리라는 것을. 그러니 어쩌면
그것은 나와 그 계란, 아니 나와 그 반병아리, 우리 둘만의 기억인
셈이었다. 내가 본 것을 앞으로 오랫동안 기억하리라는 것 또한
예감했던 것 같다. 단지 보고 기억하는 것만으로는 충분치 않을 것
같은 그 무거운 떨림을 간직한 채로.

연날리기

노아를 만난 건 한겨울이었다. 처음 만난 날에 노아는 검정색 롱 패딩 안에 얇은 저지 원피스를 입고 있었는데, 한 번에 훌러덩 벗어 낼 수 있을 만큼 얇고 부드러운 것이었다. 그렇게 대충 입었어도 노아는 좀처럼 추워하지 않았다.

잘 먹고 자란 밤색 말의 털처럼 윤이 나던 노아의 긴 머리칼. 웃을 때 노아의 입은 분홍색 잇몸과 작은 치아들이 다 같이 활짝 벌어지는 헤픈 꽃봉오리 같았다. 그리고 또 작고 통통한 아몬드, 노랗고 빨간 열대 과일, 물속에서 마구 뛰놀다가 흠뻑 젖어 버린 어린아이처럼 살아서 단내를 풍기는 모든 것들, 그런 것들과 노아는 닮아 있었다.

"저는 흔히 말하는 유학 실패 케이스예요"라고 노아는 말했다. 고등학교 때 문제아였고 담배를 피웠고 남자 친구와는 섹스를 했다고. 학업에는 관심이 없었지만 영어 공부만은 좀 했었기에, 노아의 부모는 딸을 유학 보내기로 결심했다. 이왕이면 한국 애들이 없는 곳이어야 했다. 그래서 처음으로 보내졌던 미국 동부의 어느 시골 학교에서 노아는 혼자서 몰래 담배를 피우다가 걸려 퇴학당했다. 두 번째 학교에서는 라틴계 친구들과 어울리게 됐는데,그중에 한 친구에게 어느 흑인 남자애를 좋아하게 된 걸 말했더니 그게 바로 소문이 났다. 그리고 얼마 후, 학교 점심시간에 웬 잘생긴 백인 남자애가 노아에게 와서 같이 밥을 먹으러 가자고 했다. 거기 가면 노아가 좋아하는 그 애가 있을 거라면서. 그래서 거기에 갔더니 그 애는 없었고, 백인 애는 그냥 생맥주나 마시자며 말을 바꾸는 거였다. 그때부터 노아는 엄청난 긴장감에 정신을 못 차렸다고 했다.

　　"그 애 눈이 꼭 사냥감을 보는 것 같은 느낌이었거든요. 그리고 이상하게도 나는 도망 못 간다, 그런 기분이 들었어요.”

노아가 정신이 들었을 때는 이미 그 애와 화장실에서 성관계를
하고 난 다음이었다. 노아는 별로 원했던 것도 아니었지만, 긴장된
상태에서는 왠지 모든 게 자연스럽게 느껴졌다고 했다.

“걔가 ‘화장실에 갈래?’라고 했고, 저는 ‘그래’라고 했어요.
그렇게 모든 게 자연스러웠어요.”

그렇게 모든 게 자연스러웠다, 라고 말한 뒤 노아는 내게 물었다.

“그런데 보통 사람은 성관계를 자기가 좋아하는 사람하고 하고
싶지 않나요?”

그리고서 학교에 소문이 쫙 났다. 얼마 후 또 다른 흑인 친구가
노아에게 와서 너는 그 흑인 애를 좋아한다며 왜 그 백인 애하고
한 거냐고 물었고, 노아는 그냥 걔가 ‘물어봐서’라고 답했다.

“사실 저는 걔가 저를 걱정해 주는 건 줄 알고 마음이 살짝
울컥했거든요. 그런데 제가 울컥하고 있는 동안 걔가 뜸을
좀 들이더니, 그러면 너는 너한테 ‘물어보는’ 애들이랑은 다
할 거냐고, 그렇게 물어보는 거예요. 거기서 약간 미묘하게
어긋나는 뭔가를 느꼈죠. 아, 얘가 나를 걱정해 주는 게 아니라
뭔가 다른 의도가 있구나, 그거를 얼핏 느꼈던 것 같아요.”

나는 방금 한 말을 영어로 옮기면 어떻게 되느냐고 물었다.

“‘Will you have a sex whenever they ask you to?’ 그랬을 때

저도 모르게 그냥 'Yes'라고 했던 거 같아요."

그때부터, 남자아이들이 노아에게 엄청나게 졸라 대기 시작했다.
정말로 추악하게 보일 정도로, 조르고 또 조르다 속여서 다른 데로
불러내기도 했다. 결론부터 말하자면, 노아는 거절을 못 했다.
또한 그녀의 말에 따르자면 '다행히도' 거기는 인원수가 적은
사립 학교였기에, 최종적으로 열 명가량에게 노아는 성적인 걸 다
해 주게 됐다. 오럴이든 삽입이든 뭐든. 흑인에게든 백인에게든
누구에게든.

"기억은 열 명이면 열 명 다 나지는 않고요, 그중에 몇 명만
나요."

그래도 학교를 빠지지는 않았다. 당시 노아는 홈스테이 중이었는데,
아침마다 집주인이 딸내미를 학교까지 데려다주는 차를 얻어
타고 다녔다. 그런 식으로 삼 개월 정도를 지내다가 마침내 발각이
되었을 때, 노아는 다시 한번 퇴학을 당했다. 남자애들은 아무렇지
않게 학교에 남았다.

"뭐, 제가 걸레니까요."

이렇게 노아의 미국 유학 생활은 끝이 났다.

◆

"저는 사회적인 불안증이 있고, 사람들과의 교류가 힘들어요.
그래서 영화를 보면서 되게 많은 위안을 얻었어요. 제가
큰 흐름이나 스토리를 마음에 담을 정도의 그릇은 안 되지만,

영화 속 그 장면 하나, 그 표정 하나, 그런 것들을 외로울
때마다 붙잡고 지냈던 거 같아요."

노아가 붙잡았던 영화들 중에 하나는 「릴리 슈슈의 모든 것」이었다.
노아는 감독의 이름을 기억하지 못한다며 민망해했다.

"죄송해요, 제가 확인을 하고 나왔어야 했는데⋯⋯."

나는 아무 상관 없다고 말했다.

"방금 어떤 장면을 붙잡았다고 했잖아요. 그게 어떤
장면이었나요?"
"그게 어떤 장면이었냐면⋯⋯ 사실 되게 잔인하거든요.
여자애를 성매매시키는 방식이요. 처음에는 집단 성폭행을
해요. 그리고 그거를 영상으로 찍은 다음, 니가 성매매를
안 하면 이 영상을 유포하겠다는 식으로 협박을 해요. 그래서
여자애는 어쩔 수 없이 성매매를 하게 되는 거죠. 그러던
어느 날, 여자애가 넓은 들판으로 나가서 사람들이 연을
날리는 걸 보게 돼요. 그때 엄청 해맑은 표정으로 계속 파란
하늘을 보고 있거든요. 그런 다음 송전탑으로 가서 뛰어내려
죽어요. 그런데 그때 그 애가 되게 해맑았던 게⋯⋯. 실은
되게 압도적인 순간이 오면 저도 당장은 해맑게 있었던 거
같거든요. 그냥, 뭔가 생각하고 그러려고 하면 이해가
잘 안 되는 일이니까요."

노아가 자신에게 일어났던 일이 무엇이었는지를 비로소 깨달았던
건, 이십 대 중반이나 되고 나서였다. 그 전에 미국 유학에 실패한
뒤로 잠시 한국에 돌아와 있던 노아는 금세 또 유럽의 어느 따뜻한

나라로 떠나 있게 됐다. 그때 나이가 스무 살이었다.

"저희 아빠는 돈도 잘 벌고 강압적인 그런 사람이었고, 저는
또 그런 사람한테 받는 거에만 익숙한 그런 사람이었어요. 늘
참을 수 없는 외로움과 갈망, 또 남자한테 기대고 싶은 마음이
제 안에 있었던 거 같아요. 그래서 유럽에 갔을 때, 거기서도
혼자인 게 너무 외로워서 제가 성매매를 했거든요. 성매매를
했는데, 저는 되게 좋았어요."

나는 정말로 깜짝 놀랐다. 내가 주춤하는 사이에 노아는 거침없이
나아갔다.

"어떤 게 좋았냐면, 거기가 우리나라로 치면 방석집
같은 데였어요. 바였는데 낮 장사가 있었고 밤 장사가
있었거든요. 저는 낮 장사를 했는데, 제 고객들은 거의 대부분
할아버지들이었어요. 여담이지만, 할아버지들은 잘 안 서
가지고 아프지가 않아요. 그러니까 행위 자체보다는 어떤 애정
표현들을 많이 해 주시더라고요. 제가 거기에서 되게 위안을
얻었던 거 같아요. 따뜻한 느낌이었어요. 쓰다듬어 주고,
어루만져 주고, 니가 최고로 예쁘다고 해 주고……. 그런데
나중에는 자주 오던 한 아랍인이 콘돔을 안 끼고 저한테
강제 삽입을 한 거예요. 커튼 룸이었는데요. 원래 커튼 룸은
성행위 빼고 다 할 수 있는 곳이거든요. 그래서 그때 에이즈
걸릴까 봐 겁이 나 가지고 울고불고 난리 치고 나와서는
다시는 안 갔어요. 그러고서 바로 한국에 들어오게 됐죠.
거기 있었던 건…… 한 육 개월 정도밖에 안 됐던 거 같아요."

◆

나중에 심리학 공부를 하면서 노아는 그런 자신의 행동 양식을
'액팅 아웃'이라고 부른다는 걸 알게 됐다. 노아는 '액팅 아웃'이란
'억압된 감정들이 행동으로 분출되는 방식의 해소'이며, 자신의
경우에는 그게 난잡한 성 행동이 된 거라고 설명했다.

"그 '액팅 아웃'이라는 게 본인에게는 혹시 두려워하는 일을
오히려 해 버리는 그런 거였나요? 그래서 과하게 행동했다는
건가요?"
"아마도? 그럴 거예요. 그리고 신체 증상으로는 또 어떤 게
있었냐면요, 이십 대 때 남자랑 단둘이만 있으면, 최소
이 정도(팔 뻗으면 닿을 줄도)의 거리에만 있어도 애액이
자꾸 나왔어요. '나는 성적인 생각은 일도 안 하는데 왜 애액이
나오지?' 헷갈렸거든요. 그러다가 나중에 상담 선생님하고
얘기하면서 깨달았던 게, 저한테 그런 일들이 있었다 보니까
제 몸이 저를 보호하려고 조건 반사적으로 그걸 내보냈던 거
같더라고요. '액팅 아웃' 얘기를 물어보셨는데 이 얘기가
왜 나왔는지는 모르겠지만……. 죄송해요."

노아는 자주 죄송하다고 말했다.

"마치 공황 장애가 오면 숨이 안 쉬어지는 거 같아서 과호흡을
하게 되는, 그런 신체 증상과도 비슷한 걸까요?"
"아마도? 그리고 그걸 제가 쓰는 언어로 표현을 해 보자면,
'아, 강제로 당하는데 물이 안 나오면 존나 아프겠다!' 하하.
어쨌든 저한테는 이런 게 삶이었어요. 남들한테는 대학교
다니고 취직하고 그런 삶이 있듯이……."

유럽의 따뜻한 나라에서 돌아온 후에도 노아의 난잡한 성 행동은
계속됐다. 노아는 지금까지 살면서 성관계했던 사람이 한 이백 명은
넘는 것 같다고 말했다. 이십 대 초반과 중반에 주로 몰려 있고,
횟수로 치자면, "글쎄요, 요즘이 한 달에 네 번 정도라면 그때는
일주일에 네 번, 그 정도"였을 거라고.

"클럽이나 이태원 같은 데를 많이 갔어요. 예전에, 똥꼬
치마라고 아세요? 제가 말 그대로 똥꼬가 보이는 치마를 입고
다녔거든요. 그렇게 입고 다니면 외노자들, 외국인 노동자들이
와서 같이 가자 그래요. 그럼 따라가는 거예요. 너 예쁘다고,
그 말만 해 주면 따라갔어요. 인종이요? 다 만나 봤죠.
한국분들은 길거리에서 그러지는 않으세요. 한국분들은 일단
클럽에 가서 춤을 추다가 눈이 마주쳐야 돼요. 무언의 사인이
오고 간단 말이죠. '너 오늘 나랑 춤출래?' 이렇게, 눈빛으로
대화하는 거죠. '너 오늘 쌔끈한데?' '너도 그래.' 이러면서
십 분 정도 춤을 추고 있으면 그제야 겨우 다가와서 '술
먹을래?' 그래요. '응, 먹고 싶어.' 술 사 오면, 그때부터 또
얘기를 시작하는 거예요. '어디 살아?' '무슨 일 해?' '나는
학생이야.' 이런 식의 대화가 한참 오가야 돼요. 그러고도
밖에 나와서 또 쓸데없이 계속 얘기를 주고받다가⋯⋯
결국 시작은 이런 얘기예요. '어디 가서 자고 가자. 피곤한데.'
별거 없죠? 진짜 별거 없어요."

역겨움을 참았던 적은 있지만, 성관계 자체가 두려웠다거나 그래서
도망쳤다거나 했던 적은 없다고 했다.

"그냥, 말이 안 되는 거긴 한데, 뭐냐면요, 저는 그냥 남자가
원하면 했어요. 누구든지 간에, 그냥요. 대가 없이도."

◆

「릴리 슈슈의 모든 것」에는 같은 학교 남자아이들에게 성폭행을
당하고 난 뒤에 성매매를 강요당하는 두 명의 여자아이가 있다.
한 여자아이는 앞에서 말한 대로 자살을 택하고, 다른 여자아이는
성폭행을 당한 다음 날에 삭발을 하고 교실에 나타나는 식으로
저항을 한다. 노아는 앞으로는 꼭 두 번째 여자아이처럼 살아갈
거라 다짐을 하면서도, 첫 번째 여자아이에게 깊은 애착을 느끼는
것 같았다.

"그 애가 남자애들이 시켜서 성매매하러 갔을 때, 성매매하러
온 아저씨 돈을 훔쳐서 도망치거든요. 밖에 망을 보는
남자애가 있는데, 그 남자애랑 레스토랑에 가서 맛있는 거를
엄청 많이 시켜요. 그리고 먹으면서 엄청 많이 웃거든요.
걔가 누구더라……? 엄청 예쁜 배운데?"
"아오이 유우."
"맞아요."
"그 장면을 떠올리는 건 어떤 느낌인가요?"
"느낌이요? 느낌은 그냥, 친구 같은 느낌……? 유럽에서
성매매했을 때는 저만 아시아 여자애였고 다른 애들은 다
자기들끼리 모여 있었거든요. 오픈 바였으니까 이쪽에
루마니아 애들 몇 명, 저쪽에 브라질 애들 몇 명, 그렇게
있다가 진상이 오면 같이들 싸워 주고, 그러는 모습이 저는
너무 부러웠어요. 그래서 그 영화를 보면서 쟤가 내 현실에
있었으면 좋았겠다, 나랑 친구 했었으면 좋았겠다, 나랑 같이
학교 다녔으면 좋았겠다, 그런 마음이 계속 들었고요, 또
그런 상상을 머릿속에서 계속해서 굴려 보고 그랬어요. 그렇게

그 장면 속에, 그 여자애랑 단둘이 머물러 있었던 거 같아요."

노아에게는 이런 식으로 자신만의 상상 속에 '머물렀던' 또 다른 영화의 장면들이 몇 개 더 있었는데, 그중 하나는 「파리, 텍사스」에서 한 남자가 정처 없이 걷는 장면이었다. 요즘도 노아는 가끔씩 그 남자와 걷는다고 했다. 가끔씩, 주로 살다가 정신이 멍해지는 순간이 오면.

"제가 유럽에서 돌아오고 나서, 좀 있다가 스물세 살 때 정신병원에 갔고, 그제야 저에게 일어났던 모든 일들에 대해 깨달았어요. 그랬는데 하필 스물네 살에 어쩌다 또 학교에 갈 일이 생겼던 거예요. 지방 대학이었는데, 아르바이트하러 갔거든요. 근데 거기서 만났던 제 또래 대학생들이 저를 사람대접을 해 주더라고요. 그때, 뭔가 정신적으로 충격이 왔던 거 같아요. 아, 내가 사람이었나……? 해리라는 게 왔어요. 무슨 일이 있었는지 다 기억은 안 나고요, 어느 순간 내가 왜 여기에 있는지를 모르겠고, 여기가 어딘지를 모르겠고. 그래서 엄청 걸었어요. 밤새도록. 다음 날 아침까지도 걷고 또 걷다가 다시 학교로 돌아와서, 밖에 대리석 같은 데에 누워서 잤던 거 같아요."
"내가 누군지를 까먹은 거예요?"
"그런 인식조차 없었던 거 같아요. 내가 누군지, 그런 거 없이 그냥 멍했어요. 그러니까 순간순간 자극에만 반응하는 느낌? 저기 소화기가 있으면, 아 소화기네, 소화기네. 이거는? 난간이네, 난간이네. 이런 느낌?"
"어떻게 깨어났어요?"
"제가 깨어나서 현실로 돌아올 수 있었던 거는, 이거는 사실 나중에 제가 해석을 한 건데요, 그때 제 앞에 한 외국인

유학생분이 계셨거든요. 여자분이셨는데, 계속 제 앞에서
서성거리시더라고요. 제가 그분한테 감정 이입을 한 거예요.
아, 저분이 내가 여기 이렇게 있으니까 걱정이 돼서 저기
저렇게 서 계신 건가? 그랬으면 좋겠다……. 이런 생각을
하면서 슬슬 정신을 차렸던 거 같아요."

그러고서 수년이 흐른 뒤였다. 비로소 노아에게도 서로를 걱정해
주는 친구들이란 게 생겼던 것은. 한 성 노동자의 미투 사건이
계기가 됐다. 당시 성폭력 피해자들이 모여 있던 페이스북에 어느
성매매 여성의 고발문이 올라왔을 때, 그 아래로 '돈을 받고 하면서
어디 우리랑 자기를 똑같이 취급하느냐'는 식의 댓글들이 수두룩이
달렸다.

"그때 뭐라고 해야 될까? 엄청, 엄청 서운함을 느꼈어요.
우리는 같은 동지라고 생각했지만, 이분들은 우리를 되게
싫어하는구나."

이 일로 인해 노아는 성매매 여성들의 자활 센터를 찾아가게 됐고,
그곳에서 만난 친구들과 지금까지 삼 년을 쭉 함께 지내 왔다.
내가 묻기도 전에 노아는 자기 친구들에 대해서는 단 한 마디도 할
수 없다고 못 박았는데, 그러면서도 이 이야기만은 꼭 써 줬으면
좋겠다고 당부했다.

"보통 성매매 여성들이라고 하면, 뭔가 사치나 부리고 그런
줄로 아시는 것 같거든요. 인터넷 댓글들을 보면, 다들 그런
줄로 아시는 것 같아요. 그런데 사실 그렇지 않거든요. 가족을
책임지고 있는 분들도 되게 많아요. 가장인 분들이요."

나는 친구들과 함께 있는 노아의 모습을 잠시 상상하다 물었다.

"아까 아오이 유우와 단둘이 있는 장면을 계속 상상했다고
했잖아요. 그게 만약 영화 속 한 장면이라면, 지금쯤 두 사람은
뭘 하고 있을까요?"
"아오이 유우가 영화에서 나와서 지금 제 옆에 있으면요?
아니면 제가 그 영화 속으로 들어가면요?"
"음, 글쎄요. 뭐든지?"

나는 둘의 차이를 생각해 본 적은 없었으므로 대충 얼버무렸다.

"저는 그냥…… 저는 제가 그 학교에 같이 있었으면
좋겠거든요. 제가 그 나이 때의 제가 아니라 지금 저의 정신
상태로, 그 학교에 그 애랑 같이 있었으면 좋겠어요."
"그러면 뭘 할 수 있을 거 같은데요?"
"그러면……"

그때 노아는 나를 보며 해맑게 웃었다.

"그냥 피해자가 한 명 느는 거죠. 그렇지만 덜 외롭잖아."

◆

센터에서 자활 훈련을 마치고 이른바 '종결자'가 된 노아는 새로운
기술을 배워 새로운 직업을 찾았고, 또 늦은 나이에 대학에
들어가서 심리학 공부도 했다. 새로운 남자 친구도 사귀었는데,
얼마 전에 헤어지긴 했지만 좋은 사람이었다고 했다.

"그 친구한테 제가 많은 것을 배웠거든요. 관계를 새롭게
맺는 방식 같은 그런 것들, 사람들이랑 어떻게 하면 행복하게
있을 수 있는지 그런 것들, 또 뭔가 사소한 얘기를 하면서도
즐거울 수 있고 그런 것들을……. 그래선지 어느 순간부터
저가 처음 만난 사람하고 성관계를 하는 게 그다지 즐겁지가
않더라고요."

반면 요즘에는 새로운 고민거리도 생겼다고 했다.

"저는 약간 가학 행위를 당하는 걸 좋아하는, 성적인 그거가
있거든요."
"다조히즘이요?"
"닮아요. 거기서 좀 더 가면 '슬레이브'라는 게 있어요.
'슬레이브', 그거는 말 그대로 복종하는 사람이거든요.
자기 의사 결정권을 상대방 '주인'한테 넘겨주는 거예요.
'주인'이라고 표현하거든요? 저도 저의 '주인'을 한참 꿈꿨을
때가 있었어요. 그래서 일명 '마스터'라고 하는 사람들을 몇
명 만나 봤어요. 이런 데서 저는 또 영화 한 편이 떠오르는데,
「피아니스트」 아시죠? 저는 그거 볼 때마다 가슴에 사무치는
장면이 하나 있어요."
"어떤 장면인가요?"
"어떤 장면이냐면…… 먼저 설명을 하면 이런 거예요.
슬레이브, 그걸 하면서도 사실 사람의 감정이란 거는 명령대로
안 되는 거거든요. 만약에 제가 제 주인의 발을 핥아요. 그거는
서로 되게 좋아할 수가 있어요. 근데 제 감정이 되게 땅에
떨어지는 거 같다, 이런 느낌을 받을 때가 언제냐면, 이 사람이
나를 사랑해 준다는 느낌을 안 받을 때예요. 이 사람이 나를
사람 취급을 안 할 때죠. 근데 이 사람은 원래 슬레이브는

사람이 아니라고 하는 거예요. 이런 거예요.”
“그럼 노아는 사랑받는 노예가 되고 싶었던 거예요?”
“맞아요. 와, 좋다! 앞으로 구인할 때는 그렇게 쓰면
되겠는데요?”

농담인지 진담인지 모르겠는 웃음을 터뜨리면서 노아는 이야기를
이어 갔다.

“아무튼 「피아니스트」에서 그 피아노 선생님이 운동하는
남자애를 찾아가는 장면이 있죠? 자기를 막 대해 달라고
하면서 바닥에 누워서 손을 올리는 그 장면, 그 장면이 너무,
저한테는 너무 참혹했어요.”
“참혹했다?”
“네, 그래서 저는 쌤한테 한번 물어보고 싶어요.”

언제부턴가 노아는 나를 쌤이라 부르고 있었다.

“내가 좋아해. 그러니까 이 행위를 하는 건, 내가 너무
좋아하는 행위야. 근데 다른 사람이 볼 때 그거는 너무 참혹한
행위야.”
“너무 구걸하는 거 같아?”
“응.”
“스스로를 낮추는 거 같아?”
“응, 그러면 그거는 뭐예요? 뭐, 어떻게 해야 되는 거지……?”

나는 어째 모른다고 하고 싶지는 않았고, 다만 할 수 있는 한
상상력을 발휘해야 하기는 했다. 마치 영화 시나리오를 쓸 때와
비슷했다.

"그 느낌이 혹시 두 개의 자기가 있는 느낌이에요? 그걸
원하면서도 그렇게 원하는 자기가 싫어요?"
"아…… 맞아요. 몸은 되게 원하지만 머리는 그러면 안 된다고
하는 거예요."
"여기서 또 하나 궁금한 게 그러는 게 점점 더 정도가
심해져요? 아니면 하면 할스록 좀 덜하게 돼요?"
"음, 지금까지는 두 명을 만났어요. 그런데 패턴이 어땠냐면요,
제가 그전처럼은 아니지만 약간의 해리 증상이 왔었어요."
"섹행위 중에요?"
"끝나고 나서요. 그래서 다시는 안 만났어요. 두 번째 만난
분은 처음 봤을 때 저를 모텔로 데려가서 인정사정없이
싸대기부터 때리는 거예요. 그런데 그게 제가 생각했던 어떤
장난 수준을 넘어서…… 예전에 아빠한테 맞았을 때의 그
느낌으로 때리더라고요."
"아, 아빠가 때리셨구나……!"
"네. 근데 저는 또 거기서 어땠냐면, 아, 이 느낌을 내가
그리워했었구나……! 왜냐하면 십 대 때는 주기적으로
맞았는데, 성인이 돼서는 때려 줄 사람이 없었잖아요.
그러니까 아프지만, 또 그 아픔으로 온통 그 순간이 꽉 차는
느낌? 그래서 뭔가 현실에서 살짜쿵 벗어나게 해 주는 그런
느낌? 이게 이 느낌이었구나! 그래, 바로 이 맛이었구나……!"

나는 잠시 할 말을 잃었다.

"말하자면 내 뿌리를 확인하는 것 같은 느낌일까요?"
"음, 네."
"상담 선생님한테도 얘기해 봤어요?"

"상담 선생님이 이런 주제는 안 건드렸어요."
"액팅 아웃에 포함된다고 생각해요?"
"아마도? 그럴 수도 있을 거 같아요."
"아빠가 요즘도 때리나요?"
"전혀. 스무 살 이후로 멈췄어요."
"나는요, 자해를 한 사람을 본 적이 있어요."

정확히 말하면, 그 사람이 자해를 한 흔적을 봤다고 나는 말했다.
심적으로 그리고 고의적으로 나를 꽤나 괴롭혔던 사람이었는데,
하필 그런 걸 보고 나니 더 이상 그를 미워할 수만은 없게 됐다고.
물론 내가 그 사람이 잘되기까지 바랄 수는 없었지만, 어쨌든 더
이상 나쁜 일은 없기를 바라는 그런 마음이 순간 생겨났다고.
그러니 줄곧 미워하던 사람에 대한 마음도 이러한데, 만약 노아와
아무 상관이 없는 보통의 사람이 이와 같은 사실들에 대해 알게
된다면, 너무 당연하게도 걱정하는 마음부터 들 거라고 나는
그렇게만 말했다.

"왜 내 아이가 아니더라도, 어디 물가 위험한 데에서 아이가
놀고 있으면, '야, 일루 와! 위험해!'라고 할 때의 그런 마음
있잖아요."

나는 내 대답이 적절한지에 대해 끊임없이 반문하면서, 노아와
약간의 이야기를 더 나누었다.

◆

그날 우리의 인터뷰가 마무리된 곳은 한겨울의 어느 미술관
복도였다. 아직 실내 마스크 착용이 해제되기 전이었다. 우리가

한참 이야기에 몰두하고 있었을 때, 제복 차림의 보안 요원이
다가와 '마스크 올려 쓰세요'라그 했던 게 기억이 난다. 그리고 그
주에 쓰기 시작했던 이 글을 붙들고 있는 지금은 이미 그로부터
반년도 더 훌쩍 지나 버린 여름의 끝 무렵인데, 요즘 사람들은
마스크 없이 지하철도 타고 버스도 타고 식당과 술집도 마구마구
돌아다니고 있다. 마치 코로나19 사태 같은 건 애초에 없었던
것처럼.

'하지만 세상은 결코 코로나 이전으로 돌아갈 수는 없을 것이다.'
벌써부터 우리는 이와 같은 예언을 두려워하고 있다. 스멀스멀 변이
바이러스에 대한 말들이 돌기 시작하고, 세계 곳곳은 온갖 산불과
지진과 홍수에 시달리고 있다. ㄱ 후학자들은 폭염에 시달리는
올여름이 앞으로 올 날들 중에 가장 시원했던 여름이 될 거라고도
하고, 또 몇십 년 후 지구의 어디 어디는 완전히 물속에 잠길
거라고도 하는데, 그럴 때마다 나는 내 노년의 암울한 하늘빛을
상상해 보곤 한다. 실은 물이 밀려드는 속도는 예상보다 훨씬 더
빠를 것로 같아서, 몇 년 후나 몇 달 후 당장 어느 가까운 곳에
일말의 자비 없는 재난이 닥쳐온다 할지라도 별로 놀랍지도 않을 것
같다. 그만큼이나 나는 두렵다.

그리고 이와 같은 상황에서 우리가 붙들 수 있는 진실은 오직
하나뿐이라고 느낀다. 그것은 폭력은 반드시 흔적을 남기는
법이라는 진실이다. 자연이 그랬든, 인간이 그랬든, 네가 나에게
그랬든, 내가 나에게 그랬든, 그것이 어떤 종류의 폭력이든 간에
말이다. 그래서 이 이야기만은 꼭 노아에게 전하고 싶었다. 그때
노아에게 가해졌던 폭력은 노아의 몸에 명백한 흔적을 남겼다고.
그래서 그때 노아가 분명히 아팠다는 것을 이제는 여기에 모인 우리
모두가 안다고.

그런 뒤에 나는 우리 함께 어서 아오이 유우가 있는 들판으로
가자고, 그렇게 노아에게 말하고 싶다. 거기 초록 언덕과 파란 하늘
위로, 찢긴 욱일기의 조각 같은 새빨간 연들이 날고 있는 그곳으로
지금 당장 가 보자고…….

연을 날리는 소년들은 전혀 해롭지가 않아서, 이름 모를 소녀에게도
기꺼이 얼레를 내준다. 소녀가 서툴러 연을 떨어트리면, 낙하한 그
연을 계속 되살려 띄워 보내 주기까지 하면서…….

이윽고 날이 저물고, 소녀가 말한다.

　　"연을 타고 싶어요."
　　"엄청 무서울걸?"

소년들의 눈에는 보이지 않는다. 소녀의 시선이 저기 저 높은 곳,
서로의 꼬리를 물며 돌고 있는 다정한 연들 너머로, 하필 외로이 서
있는 송전탑으로 가 있다는 사실은.

　　"……하늘을 날고 싶어."

그래서 결국엔 또다시 혼자 남겨지고 말 소녀가 차라리 어떤 결심을
하고 말리라는 사실은.

　　"야, 일루 와! 위험해!"

바로 이때, 언덕 너머로부터 노아가 나타난다. 그녀는 해가 지기
전에 오느라고 무척이나 서둘러서 왔다.

"일루 오라니까! 위험하다구!"

노아는 있는 힘껏 외치고, 그녀의 목소리를 들은 소녀는 마침내
발걸음을 멈춘다. 이내 뒤돌아본다.

'하여튼 엄청 예쁜 아이구나'라그 노아는 생각하면서, 소녀를 향해
달리기 시작한다. 밤색 말의 털처럼 윤이 나는 노아의 긴 머리칼이
바람에 나부낀다.

그리하여 머지않아 우리는 보게 될 것이다. 우리의 노아가 아오이
유우의 손을 꼭 잡고서, 저 속절없이 아름답기만 한 노을 녘 들판을
영영 떠나가는 모습을.

그래 노아야, 너희 둘 다 어서 그곳에서 나와. 그 무섭고 끔찍한
영화 속에서 나와서 영원히, 아주 영원히 다른 곳으로 가……!

바닷가

묘지

에서

콜리를 생각할 때 떠오르는 이미지는 블루다. 흑진주처럼 까맣게 윤이 나는 콜리의 피부에 너무 잘 어울리는 로열블루. 한두 주에 한 번 우리가 만날 때마다 콜리는 늘 짙은 파란색 헤드폰을 끼고 있다. 가끔은 파란색 두건을 쓰고 있기도 한데, 정수리 부분에 무지개 빛깔의 스펙트럼이 숨어 있다. 또 투명한 트라이탄 소재의 1갤런(약 3.8리터)짜리 텀블러도 빼놓을 수 없다. 이 괴물 텀블러가 처음 등장했을 때 콜리는 미국에 있었다. 전에는 말레이시아에 있었는데, 나흘 동안 출장으로 갔던 차에 갑자기 눌러앉게 된 거였다. 팬데믹 사태로 국경이 닫혀 버렸기 때문이었다. 원래 거주지인 대만으로 돌아가기까지 콜리는 일단 말레이시아에서 일 년을 보내야 했고, 그러고도 도통 해결되지 않던 비자 문제로 인해 본국인 미국으로 돌아가서 다시 또 일 년 반을 기다려야 했다. 콜리의 이 기약 없는 국제적 방랑의 시기에 우리는 처음 만났다. 화상 채팅으로 영어를 가르치고 배우는 앱을 통해서.

당시 아시아에서 퇴각한 콜리가 괴물 텀블러를 들고 짠, 화면 속에 나타나는 모습은 그야말로 딱 미국 같았다. 그렇다고, 나는 콜리에게 말했다. 마치 내가 좋아하는 스탠드업 코미디언 로니 쳉이 미국 레스토랑에 가면 냅킨으로 비를 내리게 할 수도 있다고 했던 것 같은 투로. 콜리는 숨찬 듯이 웃어 주었다. 내 서툰 농담에도 콜리는 늘 웃어 준다. 심지어 심각하게 기운 빠져 있는 날이라 해도, 반드시. 콜리는 좋은 선생님이다.

하기는 '미국 같다'는 게 콜리가 좋아할 만한 농담이기는 하다. 텍사스 댈러스에서 태어나 자랐고, 고등학교 졸업 후에 시카고에서 대학과 직장을 다니다가 어느 날 문득 태평양 건너에 있는 한 자그마한 섬나라에서 살아 보기로 결심했다는 콜리. 그녀는 미국에 대한 디스를 꽤 즐기는 편이다. 또 '한국 같다'는 게 뭔지 안다는

주장도 종종 한다. 예를 들어 자기 외삼촌이 부산에 사는 한국
여자와 결혼했는데, 전에 자기가 그 집에 놀러 갔을 때 거기 동네
아줌마들이랑 다 같이 모여서 김장을 했었고, 그래서 '아줌마'라는
단어를 아는 건 물론이고 그녀들이 김장할 때 쓰는 진갈색
고무 통들과 거기서 끝도 없이 줄지어 나오는 시뻘건 배추들의
행렬까지도 전부 다 안다는 식이다. "김장이란 건 말이야, 해도
해도 끝이 없지! 허리는 또 끊어질 것처럼 아프고 말이야!"

게다가 한국 옛날 드라마들에 대해서는, 어쩌면 나보다도 더 많이
아는 것 같다. 콜리의 말에 의하면 「오징어 게임」 같은 거 말고,
옛날 드라마들 말이다. "남자와 여자가 만나서 서로 사랑을 하는데
알고 보면 남매잖아. 아니면 거구로 남맨 줄 알았는데 알고 보니
남이었거나. 뭔 이야기로 시작하든지 간에 어차피 그렇게 될
거니까, 그래서 한국 드라마 보그 있으면 마음이 편하거든. 그게
좋아하게 된 이유야."

그리고 이와 같이 결말을 알면서도 계속 보게 된다는 점에서
「애정의 조건(Terms of Endearment)」(1983) 역시 콜리가 특별히
애정하는 영화다. 미국 영화고, 한국에서는 「이보다 더 좋을 순
없다」로 잘 알려진 제임스 L. 브룩스의 감독 데뷔작이기도 하다.
아주 오래전부터, 그러니까 텍사스 집에 살던 어린 시절부터 콜리는
이 영화를 수도 없이 봤다. 특히 콜리 부모님이 이혼하기 전인
1980년대에는, 명절날 같은 때 집에서 티브이를 틀면 어김없이 이
영화가 방영 중이었다.

　　"그러니까 항상 중간쯤에서부터 보게 되는 거야. 올해는
　　작년보다 좀 앞에서부터 보게 됐지만 재작년에는 좀
　　뒤에서부터 봤었고. 무슨 얘긴지는 어차피 다 아는 건데도

그냥 계속해서 틀어 놓는 거지……. 어떤 채널에서는 시도
때도 없이 이 영화만 나오는 것 같던 때도 있었어. 그리고 또
어떤 때는, 그때가 엄마 따라 교회에 자주 나가던 때였는데,
갔다 와서 티브이를 틀면 꼭 이 영화가 나오고 있더라고.
그러다 하루는 동네 밖에 있는 어느 호텔에 갔는데, 거기서도
티브이를 트니까 또 이 영화를 하고 있는 거야. 그래서 내가
엄마한테 말했지. ‘엄마, 이 영화가 우리를 따라다녀……!’”

「애정의 조건」은 미국에 사는 어느 백인 모녀의 이야기다. 영화
시작에서 젊은 엄마 오로라는 자신의 갓난아기가 숨을 안 쉬는 것
같다며 걱정을 하고 있다. 그녀는 남편의 만류에도 불구하고 기어이
아기 침대 안으로 들어가서 확인을 해 본다. 물론 그녀의 소중한
딸 에마는 죽은 게 아니라 그저 죽은 듯이 잘 자고 있을 뿐이다. 두
번째 장면에서 벌써 소녀가 돼 있는 에마는 엄마 오로라와 함께
아빠의 장례식에 다녀오는 길이다. 이제 집에는 에마와 오로라
단둘만 남았고, 엄마는 여전히 딸을 걱정하며 다시 또 딸의 침대
안으로 들어간다. 세 번째 장면에서 에마는 이미 오로라를 싫어하고
있다. 오로라는 이런저런 남자들의 구애를 즐기면서도 그들과
섹스만은 하지 않으려고 하는, 다소 왜곡돼 보이고 그만큼 외로워
보이는 중년 여성이 돼 있다. 이런 엄마를 에마는 곧 떠날 예정이다.
결혼을 하려는 것이다. 에마의 결혼식 전날에 오로라가 해 주는
말은 다음과 같다. “지금 너는 돌이킬 수 없는 실수를 하는 거야.
왜냐하면 내 보기에 너는 불행한 결혼 생활을 견딜 만한 위인이 못
되거든. 너도 뇌가 있잖니? 그걸 좀 써라.” 에마도 만만치는 않다.
“엄마, 나는 내일 결혼할 거야. 그리고 난, 그이를 보내서 나를
엄마로부터 구해 준 하느님께 감사해.”

딸은 결혼해서 집을 떠나고, 엄마는 불쑥불쑥 전화를 걸어온다.

엄마가 하는 이야기들은 대부분 시시콜콜하다. 주로 일상의 이런저런 일들로 인해 심사가 뒤틀렸다든지, 옆집으로 이사 온 남자가 좀 궁금한데 그래도 되는지를 모르겠다든지 하는 것들이다. 반면 별 용건도 없는 엄마의 전화를 받고 있기에 딸은 너무 바쁘다. 애들도 낳아 길러야 하고, 바람난 남편 단속도 해야 하니까. 그래서 늘 그렇게 그냥 살아가기에도 바쁘던 딸은, 결국 믿기지 않게도 자신이 시한부 인생이란 사실을 알게 된다. 그러더니 곧 죽어 버린다. 콜리는 이 영화를 처음 봤을 때의 충격을 생생히 기억한다고 했다. '아니, 어떻게 딸이 엄마보다 먼저 죽을 수가 있지? 그래도 되는 거야?' 꼬마 콜리는 경악했으며 이내 깨달았다. 우리 모두가 순서대로 죽지는 않는다는 것을. 심지어 어떤 경우에는, 딸이 엄마보다 먼저 죽을 수도 있다는 것을.

·

세월이 흘러 콜리 역시 자기 엄마를 떠나게 됐다. 결혼을 해서는 아니었고, 시카고에서 대학을 다니게 돼서였다. 졸업 후에는 직장 생활도 그곳에서 시작했다. 콜리의 엄마는 이혼 후 쭉 혼자 살았고, 콜리에게 자주 전화를 걸어왔다 엄마가 하는 이야기들의 대부분은 '나는 나는 나는'과 '내가 내가 너가'의 연속이었다. 콜리는 자기 엄마가 영화 속 엄마 오로라와 많이 다르기는 하다고, 그래도 두 쌍의 모녀 관계들을 나란히 놓고 볼 때 확실히 비슷한 점들이 있긴 하다고 했다.

"그래서 영화 속에서 모녀가 싸우면, 우리도 편이 갈라졌거든. 엄마는 엄마 편이었지. 나는 딸 편이었고. 물론 나는 그 엄마의 광기를 이해하기는 했지만······."

그러면서 콜리는 자기 엄마에게는 양극성 장애(bipolar disorder)가
있다고 말했다. 내가 잘 못 알아들으니 그녀는 천천히 다시
한번 말했다. "양극성 장애란 양쪽(bi) 극(pole)을 오가는
장애(disorder)야." 즉, 조울증이었다.

> "그래, 엄마는 조울증이야. 약을 먹으면 괜찮은데, 약을 안
> 먹을 때가 문제지. 약만 끊으면 바로 집을 두 채 사거든.
> 자동차는 세 대를 사고. 또 잘 알지도 못하는 이상한
> 사람들이랑 캐나다로 여행을 떠나고. 엄만 흥분하기 시작하면
> 아주 극에 달할 때까지 신이 났다가 딱 어느 지점에서 스스로
> 깨달아. '아, 내가 약을 안 먹어서 이렇구나.' 그러면 얼마
> 안 있다가 나한테 전화가 걸려와. '여보세요, 여기는 어디
> 병원인데요, 미친 사람들이 있는 곳이거든요.' 그러면 나는
> 이렇게 말하지. '네, 그렇군요. 이번에는 또 무슨 일로 우리
> 엄마가 미치셨을까요?'"

콜리가 엄마의 상태에 대해 처음으로 깨달았던 건 스물세 살 무렵의
일이었다. 당시 엄마는 콜리의 여동생을 비싼 사립 학교에 보내
놓고, 등록금을 느닷없이 어느 자선 단체에 기부해 버렸다. 또
아주 먼 친척이라는 여자가 서너 달에 한 번씩 찾아와서 자기는 애
기저귓값도 없고 차도 고장 났고 어쩌고저쩌고하면 뭘 더 묻지도
않고 덥석 돈을 내줬다. 이 먼 친척이라는 여자가 대체 누군지를
알아내기 위해서, 콜리의 아빠는 사설탐정까지 고용해야 했다.
그리고 그렇게 해서 알아냈던 것은 결국 문제의 그녀가 실제로
콜리 외할머니 사촌의 딸이기는 하나, 애당초 애는 없었고 받아
간 돈들은 몽땅 마약 사는 데 썼단 사실이었다. 충격을 받은 콜리
엄마는 몸 한쪽에 마비 증상이 와 팔 개월가량을 재활원에서 지내야
했다. 그러나 회복이 되어서 나온 뒤엔 또다시 라스베이거스로 가서

돈을 잃었고 "대체 어떻게 된 건지 모르겠네?"라고만 했다. 이런
식으로 한동안 엄마는 입퇴원을 반복했다.

> "나는 엄마를 돌볼 사람을 고용해야 했어. 내가 직접 하지는
> 못하겠더라고. 나는 좋은 사람이 아니거든. 엄마처럼 좋은
> 사람 되는 일에 집착하며 살고 싶지도 않고. 우리 엄마는 자기
> 엄마를 돌봤어. 또 자기 엄마랑 많이 닮기도 했어. 그런데 그거
> 보면서, 나는 저러지 말아야겠다고 생각했어. 나는 내 한계를
> 알아. 그래서 딱 내가 할 수 있는 만큼만 하면서 살아가는
> 거야. 그런데 내가 왜 갑자기 너한테 이런 얘기를 하고 있는
> 건지를 모르겠네!"

콜리는 폭소를 터뜨렸다.

말레이시아에서 미국의 엄마네로 잠정 후퇴 하게 됐을 때, 콜리가
가장 크게 걱정했던 건 과연 엄마와 둘이서 살 수 있을까였다.

> "보통은 내가 미국에 들어가면 삼사 개월 정도 머물렀어. 근데
> 그때도 엄마는 늘 여기저기로 여행 중이거나 놀러 다니느라고
> 바빴으니까, 나랑은 한 서너 번 보는 게 다였거든. 그러니까
> 이번이 처음인가 봐. 내가 열여섯 살에 엄마 집에서 나온
> 이후로 이렇게 오랫동안 둘이 같이 지내게 된 건."

콜리는 자기가 엄마보다 늘 더 인내심이 많아야 할 거고, 늘 더
이해를 해 줘야 하는 입장이긴 하겠지만, 그럼에도 엄마가 약만 잘
먹고 잘 먹고 있다는 게 잘 체크간 된다면 그렇게 어려운 문제는
없을 거라고도 했다.

"뺄받을 때 사다 놓은 것들은 기분 안 좋아지면 환불하고
그러면 되지. 만약에 엄마가 '내가 누구한테서 차를 샀거든?'
그러면, 나는 '하, 누구한테서? 왜 그랬어?' 그러고서 숨 한 번
쉬고 '알았어, 엄마. 우리 요가나 하러 가자' 그러면 된다고."

실제로 엄마 집으로 들어가고 난 뒤에도 한동안 콜리는 꽤 잘
지내는 것 같았다. 콜리가 집에 있고 싶을 때마다 엄마가 자꾸만
외출하자고 하긴 했어도, 또 엄마가 파티를 너무 자주 여는 통에
콜리가 그만 진정 좀 하라고 하긴 했어도, 두 사람의 동거는
그런대로 순탄하게 흘러가는 것 같았다. 화면 속에서 콜리의 등
뒤로 보이던 엄마의 집 벽에는 이런저런 긍정의 격언들이 적힌
깃발들이 다닥다닥 붙어 있었는데, 그런 것들에 대해서도 콜리는
마음 가볍게 이해해 내는 것 같았다.

"보면, 엄마는 항상 자기 자신과 경쟁하고 있는 거 같아. 나는
어제의 나를 이길 거야. 그런데 사실, 요즘 사람들이 다들
그렇지 않아?"

반면에 콜리가 아무리 이해해 보려 해도 도무지 그럴 수가 없었던
것은 그즈음의 텍사스, 혹은 텍사스의 날씨인 것 같았다.

"방금…… 천둥소리, 들었어? 요즘 텍사스 날씨 진짜 이상하다.
지난주에는 섭씨 38도였는데, 이번 주에는 9도에서 20도
사이를 오가고 있어. 아마 다음 주에는 봄이 올 거고 그다음
주에는 겨울이다가 금방 또 여름이 올라나?"
"거참, 양극성 장애 같은 날씨로구나."
"다중 인격 날씨지. 대체 어떻게 옷을 입어야 할지를
모르겠다니까?"

그러면서 콜리는 텍사스에 있는 게 마치 림보에 갇혀 있는 듯한
기분이라고도 했다.

“나는 여전히 미국에 있는 게 싫어. 그런데 그렇다고 다른
데 어디로 가야 할지도 모르겠거든. 아, 우울해……. 여긴
텍사스잖아. 모든 게 엉망이라고. 사람들은 백신도 안 맞고
마스크도 안 쓰고, 그러면서 다들 일상으로 돌아가고 싶어 해.
병원에는 감염된 사람이 넘쳐나는데도 다들 코로나19가 없는
것처럼 행동하고 있어. 그런데 그중에 가장 이해 안 되는 게 이
날씨야.”

콜리는 동네에서 그 주에만 토네이도를 네 개 봤다면서 도통 흥분을
감추지 못하기도 했다.

“아니 글쎄, 한 이 주 전인가. 이쪽에는 분명히 해가 떠
있는데, 길 저편에 보니 한 기십 마일 떨어진 곳에 토네이도가
있더라고. 그런데 그걸 보고 우리 엄마가 뭐라고 했는지
알아?”

한참 뒤에 깨달은 거긴 하지만, 그때 콜리 엄마가 한 말은 참으로
아름다웠다.

“여긴 해 떴잖아. 괜찮아.”

·

어느 날 갑자기 콜리 엄마를 집 밖으로 못 나가게 붙들었던 건,

느닷없는 하혈과 하복부의 심상찮은 통증이었다. 본래 자궁 근종이 있었는데, 떼어 내기 전에 일단 암이 아닌지부터 알아봐야 한다고 했다. 제대로 진단받기까지 상당 기간 동안 콜리 엄마는 집에만 머물면서 약간의 진통제와 전기 담요, 온라인 예배만으로 버텨 내야 했다. 이전에도 미국 땅에서 병원을 다닌다는 것은 굉장한 불편과 분노를 감수해야 하는 일이었지만, 코로나19 바이러스가 세계를 잠식했던 지난 몇 년 동안 미국 의료계의 풍경은, 그야말로 아비규환 그 자체였다. 우여곡절 끝에 받아 낸 진단은 자궁암 4기였다. 설상가상 암세포가 이미 신장과 간과 위로까지 다 전이된 상태였다. 의사들은 일단 항암 치료를 받은 뒤에 수술 가능성을 보자고 했지만, 첫 항암제 투여 후에 콜리 엄마는 더 이상의 치료를 거부하기 시작했다. 심지어 진통제도 안 먹고 기도만 했다. 콜리는 어떻게든 엄마를 병원으로 데려가기 위해 계속해서 싸워야 했다.

"내 생각에 엄마는 자기가 암에 걸렸다는 사실 자체를
부인하는 거 같아. 계속 암에 안 걸린 것처럼 굴면서
'나 안 죽어' 이러는 거야. 이 와중에 다른 사람 생일 파티를
해 주겠다고 하지를 않나, 걷기만 해도 숨차하면서…….
내가 천천히 걸으라고만 해도 막 화를 낸다니까."

그러다가 결국 콜리는 엄마의 집에서 쫓겨나고 말았다. "새벽 두 시에 너 나가야겠다, 그러더라고." 삼십 분 거리에 사는 콜리 동생이 호출을 받고 달려와 한 시간 거리에 있는 아빠와 새엄마의 집으로 콜리를 옮겨 놓았다. "아빠는 이랬어. '엄마가 도움이 필요 없다는데 강요할 수는 없지. 여기서 좀 기다려 봐라.' 어쨌든 내가 여기 오고 나서, 있잖아, 한 삼 개월 만인 거 같아. 밤에 안 깨고 푹 잔 게……. 원래 엄마 집에서는 한 세 시간마다 깨서 엄마를 돌봤어야 됐거든. 죄책감이 느껴지긴 하지만, 그래도

행복하긴 하다. 그동안 너무 피곤했었나 봐."

아빠와 새엄마는 아침 식사도 준비해 준다고 했다. 또 아빠네
식탁에는 일단 고기가 너무 많고, 삼 일에 한 번은 자기
머리통보다도 큰 팬케이크가 올라오니 이곳 또한 안전한 곳은
아니라고도 했다.

"아빠 집에는 노래하는 컵들이 많아. 뜨거운 물을 부으면
음악이 연주되거든. 「반짝반짝 작은 별」 같은 것들. 애들 컵은
아니지만 제일 흔한 노래들이 나와. 베토벤 「운명」도 있어.
빠바바 밤, 이 아니라 삐비티 빔, 이렇게 들려. 그러면 난
아침마다 거기에 물을 부으면서 '닥쳐'라고 하지."

며칠 후 엄마는 그동안 들어갔던 병원비 내역 모두를 콜리에게
문자로 전송해 왔다.

"이런 건 내 담당이란 건지……. 다른 말은 한마디도 없었고.
아무튼 간에 넉 달 동안 우리가 병원에 쓴 돈이 얼마였게?
자그마치 십오만 달러야. 정말 어마어마하지 않아? 여기서
보험 회사가 상당 부분을 낸다고 해도 엄청난 액수지. 이래서
이 나라에선 사람들이 병원비 내느라 집도 팔고 빚더미에도
앉고 그러는 거야. 미쳤지……. 근데 나는 여기에 보험도 없어.
죽으려면 미국 국경을 넘어가서 죽어야 된다고. 캐나다에서나
멕시코에서나 다 되는데, 미국에서만 안 되는 거거든. 그래서
내가 죽을 거 같으면 저기 저 국경 너머까지만 좀 태워다
달라고, 아빠한테 미리 부탁해 놨지."

아빠 집에 머무는 동안 콜리는 시카고에도 다녀왔다. 텍사스 때문에

정말 미쳐 버릴 것 같아서라고 했다.

"북쪽 도시로 갈 거야. 그래도 거기 사람들은 좀 다르게 미쳐
있으니까."
"시카고에서는 어떻게들 미쳐 있는데?"
"음, 시카고에서는 노숙인들이 너를 보고 소리를 지르기는
할 거야. 그래도 잘만 물어보면, 요 동네 어디 가서 맛있는
피자를 먹을 수 있는지를 가르쳐 주기도 할 거야."

또 텍사스에는 기독교 광신자도 많고 총도 많지만, 시카고에는
그보다 마스크를 쓴 사람이 더 많을 거라고도 했다. 그래서
시카고에 가 있는 동안 콜리는 마음 놓고 도서관에도 갔고 카페에도
갔다. 공원에 가서 자전거도 탔고 문구류 쇼핑도 잔뜩 했다.
무엇보다 걷고 싶은 만큼 실컷 걸었다. 물론 텍사스에서도 걸으려고
해 봤었지만, 지나는 차들마다 멈춰 서며 도움이 필요하냐고
물어대는 통에 이내 포기하고 말았다고 했다.

"하루는 아빠가 이러는 거야. 조깅할 때 총은 왜 안 가지고
다니는 거냐고. 내가 그랬지. 첫째, 총은 무겁잖아. 둘째,
총이잖아."
"음, 그럼 총을 아예 양손에 들고 다니면 어떨까? 덤벨처럼?"

한편 콜리가 시카고에 있었던 열흘 동안 엄마는 계속 전화를
걸어오며 대체 언제쯤 돌아오는 거냐고 물었고, 도착하던 날에는
기어이 공항까지 마중 나왔다. 그러더니 결국 다시 항암 치료를
받기로 결심한 이후에는 그냥, 쓸데없는 일상의 말들을 문자로
보내오기 시작했다. '굿 모닝!' '땡큐!' '뭐 해?' '안녕?' 이런
것들을. 치료 중에는 자기를 꼭 닮은 아바타 이모티콘을 만들어서

보내오기도 했다. 색색의 풍선 다발을 들고서 '오늘 어때?'라고
외쳐 묻는 대머리 흑인 여자의 이모지 같은 것들을. "지나치게
긍정적이야, 지나치게." 콜리는 고개를 흔들면서 웃었다.

그해 겨울은 고무적이었다. 콜리는 엄마가 세 번의 항암 치료를
무사히 마쳤고 어쩌면 수술을 받을 수도 있을 만큼 나아졌다고
했다. 실은 직장으로 복귀하겠다고 고집을 부릴 정도로 증세가
호전돼 보인다고, 그래서 잠시 엘에이와 플로리다로 출장 가게 된
콜리에게 자기를 데려가라고 조르기도 했다고. 그러면서 엄마의
수술이 끝난 여름쯤에는 말레이시아로 돌아갈 계획이라고 콜리는
말했다. "지금 당장 대만으로 들어갈 수 없더라도 아시아에 있고
싶어서……." 우리는 다시 콜리 엄마가 아닌 다른 것들에 대해서도
수다를 펼기 시작했다. 예를 들면 콜리가 출장 동안 머물렀던
할리우드 거리의 풍경에 대해서. 콜리가 머물렀던 숙소 바로
옆의 육백만 달러짜리 맨션과 거기 주차돼 있던 1960년대풍 차와
1920년대풍 차와 나치의 군용차를 포함한 여덟 대의 자가용들에
대해서. 그리고 그 옆에 득시글대고 있던 노숙인들에 대해서. 때로
콜리는 좀 시무룩해 보일 때가 있었고, 그러면 나는 그 잠깐의
침묵에 조바심을 내면서도 그녀가 별로 말하고 싶어 하지 않는
것들을 건드리지 않기 위해 또 잔뜩 재치를 부리고 싶어졌다.

그렇게 천근만근 무거웠던 겨울 이불의 끝자락을 걷어 내고서
마침내 봄이 왔다. 콜리는 미국으로 돌아온 지 벌써 일 년이
지났다는 사실을 내게 상기시켜 주었다. 얼마 후, 콜리의 수업
시간표가 갑자기 온라인에서 사라졌다. 나는 기다렸다. 집 밖에서
벚꽃이 피고 졌다. 그즈음이면 종종 찾아가던 옛 동네 골목으로
가 보았더니, 아니나 다를까, 그해에도 어김없이 갓 태어난 장미
봉오리들을 등에 업은 어미 넝쿨들이 있는 힘껏 가파른 벽에

매달리고 있었다. 그러고서 마침내 한국 시간으로 2022년 4월 29일 새벽에, 콜리는 엄마의 부고를 알리는 메시지를 보내왔다.

"지난밤에 엄마가 평안히 돌아가셨어. 이제 더 이상은 고통스럽지 않으셔. 우리 가족들은 다 잘 있어. 너에게 알려 줘야겠다는 생각이 들었는데, 왜냐하면 그동안 내가 너한테 엄마 얘기를 워낙 많이 했잖아. 건강히 잘 지내고 있기를……."

코로나19가 콜리에게는 선물 같은 불운이었을까, 혹은 차라리 행운이었을까. 그렇게 삼십여 년 만에 불쑥 옆방 침대로 돌아와 있던 딸의 곁에서, 콜리 엄마는 생을 마감했다. "참 다행이야. 영화랑은 다르게 우리 집은 순서대로 갔잖아." 나중에 콜리는 이런 농담을 하며 웃었는데, 우리는 누구든 부모를 떠나보낸 자식으로부터 이와 같은 미소를 볼 때가 있다. 그러면 마치 봄을 잃은 꽃봉오리가 툭 하고 떨어지는 걸 볼 때처럼, 그저 가슴 한구석이 조용히 아려 올 뿐이다.

•

"나 왔어."

콜리의 시카고 시절에 엄마는 불쑥 전화를 걸어와서 이렇게 말하곤 했다.

"왔다니? 어딜 와?"
"밖에."

마치 옆집에서 오기라도 한 것 같은 말투였다.

"텍사스에서 시카고까지는 다섯 개 주를 거쳐서 와야 하는데도 말이야. 또 이런 식이었어. '나 멕시코 가려고.' '멕시코? 멕시코에 가서 뭐 하려고?' '글쎄? 가 봐야 알겠지?' '누구랑 가는데?' '글쎄? 너도 갈래?'"

"그래서, 갔어?"

"응, 갔어. 그때 회사에는 친척한테 무슨 일이 생겼다고 했어. 친척이 응급한 상황입니다, 라고 하면 완전 거짓말은 아닌 거잖아?"

"멕시코는 어땠어?"

"멕시코는 국경까지만 갔어. 사실 거기가 그렇게 안전한 데는 아니라서, 갔다가 그냥 돌아왔어. 아, 그러고서 또 캐나다 국경까지도 갔었구나. 그냥 어느 날 갑자기 나타나서 같이 가자고 그러는 거야."

그렇게 언제든 어디로든 갈 수 있는 것처럼 굴었던 엄마였지만, 정작 콜리가 사는 시카고만은 낯설어했다. 콜리가 미국을 떠나기 직전에 엄마는 마지막으로 그곳을 방문했다. 둘은 시내의 한 고층 빌딩 꼭대기에 있는 레스토랑에 브런치를 먹으러 갔다.

"레스토랑이 육십층에 있었는데, 엘리베이터가 너무 느렸어. 엄마는 괜찮다고 하는데 도무지 괜찮지가 않아 보이더라고. 그래서 그거 신경 쓴다고 나도 괜찮지가 않았어. 내가 시카고에서 일했던 사무실이 칠십층에 있었거든. 시어스 타워라고, 알지? 나는 그렇게 높은 데가 익숙했지만 엄마는 아니었거든. 또 전에도 엄마가 내 사무실까지 올라온 적은 단 한 번도 없었고 항상 밖에서 기다렸으니까. 근데 그날은 마지막이었기 때문에, 결국 엘리베이터를 탔던 거야. 마침

조명이 굉장한 엘리베이터였어. 꼭 무슨 사진 스튜디오 같더라고. 내가 휴대폰을 꺼내 카메라에 우리를 비춰 보면서 이렇게 말했어. 이거 봐 봐, 엄마! 우리한테서 빛이 난다……!"

운 좋게 한 이십 층인가까지 아무도 타지 않았다. 올라가는 동안 두 사람은 신이 나서 사진을 찍어 대며 온갖 호들갑을 다 떨었다. 그러다 어느 순간 엘리베이터가 멈추며 문이 열렸을 때는, 아무 일도 없었던 것처럼 시치미를 뗐다.

"정말로 감쪽같았는데, 근데도 기다리던 사람들이 모두들 우릴 보면서 '저, 여기 타도 되나요?' 하는 표정을 짓는 거야. 하여튼 그날은 엄마랑 나랑 우리 둘이서 정말 무슨 십 대 소녀들 같았다니까! 뭐든 '진짜 예쁘다!' 하면서 구경하고, 뭐든 '진짜 맛있다!' 하면서 먹고, 마치 뭐든 다 처음이었던 것처럼 말이야……!"

•

엄마를 떠나보내기 전에, 텍사스에 있는 동안 콜리는 묘지 비석 닦는 사업을 준비 중인 친구의 컨퍼런스 PPT 작업을 도운 일이 있었다. 친구는 콜리에게 공동묘지 투어도 같이 다니자고 했는데, 콜리는 내가 묘지 보러 미국에 돌아왔나 싶어 기분이 이상하다고 했다.

"외할머니는 삼십 마일이나 떨어진 곳에 묻었어. 근처에 더 이상 땅이 없거든. 있던 무덤들도 부동산 개발로 얼마나 많이 파냈는지 몰라. 골프장 만든다고."
"무덤들을 파낸다고? 익명의 무덤들인가?"

"응, 한 번 파낼 때마다 나오는 시신들이 몇십 구에서
몇백 구는 될걸?"

콜리는 아빠와 새엄마는 땅에 묻히고 싶다는데, 정작 엄마는
그런 것은 상관 안 한다는 듯이 굴고만 있어 답답하다고도 했다.

"먼저 내가 이렇게 물어. '덕마, 만약에 말이야, 만약에 그렇게
된다면 엄마는 땅에 묻히고 싶어? 아니면 화장이 좋아?
예배는 해야겠지?' 그럼 엄마가 답해. '상관 안 해, 그런 거.'
그럼 내가 다시 물어. '상관 안 해? 하기 싫다고?' 그럼 엄마가
다시 답해. '뭐, 할 수는 있겠지? 파티 같은 거?' '아, 파티를
원해?' '아니, 상관 안 한다고.' 정말 이상한 대화지 않아?
늘 이런 식이야. 사사건건 나랑 경쟁하는 거 같아. '나는
늙은이가 아니다.' '엄마, 엄마 늙었잖아. 엄마 아프잖아.'
'나는 독립적이야.' '그래, 그래요. 오케이.' '너 내 말 안 믿니?'
'믿어, 내가 오케이라고 했잖아.' '네 오케이는 오케이가
아니잖아…….'"

그러면서 콜리는 이 년 전에 돌아가신 외할머니의 마지막 길을
돌보았던 엄마의 이야기도 같이 들려주었는데, 아마 이 모든 것들은
그녀가 자기 엄마에 대하여 어떻게든 이해해 내려고 할 때마다
거쳐 가게 되는 익숙한 지름길인 것 같았다. 그리고 이러한 노력은
엄마를 보낸 후에도 계속됐다.

"외할머니가 우리 엄마한테 참 못했거든. 자식이 전부
일곱인데, 그중에 우리 엄마만 자기를 씻겨 주고 돌봐 주고 다
했는데도, 근데도 엄마만 막 대했어. '누구야? 왜 이래 나한테?
아, 내 멍청한 딸내미구나!' 사실 우리 증조외할머니가 진짜로

무서운 사람이었거든. 그래서 우리 외할머니가 그렇게 된
거야. 우리 외할머니는 최악이었고, 그에 비하면 우리 엄마는
그래도 좀 나은 편이었어. 근데 재밌는 게, 왜「애정의 조건」을
볼 때 나는 항상 딸 편이었고 엄마는 항상 엄마 편이었다고
했잖아? 근데 우리 엄마가 나중에는 점점 더 딸 편을 들기
시작했거든?"
"그랬어? 엄마는 왜 입장을 바꿨을까?"
"그게 아마, 자기 딸이 성인이 돼 가는 걸 보면서 영화 속 딸에
대해서도 좀 더 이해하게 됐던 거 아닐까? 내 생각에는 그래.
어릴 때 기억 속에서 엄마는 항상 '엄마가 제일 힘들어. 엄마가
제일 힘들다구' 그랬거든. 근데 내가 점점 크면서 엄마한테
'나는 이것도 해 봐야겠고, 저것도 해 봐야겠어'라고 말하기
시작했잖아. 그런 나를 보면서 엄마는 자기는 자기 엄마에게
어떤 딸이었는가에 대해서도 좀 더 생각해 보게 됐던 거
같아. 그러면서 딸의 입장을 좀 더 이해하게 됐던 거 아닐까?
그러니까 어쩌면 나한테「애정의 조건」이라는 영화는, '너와
엄마 사이의 관계, 그거 완벽하지 않아도 괜찮아'라고 말해
주는 것도 같아. '그리고 거기서 생겨나는 온갖 다이내믹한
것들, 그런 것들 역시 다 관계의 일부다'라고. 예를 들면,
엄마가 딸하고 경쟁해도 괜찮다, 엄마도 자기가 할 수 없는 걸
딸이 해냈을 때 열등감을 느껴도 괜찮다, 라고."
"엄마가 딸하고 경쟁을 한다고??"
"응, 그리고 그런 경쟁을 해도 괜찮다고. 경쟁, 질투심, 분노,
이런 감정들이 엄마에게 있다는 걸 인정해도 된다고. 나는
사람들이 이런 것들에 대해서 얘기하는 걸 지나치게 꺼린다고
생각해. 거의 터부시하지."
"너는 영화 속의 엄마가 딸을 질투했다고 생각하는 거야?"
"응, 나는 그랬다고 생각해. 그래서 그 엄마가 딸을 잃었을

때 고통이 더 컸을 거라고 생각해. 왜냐하면 살아 있는 동안
대부분의 날들을 딸한테 화내는 데에 써 버렸으니까. 있잖아,
우리 엄마는 나르시시스트였어. 양극성 장애였고. 그런데
엄마가 그렇게 된 건, 아마도 엄마의 트라우마 때문이었을
거야. 그리고 그런 엄마의 트라우마는 엄마의 엄마의 트라우마
때문이었고……. 우리 외할머니랑 증조외할머니는 둘 다 미친
사람들이었어. 내 생각에 우리 외할머니는 강간을 당해서
첫애를 낳았던 거 같아. 그때 나이가 열네 살이었대. 그러고서
강제 결혼을 당했고. 증조외할머니는 외할머니한테 맨날
'너 나가서 돈 벌어 와'라고 했대. '아니면 나가서 남편을
찾아라'라고 하든지. 외할머니는 열여덟 살에 우리 엄마를
낳고서 나중에 딸을 하나 더 낳았는데, 아들들한테는 안
그러면서 딸들은 다 미워했어. 그러니까 봐, 내가 엄마한테
인내심을 가질 수 있었던 이유는 내가 이런 옛날이야기들을 다
알았기 때문이야. 그래서 나는 이해한다고. 우리 엄마는 그냥
자기 이야기가 흘러가는 대로 최선을 다해 살았을 뿐이라는
것을. 또 그런 것치고 판단력도 꽤 좋았다고, 나는 그렇게
느끼거든. 그래서 지금도 뭔가 새로운 도전을 해야 할 때면
나는 이렇게……."

문득 콜리는 자기 가슴 위로 손을 가져와 작게 토닥이는 시늉을
했다. "괜찮아, 엄마도 잘 해냈잖아." 그러면서 그녀는 글썽거렸고,
"미안해" 하고 웃으며 후드를 잡아 당겨와서 두 뺨 위에 흘러내리고
있던 눈물을 슥슥 닦아 냈다.

·

애초 계획보다 조금은 늦어졌던 그해 시월 콜리는 미국을 떠나

말레이시아로 돌아갔다. 그리고 두 달 뒤, 마침내 대만 집으로
완전한 귀환을 이루었다. 이후에 콜리는 미국에 남겨 두고 온
가족들의 상실감이라든지 그 밖의 것들에 대하여 꽤 진지하게
고민하는 것 같았다. 아빠네와 동생네와 친척들까지 다 같이
대만으로 와서 살았으면 좋겠다고도 했고, 실은 수년 전부터
그렇게 하자고 설득해 왔지만 다들 낯설어하거나 차마 용기를 내지
못한다고도 했다. 그제야 난 콜리에게 물었다. 그것은 실은 훨씬
오래전에 했어야 하는 물음인 것 같았다.

"그런데 너는 애초에 왜 미국을 떠났던 거야? 외국에 살고
싶었던 거야? 그보다는 미국에 살기 싫었던 거야?"
"미국에 살기가 싫었지."

콜리는 자신이 원했던 것이 아주 최소한의 것이라고 했다.

"한번은 내가 텍사스에서 사우스캐롤라이나까지 운전해서
간 적이 있었어. 그때 여동생이 거기 살았거든. 아무튼
루이지애나, 미시시피, 앨라배마, 테네시, 이런 곳들을 거쳐서
갔는데, 전부 다 경찰한테 걸리면 최악인 동네들이었어.
엄마가 항상 나한테 말했거든. 자동차 여행, 절대로 밤에는
가지 마라. 그런데도 난 그냥 빨리 가고 싶었던 거야. 장장
열세 시간 거리였으니까. 밤 아홉 시엔가 출발해서 가고
있었는데, 갑자기 뒤에서 경찰차가 쫓아오더니 차를 세우라고
하더라고. 그때 나 진짜로 무서웠어. 그 경찰이 그러더라고.
내가 빨랐다고. 무슨 소리야, 그 도로에서 나를 추월해 간
차들이 나보다 한 열 배는 더 빨랐는데……. 어쨌든 그러면서
그 사람이 또 뭐라고 했냐면, 나한테 조심하라고 했어. 뭔가
급한 일이 있겠지만, 여기서는 이렇게 다니면 안 된다고.

조심해라. 그때가 새벽 두 시인가 세 시인가 그랬는데,
그러고서 바로 숙소를 찾아 들어가서 해 뜰 때까지 기다렸다가
갔지……. 하여튼 길에서 교통경찰 만나서 차 세웠다가 총
맞고 죽은 사람들이 줄줄이 있을 때였어. 남부에 그런 문제가
많았어."
"그때가 언제야?"
"내가 스무 살 되기도 전이었지. 정확히는, 1996년. 그리고
사실은 경찰이 내 삼촌 두 명을 죽였거든?"
"뭐라고?"
"삼촌 한 명은 텍사스에서 죽었고, 다른 한 명은 엘에이에서
죽었어. 1988년이랑 1997년에. 삼촌들을 다른 사람들로
착각했대. 용의자 인상과 비슷하다는 이유로 그냥 총을
쏜 거야. 그런데 죽고 나서 보니 전혀 닮지도 않았었고.
우리 숙모들 둘 다 시를 고소해서 나중엔 돈도 받았어.
그러고서 엘에이 숙모는 그 동네 사는 게 더 힘들어져서 결국
애틀랜타로 이사를 갔지만……. 어쨌든 내가 그 교통경찰을
만난 바로 그다음 해에 두 번째 삼촌이 죽었어. 그런데 결국
이 모든 일이 벌어져야 했던 이유란 게, 단지 내가, 우리가
흑인이기 때문인 거잖아. 그때부터 그냥 자연스럽게 생각했던
거 같아. 어딘가 다른 데 가서 살아야겠다. 어딘지는 아직
모르겠지만, 여기는 아니다. 작년에도 또 그런 사건이 있었지?
그럴 때마다 뉴스 화면 속 길거리에 죽어 있는 사람이 딱
나처럼 생긴 사람이라는 거, 그거 보는 것만 해도 나에게는
트라우마라고."

나는 새삼 미국에서 경험했던 두세 번의 장거리 자동차 여행을
떠올렸다. 특히 그중에 하나는 엘에이에서 라스베이거스로
다녀오던 길에 관한 기억이었다. 각막한 사막 한가운데에 직선의

도로가 나 있었고, 앞으로도 또 뒤로도 소실점밖에는 아무것도
보이지 않던 그런 비현실적인 그림 속에 내가 있었다. 그리고
그곳에서 꽤 오랜 시간 동안 우리는 유일한 여행자들이었다.
감탄하는 것도 잠시, 나는 깜박 졸았다. 졸다가 어느 순간 눈을 떴을
때, 운전자가 기어를 고정시켜 놓은 채로 잠들어 있는 걸 발견했다.
나는 소름 끼쳐 하면서 그를 깨웠다. 그러고도 그 길은 또 얼마나
지루하게 계속해서 이어지던지⋯⋯! 살면서 한 번도 경험해 본 적이
없었기에 보면서도 좀처럼 믿기지 않던, 거대한 땅의 한가운데를
달린다는 것은 바로 그와 같은 일인 것 같았다. 피할 수 없는 졸음과
공포가 동시에 현존하는 일. 마치 양극성 장애를 겪는 것처럼
말이다. 그러다가 어느 순간 갑자기 경광등을 단 차가 나타나더니
당신을 마구 쫓아오기 시작한다면? 당신은 그냥 그가 하라는 대로
하는 수밖에는 없다. 왜냐하면 그는 총을 들었을 테니까. 그래서
마음만 먹으면 언제라도 당신 눈앞에서 그걸 흔들어 대면서 이렇게
말할 테니까. "조심해! 여기선 이렇게 다니면 안 된다고⋯⋯!"

이와 같은 길을 콜리의 엄마는 계속해서 달려갔고 달려왔던
것이다. 때로는 혼자서, 때로는 자신의 딸들을 데리고서. 저번에는
남쪽으로, 이번에는 북쪽으로. 거기가 어디든 미국이 끝나는
그곳까지 힘껏 달려갔다가는 이내 되돌아오곤 했던 것이다. 그리고
아마도 그랬던 그녀가 있었기에, 그녀의 딸 콜리는 그 국경을 아예
넘어 버리고 말겠다는 결심을 해낼 수가 있었다.

    "내가 그랬대. 미국 떠나기 전에. '나는 미국 땅에서는 죽기
    싫어.' 기억이 안 나는데 내가 그런 말을 했다고 하더라고.
    그런데 맞아. 내가 미국을 떠난 이유는 미국에서 살기
    싫어서라기보다, 미국에서 죽기 싫어서야."

●

이번에 미국을 떠나오기 전에, 콜리는 다시 한번 자동차 여행을
다녀왔다. 플로리다의 올랜도로부터 조지아, 캐롤라이나,
웨스트버지니아를 거쳐 펜실베이니아로까지. 그녀는 그동안
잘 안 가 봤던 미국 동쪽을 찬찬히 다 둘러봤는데, 그중에서도
웨스트버지니아의 어느 작은 마을이 자기 마음에 쏙 들었다고 했다.
그곳 사람들은 뭐든지 만들어 먹는다고 했다. 치즈든 맥주든 뭐든
다. 콜리가 그 마을에 머무는 동안 매일 아침 꿀을 만드는 이웃이
찾아와서 우유를 주고 갔고, 또 곰도 봤다고 했다.

하지만 긴 여행의 시간 동안 콜리의 기억에 가장 남았던 것은 어느
거대한 공동묘지에서 보낸 오후였다. 심지어 미국이 생기기 전에
있었던 사람들까지 묻혀 있는 아주 오래된 묘지라고 했다. 이백 년
된 나무들과 풀들이 자라고 있던 그곳에서는, 모든 게 너무나도
새로워 보였다고 했다.

"보통 묘지에 가면 기분이 별로 안 좋잖아. 그런데 그곳은
꼭 나를 반겨 주는 것 같더라고. '어서 와. 잘 왔어. 여기는
가장 안전한 곳이야.' 날씨가 더울 때였는데 그곳에선 오히려
따뜻한 기분이 드는 게 좋았어. 안에는 공원이 있었는데, 꼭
소풍 온 것 같더라고. 공동토지에서의 브런치라……. 많은
묘들이 익명의 묘들이었고, 어떤 아이, 어떤 남자, 어떤 여자,
1600년대, 1700년대, 이렇게만 적혀 있었어. 그런데 내가 그
사람들과 연결돼 있는 것 같은 기분이 들었어. 우리 그곳에서
세 시간이나 머물렀거든. 해변도 있었어. 풀들이 무성히 자라
있는 들판 바로 옆이 바다였어. 묘들을 등지고 서 있으면,
앞에서 끊임없이 파도가 밀려오는 걸 볼 수 있었지. 굉장히

이상했어. 미국에서 그런 편안한 기분을 느낄 수 있다는 게
말이야. 응 그래, 여기라면 내가 조금 더 있다가 갈 수 있겠다,
그런 기분이었달까. 미국에서 나는 어느 산을 가더라도, 어느
도시에서 뭘 먹더라도, 항상 내가 위험한 곳에 있는 것처럼
느꼈거든. 그런데 그곳에서는 이상하게 무섭지가 않더라……."
"잊힌 사람들이 너에게 안식을 준 걸까?"
"그랬던 거 같아. 그리고 엄마가 돌아가시고 나서 보니
내가 정말로 운이 좋다고 느끼는 게, 엄마는 나에게 참 좋은
본보기가 되어 주는 것 같아. 하나의 지도처럼. 아직까지
나는 그 지도를 보면서 운전 중인데, 앞으로 내게 올 일이
무엇이든지 간에 그것을 대비할 수 있을 것 같은 그런 느낌이
있거든. 그래서였는지, 그곳에서 나 이런 느낌도 받았어.
'이 사람들 전부 누군지도 모르는 채로 잊혀 갔지만, 이들의
이야기는 지금까지 계속되고 있구나…….' 엄마가 가고
이제 백오 일이 지났는데 말이야. 참 놀라운 일이지. 시간은
정말 이상해."

콜리의 말이 옳다. 시간은 정말 이상하다. 시간은 절대로 당신 손에
잡히지 않지만 늘 곁에서 서성거리고 있는 죽음 같은 것이다. 혹은,
죽은 엄마 같은 것이다.

봄
의

마 녀

지우를 만나기로 한 곳은 내가 다니던 영화 학교 앞의 작은
카페였는데, 도착해서 보니 공사 중이라 문이 닫혀 있었다. 내가
"날씨도 좋은데 우리 학교 벤치에 앉아 볼까요?"라고 물었더니,
지우는 "너무 좋아요"라며 활짝 웃어 줬다. 화창한 오월 중순의
토요일, 캠퍼스는 한산했다. 지우가 예술하는 학교는 어떻게
생겼는지 궁금하다고 해서, 우리는 건물 안으로 들어가 봤다.
연극원 연습실의 눅진한 공기는 십여 년 전의 그것 그대로였다.
단지 마룻바닥만 색이 더 바래지고 매끄러워져 있었는데, 그 위로
올라서 보니 또 배꼽 아래가 싸늘해지며 하체 마디마디가 다
근질거리는 것 같았다. 이런 일은 주로 연기 연습실이나 도서관에
있었을 때, 또 아주 가끔은 글을 쓰던 중에도 일어났다. 이와 같은
증상에 대하여 누군가는 리비도적 승화 작용의 전조 증상이라고
거창하게 의미 부여를 했고, 또 누군가는 그건 그냥 배설의
욕구일 뿐이라고 했는데, 어느 쪽이든 의식적으로 통제하기 힘든
생리적 반응임은 분명해 보였다. 그리고 어쨌든 이러한 경험을
통하여 내가 깨닫게 되었던 것은, 사람은 비단 연기를 할 때뿐
아니라 책을 읽거나 글을 쓸 때조차 머리보다 몸의 감각을 쓸 때가
많다는 거였고, 그렇기에 무릇 창작을 하는 사람이라면 어느 곳에
있든지 거기 바닥을 자기 맨발로 한번 디뎌 보는 것과 그러지
않는 것에 큰 차이가 있을 거란 점이었다.

연극원이 있는 건물의 나머지 절반은 영상원이 차지하고 있는데,
일단 그쪽으로 넘어가면 신발 벗을 일은 없었다. 특히 시나리오
워크숍 시간에는 마치 족쇄를 차고 방에 감금당하기라도 한 듯
무기력해지고 비관적인 상태가 돼 버리곤 했다. 한번은 겨울날에
다 같이 둘러앉았을 때 누군가 깜짝 놀라며 내 부츠를 손가락질한
일이 있었다. "겉이 다 떨어졌잖아. 이런 걸 신고 온 거야?"
내가 봐도 그것은 당장 내다 버려야 할 정도로 낡아 있긴 했다.

그랬는데도 순간 나는 창피하기는커녕 오히려 절묘하다고나 할까,
혹은 통쾌하다고나 할까, 그런 기분을 느꼈다. 왜냐하면 그때는
내 안의 쓸모없는 낡은 것들을 발견하는 족족 버리기에 바빴던
시절이었고, 버릴 게 또 한 가지 발견된 것뿐이었으니까. 말하자면
그때의 나는 날마다 이런 생각을 하고 있었던 것 같다. 결국 이렇게
낡아 빠진 게 나라면, 그러니까 겨우 이것밖에 안 되는 생각의
뭉치가 나라면 말이다, 그렇다면 더욱이 나는 언제든지 내가 원할
때에 이곳을 떠날 수 있는 거고, 그럼으로써 영화로부터 영원히
자유로워질 수 있는 거다, 만세……! 이처럼 극한의 절망을 해방의
출구로 삼았던 나였고, 실제로도 그것은 꽤 실현 가능성이 높은
가설로 보였다. 물론 십 년이 지나서도 여전히 비슷한 생각을 하고
있으리란 건 전혀 상상도 못 했지만.

스물아홉 살 지우의 직업은 인플루언서 마케터라고 했다. 이를테면
유튜브 채널이나 인스타그램 피드, 틱톡 같은 데서 '이 브랜드 너무
좋아요' 하는 식의 광고들을 기획하고 편성해서 어떻게든 조회 수가
늘어나게끔 하는 그런 역할이라고 했다.

　　"지금은 물러나 있는 편이지만, 한때는 최전방에서
　　인플루언서들과 직접 소통하는 파트너십 매니저로 일을
　　했어요. 예를 들어 크리에이터가 콘텐츠를 올려야 되는데
　　무슨 소재로 해야 할지 모르겠어요, 하면 이번에는 이런
　　콘텐츠로 짜는 게 더 유리하지 않겠느냐, 하면서 제안해 주는
　　역할, 또 반대로 회사에서 누구 매니저님, 이번에 이런 사업을
　　진행해 보고 싶은데 누구 님 의사를 물어봐 주실 수 있을까요,
　　하면 물어볼 거 물어보고 정리해서 관리도 해 주는 중간자
　　역할이었어요. 하여튼 간에, 되게 힘든 일이었어요."
　　"뭐가 가장 힘들었나요?"

"예측할 수 없다는 것이요. 하다못해 핸드폰에 빨간색으로
카톡 알람이 들어오면 마음이 불안할 정도였으니까요. 정말로
다 꺼 놓고, 한 삼사 일 칩거하고 싶을 정도로요."
"인플루언서의 매니저라는 게 꼭 연예인 매니저 같은 건가
보네요."
"맞아요, 운전만 안 하지 거의 같을걸요. 그리고 사실 제가
한때는 꿈이 배우였거든요."

'아 그랬군, 역시'라고 나는 생각했다. 어느 순간 지우에게 그런
유의 욕망이 있었을 것만 같은 촉이 왔었다. 이런 건 그냥 내 몸이
아는 것이기도 하고, 또 요즘 워낙 꿈이 배우였던 사람이 많아졌기
때문이기도 하다.

"대학 졸업할 무렵에 어린이 뮤지컬 입봉을 했어요. 지역마다
있는 유치원들을 돌아다니면서 순회공연을 했거든요. 거기서
제가 맡은 역할 중에 하나가 봄의 마녀였어요."
"봄의 마녀, 그게 뭔가요?"
"보통 애기들이 좋아하는 공주가 있으면 반대편에 마녀가
있잖아요. 근데 봄의 마녀는 공주의 적이지만 조력자이기도
해요. 그러니까 스테이지 원에서는 공주가 봄의 마녀를
만나서 싸우고, 스테이지 투에서는 족장의 딸 미랑이를
만나서 싸우는데, 그러다가 마지막에 결국 다 같이 한 팀이
되어서 괴물을 물리치는 이야기거든요. 저는 처음에는
마녀 옷 입고 샬랄라 하면서 나왔다가 얼른 또 들어가서 옷
갈아입고 미랑이로 나왔었고, 또 연극 시작하기 전 객석에서
'여러분, 안녕하세요' 하는 역할도 했었는데, 그런 걸 뭐라고
하더라……?"
"바람잡이?"

"맞아요, 바람잡이. 아무튼, 이거저거 다 하는 멀티였어요. 뭐,
제가 주인공처럼 청초한 스타일은 아니니까요."

공연은 하루에 평균 두세 번씩 있었고, 보통 주조연 오빠들이
운전하는 봉고차를 타고 돌아다니다가 잠시 모텔로 가서 쉬고
또 하는 식이었다. 얼마 후 지우는 제법 큰 공연인 어린이 뮤지컬
「콩순이」에도 캐스팅이 되었는데, 거기서도 '그 밖의 역할들'을
맡았다.

"사과나무도 하고 방구 사탕도 하고, 또 초반에 바람잡이로
나오는 댄스 팀 멋진 친구들 그런 것도 하고⋯⋯. 한 반년은
대학교 사학년 때 논문 쓰면서 했고요, 나머지 한 반년은 회사
다니면서 주말마다 했어요."
"그러니까 지금까지의 얘기를 정리하면, 원래 나는 무대 위
주인공이 되고 싶은 사람이었다, 그런데 어쩌다 보니 무대
뒤에서 매니저 일을 하게 됐다, 그래서 너무 힘들었다, 이런
걸까요?"
"맞죠. 맞는데, 그렇지만 나는 두 일 다 좋아했다."
"두 일 다?"
"네, 배우가 되는 것도 좋았고, 또 다른 누군가가 빛나도록
도와주는 것도 좋았고. 왜냐하면, 결국엔 한 팀이잖아요. 공연
팀에 있을 때는 이 공연을 잘 마칠 수 있게 내가 한몫했다,
이런 뿌듯함을 느꼈고, 회사 프로젝트를 진행할 때도
매니저로서 행복했어요. 다만 제가 컨트롤할 수 없는 상황들이
너무 많았던 거뿐이었죠. 사실 요즘에는 호주로 갈까, 이런
생각도 하고 있거든요. 일억 모아 가지고. 간호사로요."
"간호사로요? 갑자기?"

지우는 자신이 일하고 싶을 때까지 일할 수 있는 직업에 뭐가
있을까를 고민하던 차에, 문득 간호사를 해야겠다는 생각이
들었다고 했다.

“하지만 간호사 일이라면 배우 일과 너무 거리가 멀지
않을까요? 또 매니저 일보다도 훨씬 더 뒤로 물러나 있어야
하는, 거의 그림자 같은 일일 텐데요?”

나는 내 의심스러운 마음을 그대로 내보였다. 솔직히 말하면
지우를 좀 자극해 보고 싶었던 것도 같다. 내가 왜 그랬을까? 먼저
경험치에서 비롯된 편견이 있었음을 인정해야겠다. 일단 무대 위
주인공을 그토록 갈망해 본 사람이라면, 그래서 트렌디한 SNS
사업 최전선에서 인플루언서들의 주위를 서성거리던 사람이라면,
느닷없이 간호사의 희생적인 삶으로 선회하여 안정적인 삶을
살아갈 수 있을 거란 확신이 안 들었다.

“네, 근데요, 어떻게 보면 연기라는 것도 그냥 역할인
거잖아요. 그렇다면 간호사 역할도 넓은 의미에서는 연기일
수 있는 거고요. 그러니까 제가 정말로 간호사가 되어서 아픈
누군가를 책임진다, 그 아픈 누군가에게 조금이라도 도움이
된다, 이런 것도 의미 있는 역할이지 않나 싶어요.”
“그렇지만 현실에서는 내가 그렇게 책임지겠다는 마음이
있을수록, 곁에서 책임지지 않고 자기 것만 챙기려고 하는
사람들을 보면서 더욱 분노하게 될 텐데요. 보통 영화계에서도
서로 주인공이 되고 싶은 사람들끼리 모였을 때 그런 갈등이
굉장히 심하거든요. SNS 세계도 마찬가지 아닌가요?”

고백하자면, 영상원을 다니던 시절에 나는 그곳을 종종 욕망

유치원이라 부르곤 했다. 욕망 우치원이란, 이곳에서는 반드시
내가 제일로 빛나고 말겠다는 유아적(唯我的) 욕망의 투사를 서로가
서로에게 가하고 당하던 심리적 격투장을 뜻했다. 그러므로 그런
곳에서 나 또한 내 사는 동안 봤던 것 중에 가장 징그러웠던 욕망의
꽃을 피우는 법을 터득해 냈고, 그럼으로써 간신히 영화계로 첫발을
떼 낼 수 있었다.

"그런데요, 그 약간, 뭐지……."

어쩌면 무례하기로 작정한 듯한 이 꼰대의 공격 앞에서 지우는 약간
머뭇거리기는 했으나, 다행히도 좀처럼 주눅이 드는 타입은 아닌 것
같았다.

"만약에 어떤 모임에 가서 제가 주인공 역할을 해야 한다면,
저는 그걸 해요. 또 만약에 분위기 메이커 역할을 해야 한다면,
제가 광대가 되고요. 그리고 만약에 둘 다 아니면, 그럼 그냥
조용히 있어요. 저는 좀 그렇게, 주어진 자리에 맞는 가면을
그때마다 싹싹싹 갈아 써야 한다고 생각하는 사람이거든요.
왜냐하면 잘난 사람들이야 너무 많겠지만, 그 잘난 사람이
딱 한 명 있다고 해서 삶이 굴러가는 건 아니니까요. 주위
사람들과 서로서로 협력했을 때에야 일들도 잘 풀려 가는
거고, 그러니까 말하자면 돌멩이도 쓸모가 있는 거고 짚신도
쓸모가 있는 거고 그런 거니까요. 이런 생각을 하면서부터
저도 제 직업에 대해 욕심을 좀 덜 낼 수 있게 된 것 같아요.
물론 전에는 저도 주인공만 되고 싶었고 그랬었죠……. 그래도
어쨌든, 같이 가야 행복한 거니까요."

•

어릴 적부터 지우는 주인공이 되고 싶었다. 배우를 꿈꾸기 전에는
댄서를 꿈꾸기도 했다. 이 말인즉, 배우가 되는 걸 포기하기 전에
이미 댄서가 되는 걸 포기했었다는 뜻이다.

"초등학교 때부터 중학교 때까지 계속 춤을 췄는데, 그때는
유튜브 대신 UCC라는 게 있었거든요. 자기 춤추는 영상을
인터넷 카페에 올려서 거기 있는 사람들하고 다 같이 보고
그랬어요. 어느 날 아는 언니가 '야, 너 이만큼 춤 못 출
것 같으면 댄서는 아예 생각도 하지 마라' 하면서 뭘 보여
주더라고요. 영상 속에서 어떤 여자애가 춤을 정말 기깔나게
추는 거예요. 그거 보고 딱 접어야겠다, 생각했어요. 나중에
알고 보니 그게 2NE1의 공민지를 삼 대 소속사로부터
러브 콜을 받게 했다는, 바로 그 오디션 영상이었어요."

그래서 비록 일찌감치 댄서의 길은 포기하게 되었어도, 그럼에도
춤은 여전히 지우의 마음속 가장 깊은 곳에 자리하고 있는 그
무엇이었다. 고등학생이 되고서 지우는 한동안 춤을 끊었다.
그래도 「스텝업 2」라는 댄스 영화가 개봉을 했을 때는 중간고사
기간이었는데도, 이른 아침 혼자서 극장에 갔다.

"전 아직도 이 영화 OST를 들으면 심장이 막 바운스 치고
몸짓하게 되거든요."
"특히 어떤 부분이 좋았을까요?"
"결승 무대를 나가기 직전이에요. 거기 모인 팀원들은,
말하자면 다 오합지졸이거든요. 비까지 엄청 내려요. 사방이
어두컴컴한데, 그런 곳에서 다 같이 힘을 합해 무대를 만드는
거예요. 차들을 갖고 와서 라이트를 연결해 가지고, 마침내

조명이 팍팍팍 켜지고 음악이 나오면서 팀원들이 한 명씩
나오는데, 그때 합이 딱 맞춰지거든요.”
“합이 딱 맞춰지는 게 좋았나 봐요?”
“네, 왜 춤이라는 게 한 사람이 추는 것보다 여러 사람이
똑같은 안무를 출 때 더 커 보이지 않나요?”

순간 지우의 이 말이 내 마음을 흔들었다. 듣자마자 본능적으로
「백조의 호수」의 한 장면이 떠올랐던 것이다. 한때 나는 발레에
미쳐 있었고, 특히 러시아 발레라면 가리지 않고 좋아했다.
그중에서도 차이콥스키의 오케스트라 선율에 따라 말 그대로 수를
놓는 러시아 백조들의 군무는, 언제 보아도 세상에 하나뿐인
그 무엇이었다. 남자든 여자든 사람이 튀튀를 입고 팔과 다리를
대각선 방향으로 뻗으면 우아한 새의 형상이 된다는 것은,
대체 어느 천재가 생각해 낸 걸까? 특히 푸르스름한 달빛이 스민
밤의 호숫가에서 수십 마리의 백조가 합을 딱 맞추어 춤추는 걸
보고 있노라면, 언어적 표현, 서사적 형상화가 불가능한 그
마술적 아름다움 앞에서 그저 머리를 조아릴 수밖에 없는 심정이
돼 버리곤 했다.

“실제로 춤출 때도 혼자 추기보다는 군무를 추는 걸
좋아했나요?”
“대학에 들어가고 나서부터는 다시 춤을 시작했어요.
스트리트 댄스를 췄거든요. 이렇게 둘로 나누는 게 좀 그렇긴
한데, 어쨌든 한쪽에 기량이 있는 애들이 있고 다른 한쪽에
퍼포먼스가 되는 애들이 있다면, 저는 기량이 부족해서
퍼포먼스를 많이 하는 쪽이었어요.”
“어떤 점에서 기량이 부족하다고 느꼈나요?”
“그런 건 그냥 추면서 알게 되는 거 같아요. 저는 댄스 배틀을

싫어하거든요. 댄스 배틀을 하다 보니 아, 나는 이렇게
즉흥으로 내던져졌을 때 희열을 느끼는 게 아니라 공포를
느끼는 사람이구나, 라는 걸 알게 됐죠."

그래서 퍼포먼스를 준비하는 중에도 지우의 역할은 리더보다는
부반장 같은 조력자에 가까웠다. 즉, 리더 언니가 '야, 이거 이렇게
해야지' 하면 지우가 '얘들아, 빨리 해야지, 뭐 해' 하며 주섬주섬
도와주는 식이었다.

"그럼 그 언니 눈에는 제가 예뻐 보이니까, 주인공까지는
아니었어도 자기가 앞으로 나갈 때 두 명이 같이 따라 나오는
무브먼트에 저를 세워 주고 그랬던 게 기억이 나네요. 헤헤."

비슷한 시기에 지우는 「레 미제라블」을 보면서 눈물을 흘리기도
했다.

"뮤지컬 버전의 영화 말고, 1999년에 나온 「레 미제라블」이요.
근데 제 기억에는 그 아저씨가 죽어요."
"그 아저씨? 장 발장이요?"
"아뇨, 주인공 말고 왜 그 아저씨 있잖아요."

알고 보니 그 아저씨는 장 발장 평생의 숙적인 자베르 경감이었다.

"그 아저씨 입장에서 보면, 내가 그 한 사람을 쫓느라고 내
평생을 갈아 바친 거잖아요. 그런데 그 한 사람은 자기 딸도
아니고 와이프도 아닌, 그냥 어떤 타인들을 위해 희생을 했던
거고요. 그걸 깨닫고서 결국 '아, 나 왜 여기까지 온 거지?'
하며 방황하던 모습이 엄청 기억에 남았어요. 막 벅차오르는

감정을 느꼈던 것 같아요. 멋있다, 뭐야, 이러면서.”
“뭐가 그렇게 멋있었어요?”
“그 희생이 멋있었어요. 사실 고등학생이란 게 학교라는
울타리 안에서 단체 생활만 해 봤지, 희생이란 건 제대로 배워
본 적이 없잖아요. 엄마 아빠의 희생을 보면서도 실감을 못
하던 때니까. 근데 그때 영화를 보고 처음 느꼈던 거 같아요.
대박. 희생이란 게 저런 거그나. 대단하다. 그리고 저 아저씨
불쌍하다. 현타 오지겠다.”
“평소 부모님의 희생에 대해 생각을 좀 하면서 살았을까요?”

문득 나는 이 성실한 친구의 성장 환경이 궁금해졌고, 그것에 대해
돌려 물었다.

“특히 엄마의 희생에 대해 의식하고 있었죠. 엄마가
서른여섯에 저를 낳았거든요. 얼마나 힘들었겠어요. 노산에,
미용실 하면서, 맨날 서서 읃하는데 발에 머리카락이 박혀
가지고.”
“발에 머리카락이 박혀요?”
“발에 머리카락이 박혀요. 남자들 머리가 짧잖아요. 그래서
제가 맨날 핀셋으로 뽑아 주고 그랬거든요.”

미처 생각지 못한 희생의 디테일이었다. 잠시 나는 내 지난 영상원
졸업 작품 속의 주인공을 떠올리고 있었다. 거기 보면, 주인공이
미용실 하는 엄마의 손을 만지면서 이런 대사를 하는 장면이
있었다. ‘엄마, 좀만 기다려. 내가 돈 많이 벌어서 여기 엄마 손톱에
염색약 때 낀 거, 다 벗겨 줄게.’ 꽤 잘 썼다고 생각한 대사였는데,
그런데 세상에나, 발에 박힌 머리카락이라니……!

◆

해가 저물면서 바람이 차가워지길래, 우리는 도로 영상원 건물 안으로 들어갔다. 큰 계단강의실 안에 나란히 앉을 때 나무 의자들이 심하게 삐걱거리면서 살짝 앞으로 기울어졌다. '어라, 예전에도 이만큼 기울어져 있었나?' 싶었지만 기억이 나지 않았다. 하여튼 그 시절의 나는 끊임없이 내 안으로 침잠하고 있었으니, 의자의 하강 역시 껍질이 다 벗겨진 부츠처럼 그저 필연적인 걸로 여겼는지도 모르겠다. 기울어진 의자에 대해 얘기를 하고 있자니, 새삼「버닝」의 시나리오 작가로 칸 영화제에 가던 날의 기억이 떠오른다. 파리까지 대략 열네 시간의 비행이었는데, 가뜩이나 만석인 비행기 안에서 내가 할당받은 좌석이 하필 앞으로 쏟아지듯이 기울어져 있어 가는 내내 참 고통스러웠다. 쏟아지듯이 기울어진 의자. 내게는「버닝」과 떼려야 뗄 수 없는 그 무엇이다.

아, 의자에 대해 얘기해 볼 만한 또 하나의 기억이 있다. 어느 영화의 VIP 시사회였다. 그때 나는 아주 약간 친분이 있던, 꽤 유명한 영화감독의 옆자리에 우연히 앉게 됐다. 사실 VIP 시사회라는 거 자체에 묘한 구석이 있기는 하다. 일단 행사의 의의부터가 소위 VIP의 얼굴들을 영화 포스터 앞에 세워 사진으로 박제해서 포털 기사로 내보내기 위한 것이다 보니, 그 밖의 나머지 얼굴 없는 얼굴들은 될 수 있는 한 조용하게, '누구신지 모르겠지만 빨리 좀 지나가 주시겠어요?'라는 무언의 압박을 보내는 시선들 속에 입장해야만 하는 처지들이다. 또한 이 처지들은 극장 안으로 들어가자마자 다시 등급별로 나뉜다. 대개 여덟 시 사십오 분인 마지막 상영 타임에 해당 영화의 감독과 주조연 배우들이 합석하는 상영관을 메인 관이라고 부르는데, 이 말인즉, 일곱 시부터 연이어 시사 상영 중인 나머지 관들은 메인이 아니란 뜻이기도 하다.

또 이 메인 관 안에서는 K열 정도의 가운데 자리가 가장 상석이다.
그러므로 그곳에는 무대 인사를 마친 감독과 주조연 배우들이
줄줄이 올라와 앉게 되며, 그 순간 근처에 신중히 포진시켜 놓은
VVIP들과 친밀한 인사를 나누게 되면서 약간의 폼 나는 그림이
연출된다. 보통 이런 식이다.

흥미로운 것은 영화가 시작되기 전까지는 나름 이렇게 신중한
절차가 확립되어 있는 반면, 막상 영화가 끝나고 나면 아무것도
없다는 것이다. 시사회라는 게 쳐음 공개되는 영화를 보려고
모인 자리임에도, 누구 하나 영호가 어땠는지에 대하여 정말로
말하려 하거나 들으려 하는 모습을 나는 단 한 번도 본 적이 없다.
그런데 듣기로, 한 이십여 년 전까지만 해도 시사회 분위기는
많이 달랐다고 한다. 그때는 영호가 끝나면 출구에서 감독이 일일이
손님들을 배웅했고, 그들에게서 짧은 감상을 듣거나 무언의
반응을 느낄 수가 있었다고 한다. 그래서 만약에 영화가 진짜로
후지면 이따 감독에게 뭐라고 말해야 하나 고민했다는 증언도
있는 걸 보면, 어느 정도 시사회 본연의 분위기는 있었던 모양이다.
그러나 요즘은 코로나 이후로 그나마 얼굴 마주 보던 시사회
뒤풀이마저 없어진 터라, 극장에서 영화가 끝나면 너도나도 그저
흩어지기에 바쁘다.

하여튼 의자 얘기로 다시 돌아가 보자. 그날 그 VIP 시사회에서
상영 시작은 임박해 있었고, 사람들은 분주히 자리를 찾아 앉던
중이었다. 내 옆자리에 있던 예의 그 꽤 유명한 영화감독이 갑자기
내게로 몸을 기울여 오더니 이렇게 속삭였다. "참, 이런 데 올
때마다 사람들 급이 다 나뉘는 것 같고 기분이 별로고, 그렇죠?"
마치 내게 진지하게 위로라도 건네는 듯한 말투였다. 내가 내 주위
다른 사람들과 급이 다르다고 느낀다는 것을 잘 안다는 식이었달까.

그러니 이런 종류의 다정함에는 뭐라고 답해야 하는 걸까? 사실
아직까지도 마땅한 답을 잘 모르겠다. 다만 그때 당황함을 감추기
위하여 나도 모르게 미소를 지어 보였던 것이 후회될 뿐이다.

결국 이와 같은 VIP 시사회의 모습들이 우리 시대 영화의 마지막
초상이 되는 걸까? 내 안에 어떤 예감이 있기는 하나 그것에 대해
섣불리 말하고 싶지는 않다. 다만 영화의 의자가 하강하고 있는
것만은 분명해 보인다. 그리고 아마도 나는 그 기울어져 가는 의자
위에 어떻게든 허리를 세워 앉으려고 갖은 애를 쓰면서, 저물어
가는 극장의 황혼을 바라보고 있는 것 같다.

◆

만나기 전부터 지우는 영화 「버닝」에 대해서는 꼭 한번 얘기를
해 보고 싶다고 했다. 나는 또 될수록 젠틀하려는 칭찬과 될수록
겸손하려는 감사의 말이 상호 교환되는 '답정너'의 상황이 연출될
것 같았기에 '우리 그냥 그러지 말자'고 했었지만, 어느 순간부터는
지우가 하는 무슨 말에든 귀를 쫑긋 세우고 있었다.

　"「버닝」은 제가 개봉 당시에 영화관에서 봤었거든요. 기억나는
　건 영화가 끝나고 불이 켜졌을 때 관객들의 표정이에요.
　다들 '뭐야?' '몰라' 이러면서 웅성웅성 나갔거든요. '모르겠어'
　'이해했어?' 이러면서요. 저는 또 저대로 '이게 끝인가?
　쿠키 영상 같은 건 없나?' 생각하고 있었고요. 그냥 아예
　이해를 못 했던 거 같아요. 또 그날 분위기를 보면, 다른
　관객들도 이해를 못 했던 것 같고요. 근데 나중에 두세 번을
　보고 나니, 그때는 어떤 결핍 같은 게 느껴지더라고요."
　"어떤 결핍 같은 거요?"

"네, 왜 사람은요, 어떤 꿈이 있었지만 그걸 못 이루고 현실에 갇혀 버리게 됐을 때 좌절하는 거 같아요. 특히 한국 사회는 '너, 이거 해야지' 하는 사호여서 더 그렇고요. 1단계. 좋은 대학 가야지. 성공하셨습니다. 클리어. 2단계. 좋은 회사 가야지. 또 성공하셨습니다. 클리어. 그럼 이제는 결혼해서 자식 낳아야지. 자식 낳았으면, 그러면 좋은 대학 보내야지. 이런 데서 오는 박탈감을 다들 한 번씩은 느껴 봤을 거 아니에요? 저도 제 안에 그런 것들이 어느 정도 쌓이고 난 뒤에 영화를 보니까, 그 아픔이 브이더라고요."

"그 아픔이 보인다는 게 뭔지, 좀 더 설명해 줄 수 있어요?"

"그게 좀 마주하기 싫은 감정이었어요. 내 약점이 이거다, 라고 말하고 싶지는 않은 그런 감정……? 그래, 종수도 꿈이 있었는데 못 이뤘구나. 그래서 벤 같은 사람을 보면서 저 형 기깔난다, 졸라 멋있다, 그러는 거구나. 저런 감정이 나한테도 있었지. 제가 '있었다'고 말할 수 있는 이유는, 이제는 좀 소박해졌기 때문이에요. 그냥 오늘 하루 나 자신을 잘 먹이고, 내 가족한테도 주변한테도 잘하고, 그냥 이렇게 사는 게 무대에서 스포트라이트 받는 것보다 중요한 거지. 왜냐하면 이게 무대지 어디 다른 데에 무대가 있는 게 아니니까, 하는 생각으로 살아가고 있으니까요. 그런데 또 한편으로는 계속 이런 생각을 하는 거예요. 아-, 아프다. 주인공이 되지 못한 이 아픔은 정말 끝까지 있는 거겠구나. 그래, 이건 아마 내 평생의 숙제겠구나……."

나는 「버닝」이 지우를 진짜로 아프게 했다고 느꼈고, 실은 그것에 가슴 벅찼다. 더구나 필사의 각오로 영화를 배우던 옛 강의실에서 그러한 고백을 듣고 있노라니, 마치 언젠가 운명이 내게로 열어 주었던 미지의 길을 따라서 내가 여전히 잘 가고 있는 듯한, 그런

센티멘털한 감정에 휩싸이기까지 했다.

바로 그 계단강의실에서 나는 주로 '서사란 무엇인가', '서사의 주인공은 누구인가'와 같은, 그런 밑도 끝도 없이 아득한 질문의 우주를 떠돌았었다. 그중에서도 가장 잊히지 않는 순간은 고대 그리스 비극에 관한 학부 강의를 청강하던 중에 있었다. 강의를 진행하던 교수는 칸 영화제 레드 카펫을 꽤나 밟아 봤다는 현직 영화감독이었다. 그래서 강의실을 가득 메운 학생들 모두 그의 영화에 들어가는 마법 수프 레시피를 몹시도 궁금해했지만, 그는 어째 도통 지름길을 알려 주는 법이 없었다. 아주 천천히, 감질나게, 본질적인 이야기들만 늘어놓곤 했다. 그러면서 스산하게 바람 부는 날에는 괜히 바바리코트 같은 걸 걸치고 와서 그 유난히 새까만 머리카락을 흩날리며 고독한 포즈로 서 있곤 했는데, 그럴 때면 정말이지 딱 호그와트 마법 학교의 스네이프 교수처럼 얄밉고도 또 신비로운 존재처럼 보였다.

영상원의 스네이프 교수는 고대 그리스 비극의 가장 뿌리부터, 단어의 어원부터 가르쳤다. 전설의 강의 내용을 일부 공개하자면, 대충 다음과 같다. '비극(tragedy)'이란 '염소(tragos)'와 '노래(ode)'가 합해진 형태로서, 직역하면 '염소의 노래'가 된다. 웬 '염소'냐 하면, 고대 제의에서 신들에게 바쳤던 제물이 보통 염소나 양 같은 동물이었기 때문이다. 물론 그 전에는 인간을 바쳤다. 또 '노래'는 무엇일까? '노래'는 이야기, 즉 서사다. 그러므로 고대 그리스에서 비극, 곧 '염소의 노래'란 것은, 인간이 신에게 더 이상 살아 있는 생명체가 아닌 서사를, 메타포를 제물로 바치기 시작했음을 의미한다. 서사의 주인공이 실제 인간을 위하여 대신 죽고 대속하는 희생양이 되었던 것이다. 이런 점에서 볼 때 '비극'이란 번역어는 오역에 가까운 것이며, 차라리 '희생극'이라 말하는 것이 더 정확할 것이다.

결론부터 얘기하자면, 스네이프 교수의 이 '희생극' 강의는 한
사람의 작가로서 나를 온전히 해방시켰다고 할 수 있다. 나는
인간에게 서사는 필연적 동반자임을, 냉혹하기 그지없던 신 앞에서
무력하기만 했던 인간이 스스로 인간답기 위하여 필사적으로
붙들었던 희망임을 이해하게 됐다. 나는 내가 왜 그토록 이
서사라는 것에 이끌렸던 건지, 동시에 왜 그토록 이 서사라는
것을 두려워했던 건지를 깨달았다. 그것은 애초에 서사란 것이
살아 있는 것이기 때문이었다. 서사는 자신의 목숨을 바쳐 인류의
운명을 바꿀 수도 있는, 그런 중대한 임무를 타고난 생명체 같은
것이기 때문이었다. 그러므로 서사의 주인공은 제대 위에 오른
한 마리 염소처럼 반드시 파국을 맞이해야만 하는 운명에 처해
있었다. 왜냐하면 그의 대속과 희생을 통해야 신들의 마음을 달랠
수 있을 것이었고, 그럼으로써 남아 있는 인간들을 살려 낼 수 있을
것이었으니까. 이러한 면에서 볼 때 주인공의 자리란 것도 본래부터
아주 무시무시한 것, 내가 그토록 이끌리면서도 두려워할 만한
것이었다.

그리고 결국엔 이와 같은 서사에의 각성이 고스란히 「버닝」의
뿌리가 되었다고 나는 말하고 싶다. 언젠가부터 「버닝」의 관객들을
만나는 자리에서 나는 이 영화가 인간 내면에 있는 서사에 대한
욕망을 다룬다는 이야기를 하곤 한다. '서사에 대한 욕망'을 좀
더 쉬운 말로 한다면, '주인공이 되고 싶은 욕망'이라고 할 수
있을 것이다. 우리는 늘 주인공이 되고 싶어 한다. 그러면서도 늘
주인공이 될까 봐 두려워한다. 왜 그럴까? 아마 진짜 주인공의
운명에는 어떤 대가가 따라야 한다는 것을 본능적으로 알고 있기
때문 아닐까……?

◆

때는 늦은 봄날이었고, 오후 무렵이었다. 한 학기 동안의 시나리오
워크숍이 얼추 끝나 가고 있었다. 팀원들은 모두 졸업 작품
아이템들을 확정하여 디벨롭 중이었는데, 나만 혼자 갈피를 못
잡고서 헤매고 있었다. 매주 화요일 그 시간마다 나는 새로운
이야깃거리를 들고서 그 방 안으로 들어갔다가, 남김없이 버리고서
다시 빈손으로 나오기를 반복하고 있었다. 방의 주인인 스네이프
교수는 내게 이제 그만 좀 써 보라고까지 말했다. "네가 진짜를
고민한다면 이렇게 계속해서 써 올 수는 없을 거야"라면서.
처음 같았으면 그가 하는 말이면 뭐든 멋있다고 생각했겠지만,
언제부턴가 그의 선문답에 더 이상 놀아날 기분이 아니라고
느끼고 있었다.

"……정미야."

방을 나서기 전에 스네이프가 나를 불렀다.

"네?"
"내가 보기에, 너는 영화랑 잘 안 맞는 것 같다."

그의 눈빛은 진지했고, 또 아득히 멀어 보였다. 나는 충격을 받았고,
성질대로 말을 뱉었다.

"선생님이 그렇게 말씀하시니까 제가 너무 속상하네요!"
"나도 속상하다!"

내 혀끝에서 분노의 느낌표가 느껴졌던지 그 역시 비슷한 느낌표를
뿜었다. 나는 방에서 나오자마자 씩씩거리며 걷기 시작했다.
막다른 곳에 다다를 때마다 느끼는 건데, 나는 절망보다 분노가
빠른 사람이다. 이 말인즉, 분노가 걷히기 전에는 사태 파악을
잘 못 한다는 뜻이다. 그러므로 이와 같을 때는 그냥 가만히 있는 게
상책일 텐데, 또 느닷없이 가열하게 뇌를 돌리기 시작하는 경향마저
있고, 설상가상 타고난 인과 구성력을 거침없이 발휘하여 요만했던
오해의 씨앗을 잭의 콩나무만큼 키워 놓기도 한다. 이러한 일련의
과정을 거치고 싶지 않다면 무조건 걸어야 했다. 그날은 마침
비까지 내리고 있었으니, 울고 싶다면 우산 속에서 실컷 울 수도
있을 것이었다.

나는 학교가 있는 석관동에서 집이 있는 월곡동을 지나쳐
한남동까지 걸어갔다. 중간에 신당동인지 약수동인지 부근에서는
그냥 돌아갈까 싶은 고비를 맞이했는데, 신고 있던 신발이 운동화가
아닌 웨지 샌들이었던지라 한쪽 발목이 자꾸 아려 왔기 때문이었다.
나는 발목 따위 나가 버려도 좋으니 무조건 걷겠다고 다짐했고,
결국 발목이 퉁퉁 부어올라 이후 몇 주 동안 물리 치료를 받게
됐다. 어쨌든 그날은 그래도 한강 다리 정도는 건너 줘야 이 서사의
끝을 보았다고 할 수 있을 것 같은 그런 운명론적 느낌에 사로잡혀
있었던 것 같다. 또 그러는 한편 아마 다리 위엔 화장실이 없을
테니까, 그 전에 화장실도 배고픔도 한 번에 해결하는 게 낫겠다,
라는 꽤 합리적인 결론을 도출 중이었다.

옥수동에서 한남오거리로 넘어오는 대사관길에는 비교적 만만해
보이는 러스토랑이 딱 한 군데 있었다. 그런데 거기 들어가 파스타
한 접시를 먹어 치우고 게다가 레드와인까지 한 잔 마시고 나니까,
온몸이 뜨뜻해지는 게 딱 눕고 싶은 간사한 마음이 드는 것이었다.

어렵게 심지를 다지고 나와서 다시 걸어 보기는 했다. 그러나
내리막이 오르막으로 바뀌자마자 바로 지금 내가 하고 있는 이
짓거리에 대해 강한 의문이 들기 시작하면서, 요행히도 다음과 같은
생각이 떠올랐다. 이유를 듣지 못했다! 도대체 내가 왜 영화랑
잘 안 맞는다는 건지 그 이유를 듣지 못했어……!

한남대교 입구까지 가서 나는 스네이프에게 전화를 걸었다. 시간을
보니 마침 그의 수업이 끝난 무렵이었다.

　　"선생님, 제가 지금 한남대교인데요, 여기서 택시 타고 가면
　　한 십오 분이면 갈 수 있거든요. 기다렸다가 저랑 한 오 분만
　　얘기해 주실 수 있으세요?"

수화기 너머에서 깊은 한숨 소리가 들려왔다.

　　"나보고 여기서 십오 분을 기다리라고?"

순간 나는 그를 용서할 수 없을 것 같다고 느꼈다. 한기를 느꼈는지
그가 다시 말했다.

　　"그럼 역 앞 카페에서 만나자."

카페에서 만났을 때 그는 그게 그렇게 심각한 뜻에서 한 말이
아니었다고 해명했지만, 사실 쉽사리 수긍은 안 갔다. 도대체
어떤 식으로 해석해야 '너는 영화랑 잘 안 맞는 것 같다'는 말을
심각하지 않게 받아들일 수가 있을까? 나는 오 분을 십 분으로
늘리고 십 분을 십오 분으로 늘려 가며 최대한 그를 추궁해 봤지만,
결국 속 시원한 대답을 얻어 낼 수는 없었다. "이해가 잘 안 가요.

모르겠어요." 나는 솔직히 말했다. 그가 지겨워 벌떡 일어나 나가 버릴까 봐 걱정하면서……. 잠시 착잡한 표정으로 나를 보고 있던 그가 말했다.

"글쎄…… 이건 막 생각난 말인데, 내가 보기에 너는 이미 다 아는 것들에 대해서만 쓰고 있는 것 같아. 이제부터는 네가 모르는 것에 대해 한번 써 봐."

순간 나는 그의 말을 이해했으며 내 운명을 느꼈다. 그의 말은 앞으로 이 운명을 위해 내가 치러야 할 대가가 무엇인지를 정확히 가리키고 있는 것 같았다.

◆

"마지막 질문이에요. 「버닝」에서 가장 불쾌했던 장면은 뭐였나요?"

나는 나의 소중한 주인공 지우에게 물었다.

"음, 벤이 비웃었을 때? 벤은 해미를 광대처럼 쓰면서 훗 웃고, 또 그걸 본 종수는 어, 저 새끼 웃네, 했을 때?"
"벤의 친구들과 다 같이 만났을 때를 말하는 거예요?"
"네. 왜냐하면, 제가 그랬잖아요, 어느 순간 어느 모임에서 저도 모르게 광대 역할을 자청할 때가 있다고요. 그런데 가끔씩 그런 역할을 하고 나서, 뒤에 약간 수치심 같은 감정이 몰려올 때가 있어요. 그러니까 그게 반반의 감정이에요. 본능적으로는 내가 해야지 하면서도, 아 나도 좀 고고하게 갈 수 있었으면 좋겠는데, 하는 거죠. 심리 상담을 받으면서 제가 좀 그렇다는 걸 알게 됐거든요. 그리고 그게 불쾌한 감정이란 것도…… 어우 뭐야, 졸라 무서워!"

일순 탁 하며 강의실의 불이 꺼졌다. 암흑 속에서 지우가 청량한 웃음소리를 냈다.

"맞아. 예전에도 시간 되면 불이 자동으로 꺼졌던 거 같아요. 우리 이제 내려가서 같이 밥 먹을래요?"

나는 물었고, 지우는 다시 한번 날 위해 광대처럼 활짝 웃으면서 외쳤다.

"네, 김밥에 라면……?"

만

자 기 의

방

처음 독립했을 때 연남동에서 살았다. 옥상에 빨래를 널 수 있는 오층 원룸 건물의 사층 집에서. 책상에 앉아 다리를 뻗으면 바로 옆에 붙어 있는 침대 위로 발가락이 가 닿았고, 침대 옆벽 삐죽한 창문 너머로는 거대한 나무이파리들이 깃발처럼 펄럭이는 걸 볼 수 있었다. 특히 여름날이면 잎사귀들은 무성해지다 못해 창 전체를 뒤덮었고, 그러면 나는 그게 어디든 좀 낯설고 이국적인 곳에 와 있는 듯한 기분마저 느끼곤 했다. 그러다가 날이 선선해지면 잎들은 도로 사라져 갔고, 점차 듬성해지는 나뭇가지들 사이로 전신주의 전선들이 보이기 시작했다. 그리고 이따금씩 비 내리고 난 뒤에 해가 뜨면 물에 젖은 전깃줄들이 정말로 찬란하게 반짝거릴 때가 있었는데, 그런 걸 보고 있으면 좀 의아한 감정이 드는 거였다. 말하자면 전깃줄 따위가 왜 저렇게 아름다운 걸까, 와 같은 감정이랄까? 한편으로는 아, 나도 이제는 좋은 영화를 만들 수 있을 것만 같아, 라는 기대감에 부풀기도 했다. 반면 압도적인 아름다움 앞에서 그런 들뜸을 느껴 본 일은 거의 없는 것 같다. 너무 아름다운 풍경 앞에서 카메라를 들면, 그저 어깨는 쪼그라들고 한숨만 날 뿐이다. 그래선지 그 집의 노을을 담은 사진도 내게는 몇 장 없다.

서쪽에 가까운 남서향이었던 그 집 책상에 앉아서 나는 수없이 많은 석양을 마주 봤다. 노을은 일단 지기 시작하면 내 방 안과 내 이마 위를 거의 핥듯이 흠뻑 적셔 놓고서야 갔다. 굉장히 아름다웠고, 그래서 설명할 수 없이 슬펐던 마음의 기복이 많았다는 것을 기억하고 있다. 또 그랬던 시절에 마침 내 방으로 놀러 왔던 한 친구는 자기는 한동안 죽는 게 너무 무서웠고 그냥 아예 사라지고 싶었다는 얘기를 해 주었는데, 그로부터 얼마 후에 나는 이 대사를 「버닝」의 해미에게 주게 된다. 아, 나도 저 노을처럼 사라지고 싶다. 죽는 건 너무 무섭고 그냥 아예 없었던 것처럼 사라질 수 있었으면 좋겠다……

그리고 또 비좁은 보일러실 선반 위에서 군림하던 싸구려 여행
가방, 무심코 창가에 두었던 머리핀을 통해 들어온 햇빛이 돌연
벽지 위에 그려 내던 무지개, 주차장 차바퀴 뒤에 숨어서 내게로
올까 말까 정말 한참을 망설이고 있던 어린 길고양이들, 그 밖에 이
집의 이런저런 것들이 전부 다 허미와 그녀 주변의 사람들에게로
갔다. 물론 작가로서 작중 인물들에게 뭐라도 줄 게 있다는 것은
막연히 기분 좋은 일을 넘어 다행스러운 일이기도 하다. 게다가
노을처럼 사라지고 싶었다는 대사 같은 거라면, 차라리 줘 버리는
게 속 편해지는 쪽에 가깝다고도 할 수 있겠다. 마치 무서운
귀신 이야기를 혼자만 아는 것보다는 여러 사람하고 나누는 게
위안이 되는 것처럼. 하지만 그렇지 않은 것들도 있다. 심지어 어떤
것들은 영영 잃어버린 내 것처럼, 나 자신처럼 느껴지기도 한다.
마치 내 가슴속에는 원래부터 사막이 있었고, 그 가운데에는 오래된
성전이 하나 있었는데, 어느 날 문득 그곳을 버티고 서 있던 기둥
하나를 뽑아서 낯선 나라에 덜렁 심어 놓고 와 버린 것처럼…….
나만의 일기장에 간직해 왔던 고대 조상으로부터의 진언도, 일부러
거울을 등진 채로 추었던 「빈사의 백조」의 추억도, 그런 식으로
다 줘 버리고 나니 어느새 영화 한 편만이 남아 있었다. 내가 끝없이
어두울 때조차 저 멀리서 언제나 홀로 반짝거리고 있던 영화
한 편만이…….

모두에게 해당되는 이야기인지는 모르겠으나 나에게 영화
시나리오를 쓰는 일이란, 지금 내게 있는 것뿐 아니라 없는 것까지
그게 뭐든 닥치는 대로 끌어모아 원래대로라면 도무지 해낼 수
없었을 불가능을 가능으로 바꿔 가는 작업에 가까웠다. 연남동

시절에 나는 그런 식으로 「버닝」을 쓰면서, 정확히 말하면 써 내려고
발버둥을 치면서, 이십 대부터 한결같았던 몸무게가 계속해서 줄어
가더니 마침내 중학생 때 숫자로 돌아가는 걸 지켜보고만 있었다.
하루는 길을 가던 중에 돌연 다리가 천근만근 무거워지며 땅속으로
쑤욱 빨려 들어가는 듯한 현기증을 느껴 주저앉았는데, 이후에도
상당 기간 동안 발작적으로 되돌아오는 증상에 근처에 밥 먹으러
나가기가 무서울 정도였다. 또 하루는 컴퓨터 앞에 앉았는데 갑자기
눈이 너무 부셔서 도저히 화면 속 흰 바탕을 바라볼 수가 없었고,
선글라스를 끼고 나갔는데도 온 세상이 하얗디하얀 것이 마치
조리개가 완전히 열려 버린 카메라 렌즈처럼 주위 모든 빛이 내
눈 안으로 쏟아져 들어오는 것 같은, 참으로 신묘하고도 영화적이라
할 만한 현상을 겪게 됐다. 어느 병원에 가든지 듣게 되는 말은
비슷했다. 과로로 인한 급성 이석증입니다. 일단 푹 쉬세요. 교감
신경의 지나친 활성화로 인한 자율 신경 불균형 증상입니다.
일 내려놓고 무조건 쉬셔야 돼요. 급기야 한밤중에 종종 자다가 숨이
막혀 벌떡 일어나 앉는 일까지 생겨났을 즈음에는, 공황 장애를
앓는다는 영화계 한 지인이 네가 겪는 이런저런 것들이 전부 전조
증상들일 수 있다는 경고를 해 왔고, 그 결과 나는 아주 제대로
쫄아 버렸다.

그러나 몸이 이 지경이었을지언정, 내 조그만 주먹 뼈가
비뚤어지도록 십여 년을 두드린 끝에 이제 겨우 문 틈새가 좀
벌어지기 시작한 영화계 철 대문으로의 진입을 포기할 엄두는
나지 않았다. 나는 자리 보전과 신경 이완을 위해 보다 보편적이고
장기적인 방안들을 모색하기 시작했고, 그중에 운동으로는 요가가
가장 적당해 보인다고 결론 내렸다. 설령 움직이다 넘어지더라도
마룻바닥에 있는 게 덜 다칠 것 같아서였다. 나는 집에서 제일 가까운
곳에 있는 요가원으로 향했다. 그리고 그곳에서 연정을 만났다.

처음 만난 날에 연정은 내게 말했다. "몸이 안 좋으면 일단
누우세요. 중간에라도 무조건 누우세요." 나는 가장 적은 수강료로
등록해서 일주일에 두 번만 나오기로 돼 있었지만 연정은 매일 와도
된다고 했다. "오시고 싶을 때 아무 때나 오셔서 잠만 주무시고
가셔도 돼요. 지각일 것 같으면 아예 안 오시는 분들도 있는데
그러지는 마시고요, 삼십 분 지각을 해도 괜찮으니까 자꾸 오세요."
물론 이런 게 듣는 즉시 이해가 되는 말은 아니었다. 그런데
가만 보니, 그녀가 내게만 그러는 건 아니었고 다른 이들에게도
마찬가지인 것 같았다. 또 원장인 그녀 자신부터도 그렇게 하는 것
같았다. 가끔씩 수련 시간 중에 방의 뒷문이 스르르 열리면서 검은
옷을 입은 연정이 들어와 눕는 모습을 볼 수 있었다. 하지만 대개는
끝날 무렵에 들어와서 누워 있는 사람들에게 일일이 담요를 덮어
주고는 했다. 수련을 마친 원생들에게 선생들이 담요를 덮어 주는
모습이야 어느 요가원에서나 볼 수 있는 흔한 풍경이긴 했어도,
연정의 손은 뭐랄까, 왠지 좀 더 특별한 것 같았다. 좀 더 서슴없이
펼쳐 내는 듯도, 좀 더 사뿐히 덮어 내는 듯도 했다. 무엇보다 단
한 개의 발가락도 삐져나오지 않게끔 꽁꽁 싸매 주던 그 날렵한
손길에는 그녀만의 어떤 맹세 같은 게 깃들어 있는 듯도 했다.

계절과 상관없이 연정은 늘 검은 옷을 입었고, 주위에 늘 다채로운
향기들을 풍기고 다녔다. 달콤한 박하 향에 쌉싸름한 풀 내음이
섞인 복부 순환 오일, 상큼한 오렌지 향 끄트머리에 바싹 마른
견과류의 체취가 곁들여진 디톡스 오일 등, 각양각색의 아로마
오일들을 연정은 자신만의 레시피로 조제했고 또 손수 소독한 갈색
유리병에 담아 정갈히 라벨링했다. "복부 순환 오일은 자기 전 배와

골반, 허리 부위에까지 넉넉하게 바른 뒤에 배꼽으로부터 시계
방향으로 원을 그리듯이 천천히 쓸어 주세요. 삼십 번, 삼십 번은 해
주시는 게 좋아요. 그러면 서서히 배 안에 장기들이 풀리면서 나도
모르게 스르르 잠이 들어요." 풋 웃음이 터질 법한 상냥한 가설이긴
했어도, 어느새 잠자리에 들기 전마다 뱃가죽을 눌러 보고 있는 나
자신을 발견할 수 있었다.

"끝나고 잠깐 시간 되세요?"는 연정이 가장 많이 하는 말 중에
하나였다. "아니, 한 회원님이 일본에서 호지차 좋은 걸 사
오셨는데 같이 마시면 좋을 거 같아 가지고요." "아니, 아빠가
시골에서 농사지은 검은콩을 보내셨는데 좀 가져가시라고요."
내 방 작은 냉장고 안에는 연정의 서랍에서 나온 지퍼락 봉투들이
하나둘씩 늘어 갔다. 감기 기운이 있는 날에는 집에서 가볍게
달여 먹을 수 있는 한방차 키트를 얻기도 했다. 차 맛을 도통
모르던 나였지만 어느새 그녀를 따라 우린 차보다 팔팔 끓여
식힌 차를 좋아하는 취향을 갖게 됐다. 어느덧 원고 작업이 끝나
영화는 촬영에 들어갔고, 촬영 중에도 나는 짬을 내서 요가원으로
달려갔다. 파주 비닐하우스 부근의 질퍽한 땅에서 장화를 신고
헤매다 허리가 나갔을 때도, 연이은 밤샘 촬영 후 곧바로 지방으로
내려가기 전에 얼른 또 시나리오를 손봐야 했을 때도, 나는 내
집보다 연정의 요가원 바닥에 누워 코를 골며 쪽잠을 잤고 그런
뒤에는 다시 또 일어날 수 있었다. 그러다 마침내 영화는 영영 내
손을 떠나갔으며 나는 점점 회복되어 갔다. 아마도 회복의 가장 큰
징후라면, 이 세상에는 망할 놈의 영화 말고도 흥미로운 일이 참
많다는 걸 새삼 느끼는 데에 있었다. 그리고 돌이켜 보면 그 시간
속에는 늘 연정이 있었다.

•

"잠깐 시간 되세요?" 연정이 물어 왔을 때는, 밤 요가를 마치고
벌써 열한 시가 다 되었을 무렵이었다. 몸의 여기저기 근막과
관절을 녹이고 벌려 놓은 터라 정말 참을 수 없이 졸리던 중이었다.
그래서 어서 빨리 이불 속으로 뛰어들고 싶은 심정이었어도,
결국 연정의 살랑대는 치맛자락을 따라 모두가 떠난 수련실
한가운데에 벌러덩 눕게 됐다. 그 밤 연정은 내 배 위에 쑥뜸을
놓았는데, 아마 당시 새로 구입했던 황토 쑥뜸기를 제대로
한번 실험해 보고 싶었던 것 같다. 마침 내 뱃속은 차갑고
딱딱했었던지라 딱 안성맞춤이었다. 뜸이 들어가기 전에 뭉친
부위부터 풀어 내야겠다면서 연정은 오일 듬뿍 묻힌 손으로 나를
문지르기 시작했는데, 오 분이 지나고 십 분이 지나도 도무지
끝이 날 기미가 보이지 않았다. 이래서 어느 세월에 뜸을 놓겠다는
거지? 차마 이렇게 물어보지는 못하겠고, 그렇다고 다른 말을
늘어놓기에는 너무 피곤한 상태였다. 연정 또한 별말 없이 같은
노동을 반복하고 있었기에, 우리 둘 사이에는 어째 묘한 침묵의
시간만 길어지고 있었다.

그런데 과연, 이와 같은 친절의 의도와 대가는 무엇일까? 솔직히
말하면, 연정을 만날 때마다 가끔은 이런 점이 궁금하기도 했다.
그러니까 그녀만의 거듭되는 베풂이 극도의 세련된 영업 기술인지
아니면 정말로 순수한 우정의 표현인지에 대하여 어쩔 수 없이
고민하게 되는 관계의 구조 안에 우리가 놓여 있기는 했다. 예를
들어 그녀는 내가 막 떠나려던 참일 때 자꾸 무언가를 주겠다며
잠시만 기다리라 해 놓고는 다른 일을 보거나 사람을 상대하느라
생각보다 더 오래 기다리게 할 때가 많았는데, 그럴 때마다 나는
슬슬 짜증이 나다가도 잠시 후면 또 지나치게 대접받는 듯한
황송함과 죄책감에 휩싸여 몸 둘 바를 몰라 하곤 했다. 그럴 만큼

연정의 손길은 늘 선명했다. 어쩌면 그것은 나 사는 동안 아팠을 때 나를 만져 줬던 손길들 중에 가장 거침이 없고 이물감이 없던 것이었다. 그것은 늘 변함없이 '너 지금 여기 아프지? 내가 만져 줄게. 자, 봐, 이제 덜 아프지?'라고 말하는 것 같았고, 실제로도 그런 일이 종종 있었다.

다시 또 한 십여 분이 지났을 즈음, 나는 연정의 손목이 아플까 봐 진심으로 걱정이 되기 시작했고 그렇다고 말을 했다. 그러나 연정은 이런 일에 익숙하다면서 헤헤거리기만 했고, 그러는 와중에 나는 점점 말랑해져 가고 있는 내 배때기를 느끼면서, 글쎄 그만 염치없게도 잠이 들어 가고 있었다. 물론 정신을 차리려고 애를 써 보기는 했다. 안 돼, 내가 여기서 잠이 들어 버리면 그건 진짜로 말이 안 되는 상황이다…… 안 된다고. 문득, 연정의 집이 수원이라는 사실이 머릿속에 떠올랐다. 운전도 안 하면서 이따 수원까지는 어떻게 가려는 거지? 혹시 이곳에서 자기도 하고 그러는 건가……? 그러고 보니, 한겨울날 집 밖에 눈이 한 폭 쌓여 오도 가도 못하는 그런 사진을 그녀의 카톡 프로필에서 본 기억이 났다. 그렇게 차디찬 눈 속에서 나는…… 아니, 포근한 이불 속에 누운 한 마리 개처럼 나는…… 결국에는 잠들어 가며, 주위 모든 사물들을 아득히 느껴 가고…….

　　"……였어요."

어디선가 가물거리는 목소리 같은 게 들려왔다.

　　"……죄송해요, 못 들었어요. 뭐라고요?"
　　"저 어릴 적에, 엄마가 알코올 중독이었어요."

연정이 말했다.

•

"엄마는 이삼 일에 한 번은 술을 마셨어요. 왜 이삼 일이냐,
한번 술을 마시고 나면 그다음 이삼 일은 몸이 힘들어서 못
마시거든요. 그러고 나면 또 마시고……."

엄마가 술을 마셨는지는 일단 눈빛을 보면 알 수 있었다. 그리고
그런 건 세 자매 중 둘째인 연정이 가장 먼저 알아채는 편이었다.
초등학생인 연정이 언니에게로 가서 "언니, 엄마 술 먹었어.
짐 싸"라고 하면 언니는 "아닌 것 같은데"라며 해맑게 웃기만 했다.
"술 먹었어. 그럼 여기 있든지. 나는 나갈 테니까"라며 연정은
가방을 싸기 시작했다. 그러면 어느 틈에 엄마가 다가와 홱, 가방을
낚아채 갔다.

"그때부터 둘 사이엔 가방 쟁탈전이 시작되는 거예요.
그러다가 탈출극을 제가 준비하는 거고요. 언니와 동생을 한
명씩 내보내든가 하는 식으로요. 왜 우리가 나가야 했냐면,
엄마가 취했을 때 옆에 아무도 없으면 그냥 잠이 드는데 누가
있으면 꼭 화를 내거나 무슨 일을 벌였거든요. 그러는 와중에
술이 깨면 또 술을 먹었고요 그러니 차라리 옆에 누가 없는 게
나았어요. 칼이나 그런 위험한 것들은 다 치워 놓고 나왔어요.
밖에 나와서, 언니랑 동생이랑 셋이서 왜 그렇게 앉아만
있었는지 모르겠어요. 그냥 어디 가게 같은 데 보면, 앞에 턱이
있잖아요. 맨날 그런 데에 앉아서 아빠한테 전화하고 기다리고
그랬거든요. 셋 다 머리는 헝클어지고 얼굴은 다 긁혀
가지고……. 근데 그럴 때마다 언니가 이상한 장난을 쳤어요.

정말 많이 웃었어요, 언니 때문에."
"어떤 장난을 쳤는데요?"
"언니가 개구쟁이여 가지고요, 자기 돈 있다고 아이스크림을
사 주면서 먼저 자기 거를 막 미친 듯이 빨리 먹어요. 그렇게
빨리 먹고 와서 내 거를 또 이렇게 핥아요. 아니면 한 입만,
했다가 자기 입에 쏙 넣어 버리고요. 근데 그러는 게 다
웃기려고 그랬던 거예요. 평상시에는 안 그랬거든요. 엄마가
그럴 때마다 우리가 힘들어하니까, 그래서 언니가 일부러
그랬던 거죠. 자, 이제 뜸을 놓을게요."

드디어 연정은 쑥봉에 불을 붙였다. 쑥 타는 연기는 순식간에 방
안을 장악했다. 그 냄새가 얼마나 압도적이었느냐 하면, 애초에
그녀가 내게 이걸 해 주겠다고 마음먹었을 때부터 얼마나 진지한
마음이었을지, 그게 가늠이 안 갈 정도였다.

"그래서 저는 늘 제 인생이 마이너스 이백이라고 생각하면서
살았거든요."
"마이너스 이백이요?"
"네, 남들 인생 다 일에서 시작할 때 내 인생은 마이너스 백도
아닌 이백에서 시작한다. 왜냐하면, 내가 아무리 동네에서
인사를 잘하고 공부를 잘했어도, 아주 조금만 잘못하면 엄마
때문에 금방 이상한 애가 돼 버리곤 했으니까."
"동네 사람들이 엄마가 술 먹는 걸 알았나요?"
"모를 수가 없었죠. 왜냐하면 엄마가 술 먹고 나가서 동네
사람들하고 싸우기도 하고, 집에서 난리 치면 경찰차가 오기도
하고, 그러다가 살던 집에서 쫓겨나기도 하고 그랬으니까요.
제가요, 우리 엄마 병원에 강제 입원도 시켰던 사람이에요."

연정이 대학 졸업하고 회사에 들어간 첫해에 벌어진 일이었다.
연정 엄마는 벌써 몇 달째 계속 술만 퍼마시고 있었고, 연정 아빠는
이러다가 너희 엄마 놓치겠다, 정말 큰일 나겠다, 그러고 있었다.

"하루는 아빠가 엄마 때문에 집에서 쫓겨 나와서 논길에
있다가 또 하필 음주 운전 차에 치였어요. 아빠를 병원에
입원시키고 나니까 엄마를 어떻게 할 방법이 없더라고요. 그때
제가 남자 친구가 있긴 했는데, 걔는 그냥 대학원 다니면서
집에서 윈앰프로 재즈 방송한다고, 그러고 놀던 애였어요.
그래서 일단 헤어졌죠. 다음에는 여기저기 혼자 다니면서
알코올 중독 클리닉이 있는 병원을 찾았어요. 감금이 되는
그런 데로 알아봐 놓고, 아빠를 설득했어요. 어떻게든 설득을
하고서, 사설 앰뷸런스를 알아보니까 그게 한 육십만 원 정도
하더라고요. 어쩔까 고민하다가 그냥 사촌 오빠 차로 갔어요.
차에 문 다 잠가서 못 열게 하고, 뒷자리에 엄마를 태웠죠.
엄마는 거기서 울고 협박하그 또 울고 협박하고 그러다가 제
머리채를 몇 번을 잡고……. 그렇게 해서 겨우겨우 데려가서
넣어 놨는데, 글쎄 우리 엄마가 병원에서 탈출을 한 거예요."
"탈출이요?"
"그 병원이 약간 모범수처럼 생활하는 사람들한테는 앞에
꽃밭까지 나갈 수 있게 해 주는 그런 곳이었어요. 밖에
나가서 꽃을 심는다든지 산책을 한다든지, 그런 일과가
있었던 거예요. 그래서 엄마가 마침내 밖에 나가게 됐을 때
근처에서 밭매던 아줌마들을 봤대요. 다들 머리에 수건을
쓰고 있더래요. 어느 날 환자복 안에 몰래 수건이랑 옷을 숨긴
거예요. 나갔을 때 꽃 보는 척하면서 주섬주섬 수건부터 쓰고,
그다음에 아줌마들 틈으로 기어 들어가서 옷을 갈아입고,
그런 식으로 도망을 쳐서 거기 산을, 글쎄 그 산을 몇 개를

넘었대요. 마지막에 택시 잡아서 집으로 오면서 아빠한테
전화를 한 거예요. 택시비 준비하라고. 이 얘기를 듣고서
제가 느낀 건요, 아 우리 엄마의 살고자 하는 욕구는 정말로
대단하구나. 정말로, 무서울 정도로 대단하구나!"

나는 일단 웃어서 미안하다고 말해야 했다. 웃을 일이 아닌데 자꾸
웃음이 났다. 실은 자정이 넘은 야심한 밤에 느닷없이 요가원 찬
바닥에 배를 까고 누워 알코올 의존으로 강제 입원 당했던 한 중년
여성의 병원 탈출기를 듣고 있노라니, 영화라는 망망대해에 무한
정박 중이던 내 인생까지도 덩달아 어딘가를 향해 막 달려가는 것
같았다. 넌더리가 난다는 듯이 고개를 저으며 연정은 다음과 같은
말을 덧붙였다.

"그런데 그런 엄마 때문에 제가 깨달은 게 있어요. 그게
뭐냐면요, 사람한테는 가족이 중요하죠, 물론. 그렇지만 자기
삶을 사는 건 훨씬 더 중요해요. 어쨌든 자기 인생을 살아야
해요, 사람은."

·

결혼하기 전부터 동네 서점을 했던 연정 아빠의 원래 꿈은
목수였다. 집에 있는 가구란 가구는 모두 손수 만들었다. 못 하나
없이 틀이 꼭 맞았던 책장도, 마당에 있던 그네와 의자도. 그는 늘
세 딸의 손을 꼭 잡고서 학교까지 데려다줬고, 딸들이 돌아오면
그날 쓴 연필들을 죄다 모아 깎아서 필통들에 넣어 줬다. 연정이
고등학교에 다닐 때까지도 아빠는 신학기에 새로 나온 책들을 하얀
종이에 싸고 또 비닐로도 싸 주었다. 자연을 가까이 해야 된다면서,
아이들을 숲에 데리고 가 이 나무는 뭐고 저 나무는 뭐고 하며 알려

줬다. 길에서 들꽃을 보면 꺾어다 가져다주었다. 물론 엄마에게도.

"아빠가 집의 벽들을 다 책장처럼 만들어 놔서 거기에 항상
책들이 꽉 차 있었어요. 벽이 그냥 책이었죠. 그때 언니랑 저랑
맨날 책 이름 대면 누가 먼저 찾나, 그런 게임을 했거든요.
그래서 어릴 적부터 책을 진짜 많이 읽었어요. 그러다가
중학교 때 버지니아 울프 책을 보게 됐어요."

소매를 걷어 팔뚝에 있는 영어로 된 문신을 보여 주면서 연정이
말했다.

"서두를 필요는 없다. 반짝일 필요도 없다. 자기 자신 이외에는
그 무엇도 될 필요가 없다……. 제 인생 만트라예요."
"『자기만의 방』에 나오는 글귀인가요?"
"네, 어쩌면 이 책을 읽었을 때 제가 여자라는 걸 처음 느꼈던
것 같아요. 사실 저희 집은 여자들이 다 기가 센 반면에 아빠는
되게 부드럽거든요. 그런데드 이 책을 읽으면서 아, 내가
여자라서 할 수 없는 것들이 되게 많겠구나, 라는 생각을 하게
됐죠. 그래서 주말에 티브이 보다가도 갑자기 '아빠, 나는
동거하고서 결혼할 거야' 이런 얘기를 하고 그랬어요. 나중에
대학교 가서는 「디 아워스」라는 영화를 보게 됐어요. 거기
보면 버지니아 울프도 나오고, 또 그다음 시대를 살아가는
두 명의 여자도 나오잖아요. 그런데 어떤 면에서는 셋이 다
똑같아 보이더라고요."
"어떤 면에서요?"
"여자라는 삶에 갇혀 있다는 면에서요. 또 자기들 나름대로
삶을 잘 이끌어 가고 있다고 생각했는데, 그게 아니었다는
면에서요. 거기서 제게 가장 충격적이었던 건 줄리앤

무어였어요. 충격적이었고, 그러면서 희망적이기도 했어요."

우리는 버지니아 울프 외에 다른 이름들은 기억해 내지 못했고, 그래서 그냥 줄리앤 무어와 메릴 스트립으로 부르며 대화를 이어 나가기로 했다.

"줄리앤 무어는 죽고 싶어 했었죠? 그러다가 결국엔 아들도 남편도 다 버리고 집을 떠났었죠? 그게 아마 아들에게 안 좋은 영향을 줄까 봐 떠난 거였던가요?"
"아뇨, 전 그렇게 보지는 않았는데요. 어쨌든 거기에 머무르지 않고 스스로 떠난다는 게 저에게는 희망적이었어요. 그러니까 그 떠남의 결과가 죽음이든 뭐든 간에 스스로 갈 길 간다는 거, 그게 저한테 힘이 됐던 거 같아요."

이 말을 할 때 연정은 눈가가 좀 축축해진 것 같았지만, 마치 그것을 전혀 느끼지 못하는 사람처럼 계속 말을 이어 가고 있었다.

"사실 버지니아 울프에게는 글이라도 있었죠. 또 메릴 스트립은 그래도 현대 여성이었고요. 하지만 줄리앤 무어에게는, 정말로 아무것도 없었잖아요. 물론 겉보기에는 아무런 문제가 없는 평범한 중산층 가정주부였지만, 실은 그게 더 문제였고요. 그런 곳에서 세상 밖으로 나가 본다 한들 더 아무것도 없을 수도 있었겠고, 또 결국 죽을 수도 있었겠고, 그런 거였을 거예요. 그런데도, 그런 두려움을 느끼면서도 그냥 그렇게 걸음을 걸어서 나간다는 것 자체가 저한테는 가장 인상적이었던 것 같아요."

그러니까 떠남, 그리고 떠남 이상의 떠남, 혹은 그 모든 떠남에 이끌리는 마음에 대하여 연정은 이야기하고 있는 것 같았다. 그리고 연정의 이야기를 듣다 보니, 정말 「디 아워스」는 다른 무엇보다도 '떠남'에 관한 영화인 것 같았다. 우선 영화가 시작되자마자 버지니아 울프가 집을 떠나는 장면이 보인다. 그녀는 자신에게 헌신했던 남편 레너드 울프에게 마지막 편지를 쓴 뒤 곧바로 집을 나와 숲을 지나 강가로 향하고, 마침내 영영 생을 떠난다. 강바닥 수초들 사이로 버지니아의 침묵하는 몸뚱이가 잠영해 가는 모습은 쉽사리 잊히지 않는 이미지다. 한편 버지니아가 그런 식으로 떠난 뒤에도, 그녀의 목소리는 그녀의 소설 『댈러웨이 부인』 속에 오래도록 살아남아 먼 훗날 다른 시간 속에서 고통받던 한 여자의 목숨을 구하는 데에 일조한다. 그 여자가 바로 줄리앤 무어다. 그녀는 가장 죽고 싶었던 순간에 버지니아의 『댈러웨이 부인』을 읽고 어떻게든 살아남기로 결심한다. 그리하여 결국 자기만의 삶을 찾아 떠난다. 이때 줄리앤 두어가 버렸던 어린 아들은 나중에 커서 유명한 시인이 되는데, 그가 바로 비니를 쓴 에드 해리스다. 에드 해리스에게는 첫사랑이자 에이즈에 걸린 자신을 살뜰히 보살펴 즈는 든든한 친구 메릴 스트립이 있지만, 언젠가부터 그녀의 즌재 역시 그에게 더 이상 살아 있어야 할 이유를 주지 못한다. 아니, 오히려 그녀를 해방시키기 위해서라도 그는 이제 그만 떠나야겠다고 느끼는 것 같다. 그는 자신의 수상 축하 파티를 위해 예쁜 꽃들을 잔뜩 사 온 메릴 스트립을 자꾸만 댈러웨이 부인이라 부르더니, 마치 정말 소설 『댈러웨이 부인』 속 시인처럼 창밖으로 휙 자신을 내던진다. 그토록 가볍게 떠나는 모습이 얼마나 무시무시한지 모른다. 영화 속에는 한 번 나오지도 않는 그의 시를 이미 몇 편 읽은 것 같은 느낌이 들 정도다.

"그런데 이 영화를 대학생일 때 보셨다고요? 대학생이면 그래도 아직은 어릴 때잖아요. 그런데 이런 무거운 영화가

그렇게까지 와닿았을 만한 특정한 상황이나 계기가
있었을까요?"

연정이 잠시 머뭇거리는 게 느껴졌다.

"그게 저 고삼 때 언니가 갔거든요. 그러고서 얼마 안 됐을
때였으니까요……."

교통사고였다. 여름휴가철에 친구들과 놀러 간다던 언니는, 그 길로
그렇게 아주 떠나 버렸다.

"원래 제 목표는 대학에 가면 장학생이 돼서 멀리 유학을
가겠다, 그거였거든요. 엄마가 알코올 중독이었으니까요.
그런데 그 꿈들이 정말 와르르 무너진 거예요.「디 아워스」
봤을 때가 언니 보낸 지 얼마 안 됐을 때였어요. 제가 안
어울리게 갑자기 첫째 역할을 했어야 됐고, 발목은 잡혔는데
제가 생각했던 삶이 아니었죠. 근데 또 박차고 나갈 만큼
모질지도 못했어요. 그래서 그냥, 살짝 놓고 살았던 거 같아요.
또 제가 아빠를 좀 닮은 것도 같거든요. 요즘도 가끔씩 제가
물어봐요. '아빠, 왜 엄마 두고 안 갔어?' 그러면 아빠는 '내가
네 엄마 버리면 네 엄마 죽는데 어떻게 버리냐, 네 엄만데'
그러거든요. 아빠가 엄마를 못 버렸어요. 정말 버리고 남을
만한데도 못 버렸죠. 아마 거기서 제가 사람 못 버리는 걸 배운
것 같아요. 근데 이제는 정말로 좀 떠나 보고 싶거든요. 제가
뭘 해도 한번 하면 계속해서 십 년을 하는 거예요. 그래서 제
인생 목표는요, 십 년 하지 말자예요. 제가 연애도 이십삼
년을 했거든요? 스무 살에 만나서 마흔세 살에 헤어졌어요.
그러니까, 이게 뭐예요? 뭔가에 너무 매몰돼서 다른 것들을 못

보고 사는 거 같아요."

맙소사 이십삼 년이라고? 나는 너무 놀란 기색은 보이지 않으려고
노력하건서, 그러니까 그녀가 바로 얼마 전에야 처음 누군가를 떠나
본 거란 사실을 깨닫고 있었다.

"지금 그 사람이 만나는 여자가 있거든요. 그런데 사실
그 여자를 한번 만나 볼까 했을 때도 저랑 계속 같이 살고
싶다고 했었어요. 제가 말이 되는 소리를 하라고 했더니
자기는 그러고 싶다면서, 우리 다음 단계로 발전을 해 보자,
그러더라고요. 더 차원이 높은 단계로. 그래서 제가 뭔 소리야
했더니, 글쎄 우는 거예요. 자기는 정말로 제가 없으면 인생이
바닥으로 떨어질 것 같으니까 그냥 우리 친구처럼 가족처럼
지내 봤으면 좋겠다고 하면서요……. '그래, 해 볼게' 하고
제가 우선 한 달은 참아 봤어요. 근데 역시, 안 되겠더라고요.
나는 깔끔하게 정리해야지 이건 아닌 것 같다, 이렇게
말하고서 트렁크에 짐 싸 들고 바로 집을 나와서 언니한테
갔거든요."
"언니한테?"
"강릉에요."

아아, 하며 나는 조금 울고 말았다. 객사한 사람의 유골은 원래
가려던 곳에 뿌려 줘야 한다고들 해서, 연정은 언니의 재를 강릉
경포대 앞 바다에 뿌렸다고 했다. 또 먼저 간 자식의 제사는
부모가 지내는 게 아니라고들 해서, 해마다 언니의 기일은 그냥
흘려보냈다고도 했다. 대신 한겨울인 언니의 생일 때마다 연정은
혼자서 강릉으로 간다고 했다. 그런 식으로, 아직까지 그녀는
언니와 함께였다.

"제가 너무 힘들 때는, 정말 어떻게 해야 될지 모르겠는 때는,
가서 그냥 걸어요. 그날도 새벽에 언니한테 가서 그냥 해 뜰
때까지 걸었어요. 아침에 택시 아저씨한테 혼났어요. 세상에
이런 위험한 길을 밤새 혼자 걸어왔냐면서요. 어쨌든 그렇게
한 뒤에 결정을 내리고서 요가원으로 돌아온 거죠. 저 요즘은
여기서 지내거든요. 남자 친구는 아직 제 집에 있고요.
안 나가더라고요. 어서 나가라고 해야 하는데…….”
"힘들 때는 왜 언니한테 가나요?"

연정이 잠깐 머뭇거리더니 답했다.

"힘들 때는 사실 누구한테 말할 데가 없어요. 그래서 언니한테
말해요. 너 때문이야.”
"너 때문이야?"
"너 때문이야. 언니가 먼저 떠났잖아. 안 그랬으면 나도. 뭐,
그런 거죠.”

•

마지막으로, 나무에 관한 이야기를 하고 싶다. 정확히 말하면
나무가 떠나간 이야기를. 사실 우리 둘 중에 먼저 떠난 건 나였다.
연남동을 떠날 때 나는 창밖의 큰 잎사귀 나무와 한참 아쉬운 작별
인사를 나눠야 했다. 그때쯤에는 나무에게도 이름이 생겨 있었다.
오동이. 오동나무라서 오동이라고 불렀다. 인터넷에서 오동나무를
검색해 보면, 예로부터 딸 시집보낼 때 가구로 만들거나 부모님
장례를 치를 때 관으로 만들던 나무라고 돼 있었다. 그런데 「버닝」
이후에 중국에 갔을 때 거기서 만났던 어느 화가에게 듣기로,

불사조가 일생에 딱 한 번 날개를 접고 내려앉는 곳이 바로
오동나무라고 했다. 일단 오동나무 위에 내려앉고 나면, 영원히
떠나지 않는다는 거였다. 그의 달이 하도 인상 깊었던 터라 이후에
다시 찾아보니, 나만 몰랐지 한극에서도 '오동나무에 봉황이
깃든다'라는 말은 아주 오래전부터 있어 온 거였다. 유일하게
봉황이 앉을 만한 자리가 오동나무라는 거였다.

그러니 실로 오동이는 태생부터 얼마나 귀한 친구였던가. 또 제법
낭만 있는 친구이기도 했다. 추운 겨울날에도 휘휘 마른 가지
흔들면서 용맹히 춤추던 오동이. 봄날에는 연보랏빛 꽃봉오리들을
함박 무더기로 피워 내던 오동이. 그러다가 또 무더워지면 거대한
잎사귀들로 창을 온통 뒤덮어 버려 뜨겁게 달아오른 원룸 안에
벌거벗은 나를 가려 주고 식혀 주던 오동이. 우리는 늘 따로, 또
함께였다. 마치 서로의 고독에 대한 증인 같기도 했다. 미생의 영화
앞에서 매 순간 내가 고개를 떨굴 때마다, 창밖에는 늘 오동이가
있었다. 새로 이사 간 집의 창문은 훨씬 더 높았고 밖이 휑했다.
나는 종종 오동이가 그리웠다.

오동이가 연남동을 떠난 건 아직 봄이 오기 전이던 어느 쌀쌀한
일요일 아침이었다. 이사 오고 난 뒤에도 한동안 나는 연정의
요가원으로 운동을 다녔고, 그럴 때마다 일부러 옛집 앞으로 지나쳐
가며 오동에게 눈인사를 건네곤 했다. 그날은 골목 입구에서부터
전기톱 소리가 몹시 시끄럽길래 뭔가 하고 다가가 보니, 웬 아저씨
한 분이 건물 벽에 사다리를 기대어 놓고 거기 올라서서 한창
오동이의 가지들을 잘라 내고 있었다. 처음에는 그저 가지치기를
하는가 싶었지만, 주차장에 서 있는 시퍼런 트럭 짐칸이 활짝
열린 게 아무래도 심상찮았다. 나는 차에서 내려 아저씨에게로
가서 물었다. 지금 이 나무를 어디까지 자르려는 거냐고. 아저씨는

답했다. 전부 다 자를 거라고. "왜요?" 마치 항변하듯이 내가
물으니 그도 변명하듯이 답했다. "이렇게 커다래서는 못써요. 창을
다 가려 놓고 해서." "제가 여기 살았었거든요. 정말로 좋아하던
나무거든요." "아 그래요?" 아저씨는 의외로 친절했다. 나는 무슨
말을 더 해야 할지를 몰랐다.

요가 수련을 마치자마자 나는 다시 오동에게로 달려갔다. 그새
오동이는 완전히 토막들이 난 한 무더기가 되어 트럭 짐칸에 실려
있었다. 운전석에서 아저씨는 죽은 나무를 더 빈틈없이 포박할 어떤
도구들을 찾고 있는 듯했다. 나는 조용히 오동이에게로 다가갔고,
떨리는 손으로 그의 잘린 몸을 만져 보았다. 거칠고 바삭한 표면이
정말로 아름다웠다. 속으로 그렇다고 말해 준 뒤에, 나는 작심한
대로 오동의 잔가지를 확 꺾어 부러뜨리려고 했다. 한 번에 쉽게
되지는 않았기에, 두세 번씩 힘주어 애써 세 개를 꺾어 냈다.

요즘도 가끔씩 그것들을 만져 보고는 한다. 지금은 그 어떤 나무도
나에게 그처럼 가까이 있지는 않다. 그리고 나는 여전히 매일같이
영화 시나리오를 쓰고 있지만, 연남동을 떠난 이후로 다시는 노을에
물드는 집에 살고 있지 않다.

재 와

꽃

애쉬는 이제 애쉬라는 이름으로 불리고 싶지 않다고 했지만, 실은 '애쉬'라는 이름이 어울리는 사람이었다. 특히 그날에 그녀가 만난 애쉬는 '애쉬' 자체 같은, 마치 다 타 버리고 남은 재 같은 분위기를 풍겼다.

창천동 골목의 어느 작은 일층 카페에서 그녀가 커피 맛에 감탄했을 때, 애쉬는 수줍게 웃으며 말했다. 실은 늘 테이크아웃만 하다가 오늘 처음으로 들어와 앉아 본 거라고. 그래서 카운터의 사장님과 자꾸 눈이 마주치는 게 영 어색하다고. 그럴 만도 했던 게, 애쉬의 작업실은 카페 바로 아래층인 반지하 방이었다. 그는 이십 대에 처음 인디 밴드 활동을 시작했을 때부터 쭉 이곳에 있었다고 했다. 그 방에도 그녀는 가 보았다. 사방이 검은색과 회색이었고, 악기들과 컴퓨터들로 꽉 찬 곳이었다. 하는 일 없이 앉아 있을 자리 같은 것이나 아주 조금이라도 사치를 부려 본 흔적조차 없었다. 아, 대중과 타협하지 않고 자신만의 길을 걸어가는 음악인의 방이란 이렇게 생긴 것이로구나, 그녀는 생각했다.

사실 이 자리에 나오기 전에 애쉬가 하는 음악이 '앰비언트 뮤직'이라는 말을 듣고서, 그녀는 앰비언트 뮤직이 뭔지를 잘 몰라 인터넷 검색부터 했다.

    "신시사이저를 사용해 공간감을 주며 분위기 조성에 집중하는
    음악의 한 장르."

'나무위키'의 설명은 간단하면서도 모호했다. 그녀는 챗지피티에게도 물었다.

    "통상 음악이 멜로디와 리듬 위주로 구성되는 반면에,

앰비언트 뮤직은 그것들을 걷어 내고 난 뒤에 남겨지는 것들,
즉 음색과 소리의 질감과 분위기 같은 것들만으로 이루어지며
이로부터 일종의 공간감이 생겨나게 된다."

아, 말하자면 음악이 공간이 되고 공간이 음악이 되는 식이구나,
하고 그녀는 대충 이해했다. 일단 그래 놓고, 애쉬를 만났을 때는
시작부터 또 물었다.

"제가 이것저것 찾아봤지만 잘 모르겠던데요, 앰비언트
뮤직이라는 게 대체 뭔가요?"
"음악의 구성부터가 달라요. 보통 곡이라고 하면 인트로,
버스(verse), 후렴, 일 절 끝나면 이 절, 이런 구성이잖아요.
하지만 앰비언트 뮤직은 좀 더 시간을 필요로 하는
구성이에요. 듣는 사람이 '준비'가 될 때까지."
"듣는 사람이 '준비'가 될 때까지요?"
"네, 음악이라는 건 흐르는 거고, 흐르는 건 시간이니까요.
결국 어느 만큼의 시간이 지나야 듣는 사람이 준비가 될까,
라는 의식이 있는 거죠."

그것참, 갈수록 태산이었다. 아리송한 표정으로 쳐다보고 있는
그녀에게 애쉬는 조금 더 인내심을 발휘하면서 말했다.

"말하자면, 음악을 하는 자세부터가 다른 거죠. 예를 들어
무대에서 관객을 향해 연주를 한다, 라는 게 일반 밴드라면
우리는 안 그래요. 그냥 우리끼리 모여서 서로를 보고
하거든요. 호응을 유도하거나 하는 일도 아예 없어요. 관객은
그냥 우리를 따라와야 돼요."

그래서 그녀도 무척 따라가고 싶었지만, 그게 쉽지가 않았다.
그녀는 인터뷰 중에도 계속해서 더 물었지만, 어느 순간 애쉬는
더 이상 설명하고 싶어 하지도 않는 것 같았다. 이와 같은 애쉬의
태도에서 그녀는 왠지 타인의 이해를 넘어선 듯한 초연함을,
또 굳이 그런 이해를 구해 봤자 별 의미가 없음을 다 안다는 듯한
체념마저 느꼈다. 애쉬는 그저 아무려면 어때, 라는 식으로
거기 자신의 음악을 내버려 두는 것 같았다.

집으로 돌아오고 나서도 그녀는 마음이 영 편치가 않았다. 누군가가
일생을 건 음악의 본질을 이해하지도 못하면서 그의 이야기를
한다고 할 수 있을까? 할 수 있을 것 같지 않았다. 잠자리에서
뒤척이던 그녀는 결국 일어나 휴대폰을 들었고, 다시 한번
챗지피티에게 물었다.

> "앰비언트 뮤직을 들을 때, 어느 정도 시간이 지나야 듣는
> 사람이 '준비'가 된다는 말은 무슨 뜻일까? 또 '준비'가 되고
> 나면 그다음에는 무슨 일이 생기는 걸까? 예를 들면, 음악을
> 통해 현실을 벗어나게 되는 걸까?"

챗지피티는 답했다.

> "앰비언트 뮤직은 현실을 벗어나게 한다기보다는, 현실을 다른
> 방식으로 경험하게 만드는 것에 가깝지. 예를 들어, 도시의
> 소음 속에서도 앰비언트 음악을 들으면 갑자기 고요한 숲속에
> 있는 느낌이 들 수도 있고, 반대로 익숙한 공간이 더 깊고
> 넓게 느껴질 수도 있어. 마치 조용한 방 안에서 촛불을 켜고
> 있으면 시간이 천천히 흐르는 듯한 느낌이 드는 것과 비슷해.
> 이를 통해 현실을 더 깊이 느낄 수도 있고, 혹은 현실을 잊고

내면으로 빠져들 수도 있는 거지.”

조용한 방 안에서 촛불을 켠다, 타……. 그녀에게는 이게 아주
기막힌 비유인 것 같았다. 얼마 흐 그녀는 아예 자리에서 일어났고,
조용한 방 안에 촛불을 켰다. 그리고 그렇게 잠시 시간의 흐름을
느껴 본 뒤, 다시 촛불을 껐다.

◆

“과연 영화라는 게, 우리가 사는 현실을 바꿀 수 있을까? 물론
그렇다고 쉽게 말할 수는 없겠지. 하지만 결국에는 아무것도
바뀌는 게 없어 보일지라도 갈이야, 그래도 그건 애초에 바꿀
수 없다고 말하는 것과는 다른 거야. 그러니까 영화가 현실을
조금이라도 바꿀 수 있기를 바라면서 영화를 만든다는 건
말이야, 그건 그냥 촛불 하나 드는 것 같은 일이야.”

‘그건 그냥 촛불 하나 드는 것 같은 일이야’라는 말을 들었을 때,
그녀는 좀 울컥했다. 그리고 그게 벌써 십 년도 더 지난 일인데,
아직까지도 그 생각만 하면 좀 울컥했다. 사실 그때 그녀는
그 말을 한번 믿어 보기로 결심했다. 그리고 그 믿음이 있었기에,
자기 앞에 닥친 어떤 현실을 버텨 낼 수 있었다. 물론 그러면서
자신이 지나치게 미화하고 있는 것은 아닌지에 대하여 늘 의심도
했다. 이를테면 자신의 무능함을 진지함으로 포장하고 있는 것은
아닌지에 대하여, 또 자신의 무력함을 열정으로 위장하고 있는 것은
아닌지에 대하여. 그녀 자신보다 그녀 주변의 사람들이 더 많이
의심했다.

“좀 재미있고 쉬운 영화를 하는 게 어때?”

"너무 어둡고 무거운 거 말고 좀 밝고 대중적인 걸 해."
"너도 이럴 때일수록 재빨리 갈아타야지. 드라마로 가."

그리고 이런 말을 들을 때마다, 그녀는 그들을 그냥 내버려 뒀다. 그러면서 자신의 영화도 그들 곁에 내버려 뒀다. 다만 언젠가 그들이 '준비'가 된다면, 자신의 영화를 통해 그저 현실을 벗어나게 되기보다 그들 각자의 현실을 다른 식으로 경험할 수 있기를 바라면서. 그 경험이 비록 겨우 조용한 방 안에 촛불 하나 켜는 것처럼 그렇게 미약한 것일지라도⋯⋯.

그래도 그것이 그들의 자유였다.

그녀는 늘 그렇게 믿었다.

◆

"인생에서 기억에 남는 영화라면, 생각나는 영화가 한 편 있기는 해요."

애쉬가 조심스럽게 말을 꺼냈을 때, 그게 무슨 영화일지 그녀는 궁금했다.

"무슨 영환데요?"
"「라라랜드」요."

「라라랜드」라고? 솔직히 의외였다. 무대에서 관객에게 호응을 유도하는 일 같은 건 절대로 하지 않는다는 '앰비언트 뮤직' 밴드 기타리스트의 인생 영화가, 온갖 재즈와 스윙과 뮤지컬 사운드로 넘쳐나며 시작부터 끝까지 땅땅거리는 「라라랜드」라고?

"별생각 없이, 당시 사귀던 여자 친구랑 그걸 보러 갔어요. 그
친구는 결혼을 하고 싶어 하는 사람이었고 어떤 결혼관도 있는
사람이었는데, 거기에 제가 맞지는 않았지만 그래도 관성으로
만나고는 있었죠. 그런데 왜 「라라랜드」에는 음악 하는 남자가
나오잖아요. 보면서 와, 저 사람이 꼭 나 같은 거예요. 그리고
영화 중간에 둘이 같이 춤추면서 공중으로 날아가는 장면이
있었는데, 그게 저한테는 너무…….”

애쉬는 잠시 미소를 지으면서 그녀를 봤다. 그의 눈은 마치 너에게
이런 말을 해도 될까, 라고 묻는 것 같았다.

"그 장면에서 펑펑 울었거든요.”
"울어요? 극장 안에서요?”
"네, 영화 속 저 남자가 너무 나 같았고, 저러다가 결국 둘이 잘
안 될 거 같았고, 그리고 우리가 꼭 저렇게 될 것 같았고…….
하여간 너무 힘들었어요.”

그날 극장에는 관객이 참 많았다. 애쉬는 소리 내 울지는 않았지만
눈물을 멈추지는 못했고, 영화가 끝날 때까지 계속해서 울다 그만
눈이 퉁퉁 부은 채로 밖에 나오게 됐다.

"옆에서는, 우는 걸 알아챘고요?”
"알죠.”
"어떻게 반응을 하던가요?”
"글쎄요? 뭐 할 수 있는 건 없잖아요?”
"왜 우는지는 아는 것 같았어요?”

"알지 않았을까 싶은데? 그쯤 되면, 말 안 해도 느껴지는 게
있겠죠?"
"그럼, 그날의 마무리는 어떻게 된 거예요?"
"그냥, 그냥 지나간 거?"

◆

'그냥, 그냥 지나간 거'에 대해 말하자면, 그녀에게도 몇 개
떠오르는 기억들이 있긴 했다. 그중에 가장 독특한 건 쥐에 관한
것이었다. 비 오던 그날 저녁에 그들은 막 결단을 내리려던
참이었고, 배가 고팠으며 춥기도 했다. 그래서 그녀와 그녀의 그는
일단 각자의 우산을 쓰고서 낡은 육교를 건너 신촌의 한 오래된
식당으로 들어갔다. 계단을 오르던 젖은 발들, 한없이 도망치고
싶던 마음들, 그런 것들이 있었다. 그리고 결국에는 그렇게 될
것만 같았던 긴 침묵 속에서 각자의 밥을 씹어 삼키던 중이었는데,
느닷없이 비명 소리가 들려왔다. "쥐! 쥐가 있어요!" 주방에서
뛰쳐나온 아주머니는 마치 손님들에게 쥐가 있다는 걸 알리는 게
자신의 임무라도 된다는 양 계속해서 소리를 질러 댔고, 그녀와
그녀의 그는 먹던 걸 그대로 먹지는 못하겠고 그렇다고 벌떡
일어나서 나가지도 못하겠는 채로 잠시 머뭇거리고만 있었다.
어쨌거나 하필 쥐가 나오는 식당에서 그들의 서사를 마무리할 수는
없는 노릇이었다. 결국 이날의 이별 작전은 유야무야되었다. 진짜는
전혀 다른 방식으로 왔다.

그 여름의 끝자락에 그녀는 사당역 사거리에 있었다. 머릿속은 온통
남자 친구에 대한 걱정으로 꽉 차 있었지만, 아무런 내색도 하지
않고 있었다. 모처럼 만난 고등학교 친구와 저녁을 먹고 나왔을 때
참으로 기분 좋은 바람이 불어왔고, 고개를 드니 머리 위 하늘이

저만치 확 멀어진 게 그래, 드디어 가을이 오는 모양이었다. 그리고
거기, 텅 빈 푸름에 옆구리를 댄 갈빗대 모양의 구름이 핏빛 석양을
흘리면서 층층이 스러져 가고 있었다. 실은 그랬던 그날로부터
그녀는 알게 됐다고 한다. 자신이 사는 나라에서는 여름이 물러나는
며칠 동안 진짜로 아름다운 노을을 볼 수 있다는 것을…….

"와, 저기 봐! 쌍무지개야!" 그녀의 친구가 문득 해를 문 구름의
꼬리 편을 가리켰다. "나 쌍무지개 처음 본다!" 친구의 연이은
감탄에 길을 가던 사람들도 하나둘 걸음을 멈춰 섰다. 그렇게 너 나
할 것 없이 다들 무지개를 보며 웃는데, 그녀는 왜 그런지 억울한
마음이 드는 게 눈물이 다 날 것만 같았다. 아니나 다를까, 불길한
예감은 현실이 되었다. 그날 밤 그녀는 자신의 인생에서 기념비적
사건이라 할 만했던 이른바 비대면식 이별 통보를 받게 됐다.

　　"꽃은 시들기 때문에 아름다운 거라고 하잖아."

달랑 다섯 줄짜리 이메일 속에 드러누워 있던 이 무던한 문장을
받아들이기 위해서, 그녀는 꽤 오랫동안 스스로를 괴롭혀야 했다.

*

　　"「라라랜드」의 엔딩은 기억나세요? 남자의 재즈 바로 여자가
오잖아요. 아주 유명한 배우가 되어서. 돈 많아 보이는 남편
손잡고서. 그때 남자가 여자를 발견하고 피아노 치다가
마지막에 웃었던 거, 기억나세요?"

그녀는 물었다.

"기억나요."
"그 장면 어떠셨어요?"
"기분 좋았을 것 같았어요."
"기분 좋았을 것 같았어요?"
"네, 되게 기뻤을 것 같았어요. 왜냐하면 어쨌든 내가 못 해
주는 걸 다른 누군가가 그 사람에게 해 주고 있다면, 나는 되게
만족스러울 것 같았어요."

확신에 차 있는 애쉬를 보며 그녀는 잠시 망설이다 물었다.

"하지만 내가 못 해 주는 거라는 그게 혹시 서로 얘기해
보면 별것도 아닌 건 아니었을까, 그런 생각은 해 보셨어요?
그러니까 이별을 결정하기 전에 어느 정도 소통은 해 보셨냐는
얘기예요."
"뭐, 내 고집과 욕심이 있었을 수는 있겠죠. 내가 하는 일에
변화를 주고 싶지 않았으니까요. 일단 내 음악을 수익으로
바꿀 방법 자체를 모르겠고, 그렇다면 다른 쪽에서라도 그걸
채우려는 노력을 해야겠는데, 음악 외적인 거는 정말로 하기가
싫었거든요. 그 친구는 기다리다가 지쳐 버렸던 거였고,
그랬던 거 같아요. 하지만 또 내가 노력한다고 해서 너의
기준에 맞출 수 있을지는 장담할 수 없는 거였으니까, 그
상황에서 뭔가를 약속한다는 것도 거짓말 같았죠. 헤어지고
얼마 안 있다가 결혼 소식을 들었어요. 근데 저는 오히려
잘됐다 싶었어요. 그래, 괜찮은 사람 만났나 보네, 잘 살면
됐지, 했는데, 근데 둘이 사이가 안 좋다는 거예요. 애도
있는데 곧 이혼할 것 같다고, 마지막에는 그렇게 들었어요.
차라리 영화에서처럼 잘 지내는 모습을 봤으면 저도 마음이
편했을 텐데요."

애쉬는 속 시원히 털어놓고 있는 것 같았지만, 어째 그럴수록
그녀는 불만스러운 기색을 감추지 못하고 있었다.

"그때 이후로, 이제부터 나는 많은 걸 포기하며 살아갈 수밖에
없다고 생각했어요. 그리고 그렇게 살았어요. 나는 결혼할
자격도 없고, 누구 만날 자격도 없고, 그리고 정말로 아무런
의미도 없고. 그런 식으로 한 사 년 정도를 지냈어요. 근데
그러면서 혹시 강아지를 마주칠까 하는 생각에 한강 공원에
갔었거든요."
"강아지요?"
"네, 같이 강아지를 키웠어요. 한강 공원에서 자주 산책도
했었고요. 생각해 보면, 인생에서 아 그때 참 행복했었지, 하는
순간이 딱 두 번 있었던 거 같아요. 한 번은 막 음악을 만들기
시작했을 때, 매일 새벽 혼자 작업실 가서 작곡하던 때였고요,
나머지 한 번은 그 친구랑 강아지 데리고 산책하던 때였어요."
"그래서, 강아지를 보고 싶으셨다고요?"

그녀는 혼잣말하듯이 되물었다.

"네. 강아지가 보고 싶었어요."

애쉬가 능청스러운 표정을 지어 보였다. 사실 이쯤에서 그는
지나치게 심각해져 있는 그녀를 한번 웃겨 주고 싶었던 것도
같았지만, 그 작전은 실패한 듯했다.

"그러다가 진짜로 마주치기라도 하면 어떻게 하려고
하셨는데요?"

마침내 그녀가 의심에 찬 눈초리로 물었을 때. 애쉬는 이렇게
답했다.

"강아지 이름을 크게 불러 보려고 했어요. 아직도 나를
기억하고 달려와 주는지를 보려고."

◆

그해 생일 선물로 그녀는 꼭 반지를 받고 싶었다. 그러나 결국
손안에 쥐어진 건 웬 비디오테이프였다. 종일 발바닥이 부르트도록
걸어 다녀야 했고, 일 인분에 오천 원 넘는 식사는 한 적이
없었으며, 그럼에도 그가 아빠 차를 쓰지 않는 남자라는 사실이
무엇보다 중요했어도, 그렇다 하더라도 역시 반지는 반지였다.
하지만 집에 가서 확인한 비디오테이프에는 그가 언젠가 저렇게
될 거라 다짐하고 또 다짐하던, 그 '위대한 배우'의 연기를 담은
녹화 영상이 들어 있었다. 이런 걸 어떤 의미로 받아들여야 할지를
그녀는 알 수가 없었다. 생일 선물로 이와 같은 비디오테이프를
받았으면 그냥 비디오테이프를 받은 걸로 생각하면 되는 걸까?
아니면 실은 우리 사이에는 이런 게 '반지'와 같은 거라고 생각해도
되는 걸까?

"글쎄요."

애쉬는 불쑥 들어온 그녀의 질문 앞에 난감한지 대답을 망설이고
있었다.

"어려워요, 어려운데……."

"어렵죠. 그리고 모호하지 않아요? 철저히 자기중심적인 것
같으면서도, 한편으론 자기한테 진짜 소중한 거를, 자기의
꿈을 준 거 같기도 하잖아요. 항상 둘이 붙어 다니면서 서로의
꿈을 공유했으니까요. 그래서 그렇게 표현했던 마음을 내가
몰라줬던 건 아니었을까, 그게 항상 헷갈렸어요, 저는. 근데
제가 이러면 사람들은 말했어요. 그걸 왜 헷갈리느냐고.
바보같이."

애쉬의 대답을 기다리는 동안에, 그녀는 자신이 진짜로 듣고 싶은
말이 무엇인지조차 모르겠다는 기분이 들었고, 여전히 이러고 있는
자신이 놀라운 한편, 그 여전함이 어쩐지 조금 안심도 됐다.

"그래도 실망했을 것 같은데요."

애쉬는 이렇게 말했다. 왠지 약간 미안한 듯한 표정을 지어
보이면서.

"누가요? 제가요?"
"네. 실망했을 것 같아요."

•

실망, 실망이라고? 사실 실망 정도가 아니었다. 이해하지 못했던
방식의 이별 이후, 그녀는 종종 비디오테이프를 받은 그 순간으로
되돌아가 보곤 했다. 그러면서 자신이 아마도 직감은 했으나 외면해
버린 진실이 무엇이었는지를 수없이 곱씹어 보곤 했다. 아무래도
진실은 그 비디오테이프가 그녀를 향한 일종의 선언이었다는
것이었다. 예를 들면, 종교적 서약 같은 거. 있잖아, 나는 매일

하루도 빠짐없이 내가 원하는 만큼 내 신에게 기도를 해야 하거든.
그래서 언젠가 네가 나를 당장 필요로 하는 일이 있더라도, 너에게
못 갈 수도 있어. 그걸 알아 두라고, 같은 거.

또 가끔씩 그녀는 자신이 그를 이해하지 못할수록 그의 신심은
더 고조되어 간다고 느낄 때마저 있었다. 마치 예술이라는 것은
예술 외에 다른 모든 것들을 부정해야 비로소 그것이 예술임이
증명된다고 믿는 것처럼. 어떤 사람들은 천국보다 지옥 불을
상상하면서 기도하는 것처럼. 그러나 과연, 그런 것이 믿음일까?
그런 예술을 믿어도 되는 걸까? 당시 그녀는 이 질문에 대한
자신만의 답을 갖고 있지 못했고, 실은 그래서 좀 애송이 같기도
했었지만, 그럴수록 더 애송이답게 자신만의 길을 걸어갔다.
결국에는 그 길이 그녀가 믿는 어떤 천국, 즉 모든 생물과 무생물,
모든 위대한 것과 비천한 것, 어쩌면 한 사내아이가 심심풀이로
먹다 버린 오징어땅콩 과자 봉지까지 남김없이 끌어안은 채로
흐르고 또 흐르는, 그렇게 태초부터 있어 왔던 깊고 너른 예술의
바다로 그녀 자신을 인도해 주기를 바라면서……

◆

애쉬가 만든 음악 중에는 「오픈 워터」라는 곡이 있었다. 그가
스쿠버다이빙을 했던 깊은 바닷속의 무드를 담아 낸 곡이라고
했다. 또 본래 '오픈 워터'란 스쿠버다이버가 되려면 취득해야 하는
첫 번째 라이선스의 이름이기도 한데, '이제 막 물에 들어간다'는
뜻이라고도 했다. 사실 스쿠버다이빙은 어린 시절부터 그녀의 가장
큰 로망이었지만 예기치 않게 귀에 생겨났던 이런저런 문제들로
인해 결국 포기하게 되었던 터였고, 그래서 아직까지 그녀는 물에
대해 궁금한 것이 많았다.

"그러니까 들어갔을 때 물의 색감이나, 물속으로 나아갈 때
몸의 느낌이나 그런 것들이 궁금하거든요. 또 사방이 되게
조용해지는 건지, 아니면 어떤 소리가 나는 건지, 그런 것도
궁금하고요."
"물고기들이 내는 소리라든지 그런 건 없어요. 그냥 되게
고요한 가운데서 사람들이 신호를 주는 소리 같은 게
들리죠. 그런데 사실, 진짜로 기억에 남는 건 소리보다는
어떤 상황이에요. 처음 물에 들어가면요, 일단은 아무것도
안 보이거든요. 계속 가기는 가야 되는데, 어딜 가도 다 짙은
파랑이죠."
"짙은 파랑이요?"
"네. 파랑."

파랑. 예전부터 그녀는 왠지 이 파랑이라는 단어가 좋았다. 피부에
와 닿는 물 같은, 그러나 끝내 손에는 잡히지 않는 너, 같은 파랑.

"거리감이 없군요?"
"거리감이 없어요.
"그러다가 서서히 보이는 거겠죠?"
"그러다가 서서히 보이기 시작해요. 그리고 한 삼십 미터까지
내려가면, 바닥도 보이고요.'
"그런데 왜 얕은 물에서는 안 보일까요? 깊은 물이 더 어두울
텐데요? 마치 어둠에 눈이 익숙해지는 것과 같은 건가?"
"음……."

애쉬는 늘 답을 찾을 때까지 충분히 기다렸다가 말하곤 했다.

"왜냐하면, 얕은 물에는 부유물들이 있잖아요. 그러니까 안개,
안개라고 생각하면 비슷할까요? 안개가 걷히면 잘 보이잖아요.
그리고 그럴 때면 마치 공중에 떠 있는 것 같은 느낌이거든요.
우주를 여행하는 것 같은 느낌. 내가 사는 곳이 아닌 곳을,
내가 살 수 없는 곳을 여행하는 그런……. 그럴 때 밑을 보면,
조류가 흘러가고 있어요."
"조류가 보여요?"
"조류가 보이지는 않죠. 하지만 내가 가만히 있으면, 조류를
타고서 그냥 흘러가는 거예요. 그리고 그렇게 흘러가다
보면, 어느새 여기부터 절벽이구나 하는 거고요. 밑을 보면
낭떠러지인데, 나는 지금 무중력 상태에 있는 거죠. 만약에 중간
지점에 와 있다면 물도 따뜻할 거고."
"물이 따뜻하다고요?"
"물이 따뜻해요. 그러니까 한 사십 분을 들어가 있어도 안 춥죠.
거기서 무릎을 이렇게 붙잡은 상태로 몸을 둥글게 말아요.
이렇게, 가만히만 있으면…… 이제 흘러간단 말이에요."

애쉬는 미소를 지었다. 마치 지금 그 따뜻한 물속에 있기라도 한
것처럼.

"무섭지는 않고요?"
"무섭다? 무섭다기보다는 자유롭다는 느낌? 내가 조절할 수
있으니까요."
"조절할 수 있다고요?"
"조절할 수 있어요. 조절해야죠. 물고기처럼."

◆

그날 밤 촛불을 껐을 때 그녀는 이제 좀 '준비'가 된 것 같다고
느꼈다. 이어폰을 꼈고, 애쉬의「오픈 워터」를 틀었다. 애쉬의
음악을 들으며 그녀는 그가 느꼈던 바다를 좀 더 구체적으로
감각해 보려고 했다. 애쉬의 바다는 싱그러웠다. 그리고 무엇보다,
계속해서 흘러가고 있었다.

어느새 그녀는 알 것도 같았다. 애쉬에게 음악이란 곧 바다라는
것을. 그것은 그가 몸으로 느끼는 공간이었고, 시간이었다.
그렇기에 그토록 천천히 시간을 들여서 마침내 그녀를 '준비'시키고
만 것이었다. 풍덩, 그렇게 그녀는 애쉬의 바다로 뛰어들었다.

짙은 파랑……. 어딜 가도 다 짙은 파랑이었다. 하지만 이 파랑이
뭔지를 그녀보다 잘 이해하는 사람은 없을 것이었다. 왜냐하면
그녀의 영화도 시작에선 늘 그렇게 짙은 파랑이었기 때문에. 그래서
일단은 꾹 참고서, 어디 한번 계속해서 내려가 보기로 했다. 그녀는
애쉬의 말들을 믿었다. 처음에는 아무것도 보이지 않고 거리감이
없겠지만, 결국에는 서서히 보이기 시작할 거라고. 오직 안개만
걷힌다면 말이다. 안개만…….

마침내 물이 따뜻해졌을 무렵에 드디어 시야가 밝아졌고, 어느새
여기부터가 절벽이구나 하는 데가 내려다보였다. 그녀는 마치
공중에 떠 있는 듯한 기분을 느꼈다. 고개를 들어 저 멀리 위를
보니, 과연 애쉬는 몸을 둥글게 만 채 조류를 타고서 흘러가고
있었다. 가볍고 경쾌한, 웃음소리 같은 몸짓이었다. 그의 목소리가
들리는 것 같았다.

　　"조절할 수 있어요. 조절해야죠. 물고기처럼. 자유롭게."

그래, 자유롭게. 그녀도 꼭 한번은 애쉬처럼 해 보고 싶었다. 그저 가만히 몸을 맡기는 것도. 그저 그대로 흘러가 버리는 것도. 그렇게 자유롭게……. 하지만 지금은 아니었다. 왜냐하면 애쉬의 이야기를 듣기 훨씬 전부터 그녀는 저 절벽 아래에 더 관심이 있었기 때문에. 그녀의 영화도 마찬가지였다. 그것은 늘 저 절벽 아래를 보고 있었다. 잘 보이지도 않고 쉬이 들어가 볼 수도 없는, 저기 저 깎아지른 골짜기 속의 깊은 밑을. 얼핏 보면 검은, 그러나 그저 검다고 하기엔 짙푸름과 짙푸름과 짙푸름이 겹치고 겹치고 겹친 저기 저 아름다운 심연을……. 그래서 아직까지 그녀가 아는 것은 저기에 심연이 있다, 그것뿐이었어도.

그래도 지금은 그것이 그녀의 자유였다.

그녀는 늘 그렇게 믿었다.

달과

그림자

첫눈에 마치 소공녀 세라를 보는 것 같다고 생각했다. 밤색 세일러 칼라 코트. 어깨에서 찰랑이는 단정한 생머리. 소녀일 리는 없었다. 왜냐하면 바야흐로 그녀는 완전히 벌거벗을 거였기 때문에. 그래서 마침내 알몸이 된 세라가 내 눈앞에 다가와 섰을 때, 나는 사실 조금 겁먹었다. 새하얀 얼굴과는 대조적으로 세라의 몸뚱이는 검었고 군데군데 푸르렀다. 얼핏 부항 자국 같은, 그러나 피멍울임이 분명한 자주색 반점들이 등과 엉덩이 여기저기에 번져 있었고, 몸통과 두 다리를 잇는 관절 부위들은 마치 뜯어진 데를 겨우 다시 이어 붙여 놓은 것처럼 얼기설기 부풀어 있었다.

세라가 음악을 틀고 포즈를 취하자마자, 방 안의 연필들과 펜들, 그 밖에 종이 위에 선을 그을 수 있는 모든 사물들은 분주히 움직이기 시작했다. 세라는 한 자세로 삼 분간 정지했다가 다시 또 다른 자세로 삼 분간 멈추어 있기를 반복했는데, 만나 본 그 어떤 크로키 모델보다도 격렬히 몸을 쓰고 마음을 표현하는 것 같았다. 신체의 유연함과 견고함, 형상의 추상성과 서사성 같은 양극단의 측면을 아우르며 그렇게 했다. 예를 들어 세라가 작심한 듯이 사지를 접거나 뒤틀면, 그녀의 몸은 곧 어디가 엉덩이이고 가슴인지 알아볼 수 없을 만큼 낯선 살덩어리가 되어 버렸기에 그리기가 무척 난해해졌다. 그러다 그녀가 또 단박에 바닥을 차고 일어서면, 여느 이야기 속 주인공들이 다 그렇듯이 자신만의 사연에 골몰해 있는 한 사람이 되어 있었다. 그래서 삼 분 크로키에서는 도무지 눈 코 입을 그려 낼 수 없었음에도, 나는 자꾸만 세라의 얼굴을 훔쳐보느라고 바빴다. 특히 세라가 죽기 직전일 때면 더 그랬다. 세라가 죽기 직전일 때란, 그녀가 보이지 않는 투명한 총의 총구로 자기 관자놀이를 겨누거나 그걸 아예 입 구멍 안으로 넣어 버렸을 때를 뜻한다. 세라는 거듭 또 거듭 그렇게 했다. 턱관절이 뻐근해 보일 때까지 커다랗게 아아아아 하다가는 빵, 언젠가 기어이

방아쇠를 당길 태세였다.

아예 자살 노래를 틀어 놓기도 했다. 사실 그건 노래라기보다
긴 독백 같은 거였는데, 익명의 남자가 취직했다 실직하고 결혼했다
이혼한 뒤에 결국 자살해 버리고 나면 그의 친구가 장례식장에
와서 '이 병신아, 죽긴 왜 죽어. 죽긴 왜 죽냐고'라고 울면서 끝나는
이야기였다. 또 아주 작고 가녀린, 끝이 갈라지는 목소리를 내는
한 여자아이의 독백도 있었는데, 듣자마자 왜인지 나는 그 새된
목소리가 세라 본인의 음성일 거라고 확신했다. 실은 세라가
그 방에 들어온 이후 단 한 번도 곡소리를 들려준 적이 없었는데도
말이다. 나중에 보니 그런 내 생각은 딱 맞았고, 더구나 모든 것은
세라가 직접 쓴 이야기라고도 했다.

세라의 이야기 속에서 아이 아빠는 아이 엄마를 때렸다. 아이
엄마는 닿는 게 잘못된 건지도 모르는 채로 맞고만 살다가, 어느
날 아이 아빠가 아이에게까지 손을 대니 곧바로 술병으로 그의
머리를 내리쳤다. 아이 엄마는 아이를 데리고서 도망쳤다. 그러고서
나중에 소문으로 들은 바에 의하면, 거기 쓰러져 있던 아이 아빠는
온데간데없어졌고 대신에 웬 커다란 늑대 한 마리가 머리에 피를
흘리며 죽어 있더라는 거였다.

그 사건이 있고서, 나는 보름이 되면 늑대로 변하기 시작했어.
엄마는 우는 사람이야. 매일 우셨어. 다 자기 잘못이라며
우셨어. 보름 때마다 내가 나를 결박시키고 늑대의 모습을
감추며 산다는 건…… 한 달에 한 번, 일 년이면 열두 번, 이십
년이면 이백사십 번. 내가 늑대 인간이란 걸 알게 된 엄마는
말을 가르치기 전부터 나를 격리시켰어. 나는 키가 크는 만큼
힘도 강해졌지. 열일곱 살 때, 보름이 있고 다음 날이었나

봐. 눈을 뜨니 집 안 공기가 평소와 달랐어. 내 두 손과 발은 자유로웠고, 집 안은 온통 난장판이었어. 입가는 온통 피로 물들어 있었는데…… 순간 엄마, 엄마 생각이 나더라. 그래서 안방 문을 열자마자……!

나, 나는 평생 혼자 이렇게 괴물로 살아가겠구나! 나는 평생을 천 번도 훨씬 넘게 이 짓을 반복하며 살겠구나! 내 인생에 누군가와 함께한다는 건 없겠구나! 그믐달이 뜨면 나는 눈을 뜨고 빌었어, 누군가를 만나 사랑을 하고 아이를 낳고, 그러는 아주 평범한 삶을 살고 싶다고……. 그렇게 너무나 살고 싶었어. 그건 꿈이지, 꿈이야…… 천 번도 넘게 꾼 꿈!

마지막에 천 번도 넘게 꾼 꿈이라 말할 때에 일순 세라의 목소리는 낮아졌고, 나는 다시 한번 겁먹었다.

●

세라를 만난 곳은 신도시 주택가 골목에 있는 어느 디저트 카페였다. 명절을 막 지내고 난 한겨울의 평일 한낮이었고, 옆 테이블에 앉은 동네 여자들의 잦은 웃음소리가 텅 빈 카페 전체를 흔들어 놓고 있었다. 나는 그녀들의 기세가 혹여 세라의 여린 목소리를 주춤하게 할까 봐 신경이 살짝 곤두서 있었다. 아무래도 아직은 수줍음이 많아 보이는 게 이십 대 후반, 혹은 삼십 대 초반 정도의 나이일 거라 짐작하고 있었기에, 그녀가 마흔세 살이라고 했을 때는 정말로 깜짝 놀랐다.

"무용을 하셨죠? 발레를 하셨나요?"
"현대 무용을 ……여섯 살에 시작했고, 그 전에는 디자인을 전공해서 웹 디자이너로 회사를 일 년 다녔어요."

"여섯 살에 춤을 시작하셨다고요?"

"아니요, 스물여섯 살이요."

"스물여섯 살이요? 그럼 그 전에는요?"

"그 전에는 춤을 전혀 안 췄어요."

믿기지가 않았다. 취미로라도 무용의 세계를 어느 정도 접하고
나면, 전에 보이지 않던 것들이 보이는 게 있다. 무엇보다 사람
몸의 한계에 대해 알게 된다. 또 아름다움이란 바로 이 한계로부터
벗어나려 하는 도약에서 생겨난다는 것도. 이러한 깨달음은 대개
뼈아픈 자기 객관화로 이어지게 되고, 그러므로 절망할지언정,
아니 절망할 때에야 비로소 타자들의 몸을 가늠할 만한 눈썰미를
체득하게 된다. 그리고 실은 모든 예술적 심미안의 본질이 이와
같을 거라고 나는 생각한다.

어쨌든 사는 동안 얼마간 진지하게 뒤뚱거려 봤던 내가 보기에,
세라의 관절과 근육은 일반 전문 무용수들의 평균 가동 범위를
넘어서는 수준에 도달해 있었다. 그런데 놀랍게도 세라는 스물여섯
살이 될 대까지 춤이란 건 춰 본 적이 없다 했으므로, 분명 뒤늦게
모든 것을 뜯어고쳐야 했을 것이었다. 과장이 아니라 말 그대로,
모든 것을 뜯어고쳤을 것이었다.

"살 덕서 펑펑 울면서 봤던 영화가 있었죠.「엑스맨」이요."

"「엑스맨」이요."

뜻밖이라는 듯한 내 반응을 보며 세라는 예상했다는 듯 찡긋 웃었다.

"네, 무용을 시작하고서 한참 동안 내 모든 것이, 내 삶이
전쟁으로 변했음에도 불구하고, 내가 단지 춤이 좋아서 이
춤을 놓지 못하고 살아야 됐었던 그때, 우연히 「엑스맨」을
봤거든요. 「엑스맨」의 울버린을 보면서 정체성이라는 것에
대해서 많은 공감을 했어요."
"원래 늑대에 관심이 많으신가 보네요."

나는 웃고 있었지만, 속으로는 '설마 지금까지 사람 긴장시켜 놓고
장난치는 건 아니겠지?'라는 의심을 살짝 하고 있었다.

"평범한 사람들이 다수인 세상에 소수의 돌연변이 능력자들이
있어요. 그리고 사람들은 이 능력자들을 겁내서 전부 다
없애 버리려는 계획을 세우고 있고요. 그런데 그걸 알면서도
능력자들은 사람들을 지키려고 해요. 사실 그러지 않아도
되거든요? 쉽게 말하면 능력이 있으니까, 재수 없게 구는
것들은 그냥 싸그리 다 잡아 죽여도 되거든요. 근데 그렇게
하지 않아요. 여기에는 어떤 사명감이 있는 거예요."

'어떤 사명감'이라고 말할 때 세라의 목소리가 좀 갈라졌다. 옆
테이블 여자들 역시 목이 쉬도록 떠들어 대고 있었다. 마치 이쪽
테이블에도 사람 둘이 있다는 건 안중에도 없다는 듯한 태도였다.
그보다는 애들 학원이 문제였다. 골프공이 안 맞는 것도 문제였다.
순간 저들이 세라가 말하는 평범한 사람들일까, 라는 생각이
들었다. 그렇다면 여기 있는 우리는?

"돌연변이 능력자들 중에 울버린은 태생이 그랬던 게 아니라
나중에 그렇게 된 거였기 때문에 좀 다른 존재거든요.

그러니까 자기가 누군지를 정말로 찾아야만 하는 존재, 바로
여기에 저를 대입시켰던 것 같아요.”
“늦은 나이에 무용을 시작하면서 고민해야 했던 걸 말하는
건가요?”
“그냥, 돌연변이 같았어요. 제가.”

•

처음에는 다들 그냥 몇 달 하다 말겠지, 생각하는 것 같았지만,
점점 안 해도 될 말들을 해 오기 시작했다. 돈도 안 되는 이런
걸, 고통스러운 이런 걸 왜 하려고 하는 거야? 어디 가서 삼류
딴따라처럼 살려고 하는 거야?

“하루는 집에서 다 같이 티브이를 보던 중에 강수진 특집
다큐가 나오니까 좋아서 보고 있었는데, 아빠가 대뜸 이러는
거예요. 저런 사람들이 무용하는 거야. 너 같은 애들이 하는 게
아니라고. 지금은 돌아가셨거든요.”
“언제요?”
“삼 년 됐어요. 코로나가 막 심해지던 중이었고, 아빠는
암이 다 회복됐었어요. 앞으로 반년에 한 번씩만 오면
된다고 병원에서 그랬었는데……. 처음에는 피부암이었고,
손가락에 있다가 전이가 좀 됐는데 그것도 다 잡았거든요.
끝난 줄 알았죠. 어느 날 갑자기 엄마가 전화해서 아빠가 치매
같다는 거예요. 알고 봤더니 담이 뇌로 전이가 돼서 거기를
푸시하니까, 뇌압 때문에 약간 치매 증상이 올라온 거였어요.
한 이삼 일 만에 모든 일이 벌어졌어요, 아빠 죽기까지.”

세라 아빠가 중환자실로 들어가기 전에 마지막으로 한 말은

신문을 사 오라는 거였다. 그래서 세라가 요즘엔 어디서 사기도
힘든 신문들을 사서 왔더니, 아빠는 그것들을 한 장씩 영어로
바꿔서 읽고 또 일어로 바꿔서 읽고, 그런 식으로 아직까지 자신이
멀쩡하다는 것을 확인하고 싶어 하는 것 같았다.

"보면서 생각했어요. 와, 우리 아빠답다. 그러다가 물어봤어요.
'아빠 아빠, 엄마 이름 뭐야?' 그랬더니 뭐뭐뭐, 얘기를 해요.
'오빠는? 오빠 이름 뭐야?' 그랬더니 또 뭐뭐뭐, 하더라고요.
그래서 '아빠, 내 이름 뭐야, 내 이름?' 그랬더니 이번엔
'또라이' 이러는 거예요. 죽기 전에도 한 번 더 물어봤거든요?
절대 '또라이'래요. 죽기 바로 전에도……. 저랑 되게 친했어요,
아빠가. 좋았어요, 저는. 재미있고. 마지막으로 볼 때는 뇌압
낮춘다고 여기도 구멍 뚫어 놓고 저기도 뚫어 놓고 해서
아빠가 말도 못 하고 눈도 못 뜨고 그런 상태였는데, 그래도
의식은 또렷하니까 하고 싶은 말들을 하라고 하더라고요.
사람들은 울고불고 난리가 났는데, 제가 봤더니 아빠가
그 와중에도 말을 하려고 하는 거예요. 으어어어 이러면서.
그래서 제가 '아빠 아빠, 이거 아닌 것 같아. 말하지 마.
안 해도 되니까 가만있어' 했어요. 그랬더니 아빠 눈에서
눈물이 나오더라고요. 그러고서는 이렇게 벌어져 있던 아빠
입에서 갑자기 글자들이 하나씩 나오는 거예요. 환영처럼.
이응, 그다음에 니은, 하면서 글자들이 하나씩……."
"환영처럼요?"

나는 확인했고,

"네"

세라는 답했다.

•

아빠를 보낸 뒤에 세라는 매일같이 북한산을 타기 시작했다.

　"제가 우울증을 오랫동안 앓아 왔는데, 그때도 되게 심했어요.
항상 춥더라고요, 한여름에도. 안산에서 1호선 첫차 타고
끝까지 갔어요. 바닥에 앉아 가지고."
　"바닥에? 자리가 없어서요?"
　"아뇨, 나를 거지로 보는 걸 아니까요."
　"네?"
　"한여름에 씻지도 않고 눈에 초점도 없이 그러고 있으면
사람들이 불편해한다는 걸 나가 아니까요. 그래서 그랬어요.
산에 가면 네발로 기었어요. 거의 산짐승처럼 다녔죠. 시간을
점점 단축시키면서."
　"시간이 어느 정도 걸렸는데요?"
　"원래 네 시간 코스거든요? 처음엔 올라가는 데 몇 시간,
내려오는 데 또 몇 시간 그랬는데요, 나중엔 내려올 때 뛰니까
진짜로 삼십 분이 안 걸렸어요. 근데 뛰는 건요, 한번 뛰기
시작하면 멈추면 죽거든요. 둘러요, 반드시 굴러요. 그래서
멈추지 않고 계속 뛰는 연습을 했어요."

늘 그런 식으로 산을 탔기에 한번 고개를 들어서 본 적도 없었다고
했다. 그렇게 날마다 갔는데도 말이다. 하루는 중간쯤까지 가다가
처음으로 '오늘은 좀 쉬어 볼까?'라는 생각이 들었고, 그래서
고개를 딱 들었는데, 그때 세라는 정말로 깜짝 놀랐다.

"맞은편에 절경의 산들이 있었는데 그런 걸 저는 처음 봤어요.
보고서 너무 놀라 가지고 소리를 막 질렀어요. 그랬더니 그
소리가 탁 튕겨 가지고 제 몸 안으로 싹 다 들어오는데, 그때
제가 냈던 말들이 다시 저에게로 와서 위로가 되더라고요."

정신과 약을 먹기 시작했던 건 스물일곱 살 때부터였다. 처음
병원에 갔을 때 의사가 당장 입원을 해야 한다면서 대학 병원으로
가라고 했다. 그런데 하필 다음 날이 주말이었고, 주말 동안
엄마는 "그래, 그렇게 하자. 아니면 너 산 좋아하니까 절에 가
있을래?"라며 두 군데를 다 알아보던 중이었다.

"제가 태국행 티켓을 끊었어요. 도망치려고. 그때가 한국이
너무 추웠을 때였거든요. 덥고 냄새가 많이 나는 곳, 더러운
냄새, 뭔가 좀 사람 냄새 같은, 암내 같은 게 나는 그런 곳으로
가서 죽고 싶었어요."
"죽고 싶었다고요?"
"네, 그래서 죽으러 갔어요. 엄마한테는 나 거기로 요양 가서
나아 가지고 올게, 라고 뻥치고서 죽으러 갔어요."

태국에 도착하자마자 세라는 열두 명이 한데 자는 도미토리 룸의
이층 침대 위에 누웠고, 거기서 일주일 내내 울기만 했다.

"나중에 들어 보니까, 사람들이 저를 정말 신기하다
생각했었대요. 와서 일주일 동안 나가지도 않고 울기만
하니까. 말도 못 시키겠고, 냄새는 나고……. 근데 그렇게 한
일주일 울고 나서 제가 새벽에 어렴풋이 처음으로 소리를
인지한 게 뭐였냐면요, 닭 우는 소리를 들었거든요."
"그 전까진 소리가 안 들렸어요?"

"네, 그때 처음으로 닭이 우네, 라는 생각을 했고, 창문을 열어
보고 싶네, 그랬어요. 화장실에 있는 한 개짜리 요만한 창문을
열었어요. 그랬더니 그 새벽에 햇볕이 쫙 들어오면서, 거기
태국 사람들이 엄청 바쁘게 살고 있는 게 보이더라고요. 사실
여기서는 무의식중에도 다 들리잖아요, 무슨 말을 하는지가.
근데 거기서는 내가 아무리 애를 써도 못 알아듣는 말들만
오가니까, 그게 너무 좋았어요."

그랬더니 씻고 싶다, 라는 욕망이 생겨났다고 세라는 말했다.
그러고서 다른 욕망들도 생겨났다고. 씻고 싶어 씻었더니 옷을 입고
나가고 싶다. 나가고 싶어 나갔더니 목이 말라 물을 마시고 싶다.
마트 가서 물을 마셨더니 밥을 먹고 싶다…….

"전에는 거식증 때문에 밥도 안 먹었거든요. 근데 밥 먹고
가만히 있었더니, 걷고 싶다는 욕망이 생기면서, 그러면서 막
미친 듯이 걸었던 것 같아요. 그때 방콕에서 북쪽 맨 위까지
올라갔다가 다시 남쪽 맨 아래까지 내려갔다가, 그런 식으로
석 달 좀 안 되게 있었어요. 굴론 그러고서 돌아온 게 근본적인
해결을 본 건 아니었지만요. 그거를 안고 가는 과정이었죠."

한국으로 돌아온 세라는 자신의 태국 여행기로 무용극을 만들었다.
그녀의 무용극은 음악을 틀어 놓는 게 아니라 그녀 자신의 목소리로
말하면서 동시에 춤추는 식이었는데, 문제는 엔딩이었다.

"맨 마지막에 제가 하고 싶은 말을 해야 되는데, 그걸 못
찾겠는 거예요. 저 자신도 왜 살아야 되는지 모르겠는데
관객들한테 거짓말로 '여러분, 삶은 소중하니까 살아야 돼요'
이딴 말을 하는 게 너무 싫었거든요. 공연 중에 제가 목을

매는 씬이 있었어요. 물론 땅에 발이 붙어 있는 상태에서 가짜로 매는 거였죠. 근데 마지막 리허설 때, 제가 몸 상태가 안 좋았는지 실제로 발이 떠 버렸어요. 그렇게 돼 가지고, 제가 드디어 삶이 주마등처럼 스쳐 지나가는 걸 경험했어요.”

보고 있었던 친구들 말로는 세라가 마아아악, 몸부림을 쳤다고 했다. 그러다 다행히 발이 땅에 닿으며 정신이 딱 돌아온 것 같았는데, 그때 세라가 처음 한 말은 “몇 시간 지났어?”였다. 그녀는 한 다섯 시간쯤 지났다고 생각했다. 친구들은 “한 십 초 지났어”라고 했다. 그제야 그녀는 ‘아, 이게 주마등이구나’ 깨닫고는 주저앉아 펑펑 울었다.

“진짜로 죽음을 맛봤으니까요. 친구들은 연기를 기막히게 잘하는 줄로만 알았대요. 그때 처음으로 느꼈던 거예요. 그래서 삶이 뭔지, 죽음이 뭔지, 나는 끝까지 모를 것 같은데, 하루하루 어떻게 살아야 되는지는 좀 알겠다…… 그런 얘기를 했어요, 공연 마지막에. 무용수가 울면 안 되는데 막 울먹거리면서.”
“주마등은 뭘 보셨어요?”

나는 타이밍을 놓치기 전에 물었다.

“와 그게, 한 번도 경험해 보지 못한 속도의 이미지인데요, 뭐 이렇게 필름이 지나가는 수준이 아니고 진짜 까마득한 어둠 속으로…… 내가 겪어 보지 못한 어둠 속으로 막 빨려 들어가는데 거기에 모든 기억들이 다 있어요. 좋은 기분은 아니었어요.”
“그 모든 기억들 안에 내가 있는 것 같은 느낌인가요?”

"그게 다 지나가요. 기억 속에서, 타다다닥다다……. 그 모든
것들이 다 내가 했던 것들이에요."
"그게 그 순간에 다 이해가 된다고요?"
"네, 그게 다 내가 했던 것들이란 게, 다 이해가 되고 그게 너무
끔찍한 거예요. 어떤 사람들은 주마등이 행복할지 모르겠지만,
저한텐 너무나 고통스러웠어요. 제가 아빠 죽을 때도 귓속말로
'아빠, 죽고 나면 어디로 가는지 꿈에 나와서 한 번만 얘기해
주면 안 돼? 나 그거 너무 궁금하거든' 그랬었거든요.
그랬었는데, 별로 좋지가 않더라고요. 그냥 지금 이렇게 살아
있는 게 진짜로 행복한 거네, 라는 걸 그때 처음으로 느꼈던 거
같아요."

·

아마도 춤을 추면서부터였던 것 같다고 세라는 말했다. 전에는
별생각도 없었고 그냥 기분이 좌지우지하는 그런 삶을 살았다면,
춤을 추면서부터 이런 생각이 들기 시작했다고. '왜 살아야 하지?'

"무용을 시작하고부터 사는 게 뭔지, 죽는 게 뭔지, 왜 이렇게
고통스러운지…… 저는 그랬어요. 좋아서 하는 일인데도
너무 죽을 것만 같은 거예요. 뭔지 모르겠는데 너무 힘들고,
그래서 하루 종일 누워서 운 적도 있어요. 요즘도 저는 매일
눈뜨자마자 두 시간 이상씩 트레이닝을 하거든요. 그러고서
또 따로 연습을 해요. 강박처럼. 무용하는 사람은 기본으로
해야 한다고 생각해요. 그래서 그렇게 춤출 때면 사실
아무 생각이 안 들어요. 좋다, 싫다, 그런 게 없어요. 그냥
무아지경이죠……. 근데 춤추는 시간이 끝나면 불행해요.
왠지 모르겠는데, 불행하고 불안해요. 그러니까 춤을 추는

시간이 너무 많아질 수밖에 없는 거예요. 몸을 다 소진시켜서,
막 부서져 가면서 춤을 추면 그때는 모르니까. 하지만 그러고
나면, 또 훅 떨어지는 거예요."
"왜 불행한지에 대해 생각해 보셨어요?"
"그럼요. 내가 돈이 없어서 그런가? 아니면 다른 무엇
때문인가? 근데 이유가 명확하지 않아요. 이게 가장 문제예요.
원인을 알면, 그걸 해결하면 되는데요. 다만 춤을 안 출 때도
내가 아까 왜 그렇게 춤을 췄고 어디서 어떻게 춤을 췄고 그걸
분석할 때는 막 신이 나는데, 춤 외의 다른 것들은 재미도 없고
의미도 없어요. 친구를 만나도 재미가 없고, 그러니까요."
"번아웃 증상 같은 걸까요?"
"모르겠어요. 그냥 오로지 '난 춤추고 싶어'밖에 없는데, 그
밖에 생겨나는 이상한 불안감을 감당을 못 하는 거 같아요.
생각해 보면, 갑자기 무용이라는 걸 하게 되면서 많이 벅찼던
거 같기는 하거든요. 내가 저 친구들하고 똑같이 무대에
서려면, 그동안 저 친구들이 해 왔던 그 시간만큼 내가 지금
먹는 시간, 자는 시간 다 줄여서 채워야 한다 그랬으니까요.
근데 그「블랙 스완」이란 영화 있죠, 그 영화 보면서 사실 저
약간 비웃었거든요. 맨 마지막에 감독이 '너는 진짜 완벽했어'
이러잖아요. 그리고 자기 스스로도 '나는 완벽했어' 이러고
영화가 끝이 나는데, 그거 보면서 저는 '응? 춤에 완벽함이
어디 있어? 저거 하고 너는 만족해?' 이런 생각이 드는 거예요.
어떻게 저런 말을 쉽게 할 수가 있지? 저러고서도 예술가라고?
그냥 좀, 망상이나 환상에 시달렸다고 예술가라는 건가……?
왜냐하면 저도 환청, 환각, 그런 것들을 겪었거든요. 지하철에
앉아서 갈 때도 무릎 위에 가방을 놓고 있으면, 여기 실밥이
있잖아요, 얘가 살아서 이렇게 일어나서 움직이는 거예요.
그래서 탁, 가방을 던지면서 자리에서 일어나면 사람들이

136

'어? 미친년인가?' 하고 보는 거죠. 그때 알았어요. 아, 내가
정상이 아니구나……. 또 스트레스를 받으면 소리가 엄청
크게 들렸어요. 자동차 지나가는 소리, 사람들 말하는 소리,
이런저런 모든 소리들이 다 너무 크게요. 그러다가 결국 단기
기억 상실증까지 왔었거든요. 눈떠 보면, 제가 길거리에서
자고 있는 거예요. 한겨울에 슬리퍼만 신고서. 어떻게 여기에
와 있는지도 모르겠고. 근데 웃긴 거는, 자고 일어나면 손에
뭐가 자꾸 들려 있는 거예요.”

“손에? 뭐가요?”

“자고 일어나면 손에 식용유가 들려 있고. 또 자고 일어나면
손에 로션이 들려 있고.”

“집에 있던 게 아니고요?”

“아니요, 어디 가게에 있는 걸 훔쳤나 봐요. 산 게 아니죠.
돈이 어디 있어요, 거지가……. 또 어떤 날은 자고 일어났는데
아메리카노 두 개를 이렇게 가슴에 안고 있더라고요. 생각해
보면, 개또라이 거지가 와 가지고 가져가니까 묵인해 줬던 거
같아요. 감자가 들려 있던 적도 있었어요. 식료품점에 갔나
보죠. 그냥 우체통 옆에 쓰러져서 자고 있고 그랬다니까요.
왜 길거리에 보면, ‘어, 저 찬 바닥에서 자면 죽을 텐데!’ 하는
사람들 있잖아요. 그게 저였어요. 또 치매 걸린 할머니들 보면
방금 밥 먹었는데 ‘저년이 내 밥을 안 줘!’ 그러잖아요. 제가 딱
그 꼴이었어요.”

●

요즘에 세라는 그저 하루하루를 살아간다. 하루하루를 살아간다는
건, 대충 이런 거다. 아침에 일어나면 이 닦고 세수하고 선크림을
바르고 연습복을 입고 보충제를 챙겨서 헬스장으로 간다.

헬스장에서 해야 하는 운동을 다 하고 나면, 내가 이 움직임에서
약간 취약한 부분이 있으니 이걸 좀 더 파 봐야겠다 생각이 드는
그걸 계속해서 한다. 계속해서 하다가 조금 달라질 때쯤에 멈춘다.
그러면서 방금 전에 이걸 어떻게 했지, 하는 생각을 하고, 몸에
각인을 시키면서 다음과 같이 다짐한다. 내일 다시 해 볼 때 이게
나오게끔 하자. 오늘은 여기까지 연습하고 더는 욕심내지 말자.

"예전에는 그냥 계속해서 했거든요. 이제는 페이스 조절을
하는 거죠."

나오면 커피를 딱 한 잔 하고, 오후에는 밥벌이가 될 만한 일을
한다. 무용으로는 먹고살 수가 없으니 누드모델 일 같은 걸 십오
년째 해 오고 있는 건데, 집이 서울이 아니다 보니 매일같이 왔다
갔다 하기는 어렵다. 그래서 최근에는 스크린 골프장 카운터 알바와
배달 알바를 병행하고 있다.

"재밌어요. 이것저것 하는 게. 예를 들어, 헬스장에서 아줌마들
하는 얘기를 엿듣는 것도. 아, 요즘 아줌마들은 이렇구나.
아, 젊은 사람들은 또 저렇구나. 이런 것들을 제가 다 알아야
하잖아요. 왜냐하면 사람들의 편견을 알아야만 그 편견을
뒤집을 나만의 생각을 할 수 있고, 또 그걸 그들 마음을 해치지
않으면서 전달할 수 있을 테니까. 그래서 재미있어요, 다."
"재밌어진 지는 얼마나 됐어요?"
"진짜 얼마 안 됐어요. 한 일 년?"

한편 예전과 다름없이 여전한 것은, 만약에 연습량이 평균치가
5이고 최대치가 10이라면 늘 10 이상을 하려고 한다는 것이다.
왜냐하면 그렇게 해야만 공연 때는 못해도 9가 나올 것이기 때문에.

예를 들어 공중으로 도약하는 '주테' 동작에서 호흡을 가볍게
가져 가며 다리가 일자로 쫙 펴지게 하려면, 바닥에서는 무조건
마이너스까지 스트레칭을 해야 한다.

"무조건 마이너스까지. 내가 게보린을 열 알을 먹더라도.
왜냐하면 그렇게 안 하면 공중에서 불편해 보일 수
있으니까요. 만약에 내가 어릴 때 훈련을 받았더라면 안
그러도 됐었겠지만, 늦게 시작한 몸이니까요. 그렇게 계속
마이너스로 가는 거예요. 멈추지 않으면서 조금만 더, 조금만
더, 조금만 더, 그렇게 더, 더, 더, 더, 더……. 지금도 계속하고
있고 끝은 없어요. 그러니까 매일 아파요. 근데 그 아픔의
강도에 대한 기억이 있으니까, 오늘은 그만큼 안 아프면 좀
더 아프게 하는 거죠. 이런 식으로 하다 보면 어느 순간 원래
안 됐던 동작이 호흡도 가볍게 딱 돼요. 그러면 이제 내 몸이
받아들였구나, 하는 거죠."
"무섭지는 않아요?"
"이상하게 무섭지는 않아요. 근데 춤이란 게요, 그런 거
같아요. 그러니까 춤을 추다가 막 추다가 게이지가 올라가고
그래서 더 이상 버틸 수 없을 만큼 가서 사점(死點)을 딱 넘어
버리는 순간이 오면요, 그때 아주 좋은 춤이 나오거든요."
"좋은 춤이란 게 어떤 의미에서 좋다는 거예요? 기술적으로?
표현적으로?"
"같이 보는 사람들도 다들 정말 좋은 춤이라고 느낄 정도로.
그래서 쟤가 지금 사점을 넘었다, 라는 것을 다 같이 보면서
느낄 정도로."
"몸이 가벼워지나요?"
"무게감이 아예 없어요. 그렇다고 막 가벼워, 이런 게 아니라,
어, 그냥 뭐랄까……? 무중력을 경험해 본 적은 없지만 그런

느낌일까요? 그러니까, 어떤 끊어짐이 없는 거죠. 몸의
흐름에서.”
“몸이 안 느껴지는 거군요. 몸하고 내가 분리되지 않는 느낌.”
“맞아요, 그리고 호흡이 달라요. 숨이 차질 않거든요. 그
전까지는 죽을 것처럼 숨이 찼는데 딱 그 사점을 넘으면 숨을
계속 고르게 쉬게 돼요. 희한하게 그렇게 돼요.”
“동작이 끝난 뒤에도요?”
“계속, 계속이요……. 사점을 넘었는데도 오히려 계속. 그래서
연습을 매일같이 그렇게 했던 거예요. 매일 그곳에 도달하는
것을 목표로 하고서. 그런 면에서 어떻게 보면 이건 수행이다,
그렇게 생각했던 것 같아요. 근데「엑스맨」의 울버린도 그랬던
거 같거든요. 자기가 누군지를 계속해서 찾았고, 그러다가
자기도 모르게 누군가를 지켜야 한다는 사명감을 갖게 됐었고.
왜 그럴까, 왜 그럴까 하면서도. 제가 그거에 되게 많이 공감을
했던 것 같아요.”
“그 사점 얘기, 다른 무용수분들도 하나요?”
“가끔 하는 친구들은 있어요. 또 희한하게 우는 친구들도
있어요. 이게 이렇게까지 할 일은 아닌 거 같다 하면서요.”

•

넌 사람이다. 너는 사람이다. 엄마는 내게 그러셨어. 사람들도
모두 너처럼 비밀을 안고 산단다. 단지 다른 사람들에게 들키지
않으며 살 뿐, 평생 감추고 싶어 하는 비밀을 가지고 산단다.
그러니 괜찮다. 괜찮다. 넌 하나도 이상하지가 않아. 너도 나도
다 괜찮다…….

세라가 크로키 시간에 들려주었던 늑대 인간의 이야기 속에서

엄마는 아이의 본성을 억누르려그만 한다. 그러던 어느 날, 늑대로 변한 아이는 자기도 모르게 엄마를 해치고 만다. 아이는 한동안 깊은 죄책감에 사로잡히지만, 나중에는 결국 자신이 어릴 적 살았던 마을의 사람들 모두가 실은 늑대 인간이었다는 것을 알게 되고서 이렇게 말한다.

엄마가 수시로 내게 했던 말들은, "아빠처럼 살면 안 된다……". 내가 이빨을 조금이라도 드러낼 때면, 경멸의 눈으로 날 보면서 엄마는 말했지. "너도 네 아빠랑 똑같아." 사람의 눈, 엄마는 사람의 눈으로만 나를 보았던 거야. 그러니 나는 아빠에게도 없었고, 엄마에게도 없었어. 나는 어디에도 없었어. 그런데 만약에 내가 그 마을에서 계속 살았다면? 그랬다면 내가 그런 천 번의 고민을 했을까? 그 마을에서 다 같이 늑대가 되어 보름달을 맞이한다는 건, 어떤 걸까……?

"그런데 왜 보통 늑대 인간 이야기에서는 늑대로 변한다는 걸 꼭 벌을 받는 것처럼 그리는 걸까요?"

세라는 내게 물었다.

"저는 오히려 그게 더 내 모습이지 않을까, 라는 생각도 하거든요. 사람보다 늑대로 있는 시간이 적다고 해서 그게 꼭 내 모습이 아닌 건 아니지 않을까, 라고요. 또 보름마다 내가 변한다는 것도 오히려 어떤 해방구일 수도 있을 것 같고요."
"왜 그렇게 자꾸 늑대 인간 이야기에 끌리시는 거 같아요?"
"그냥, 그 질문 하나인 거 같아요. 나는 누구인가. 한번은 지하철을 탔는데, 힘들어서 이렇게 쭈그려 앉아 갔어요. 한 할아버지가 그게 꼴 보기 싫었나 봐요. 저한테 오더니 '일어나'

이러는 거예요. 보통 때였으면 그냥 일어났을 텐데, 아니면
이런 말이 좀 과격할지 모르겠지만 '꺼져. 뭔데?' 그랬을 텐데,
그때는 제가 그냥 쳐다봤어요. 저 사람은 어떻게 살았길래
저럴까, 하는 생각이 들어서요. 그래서 그 할아버지는 기분이
더 나빴을 거예요. 그렇다고 손을 댈 수는 없고. 갑자기 나한테
'사과해!' 이러더라고요."
"맨정신에요?"
"맨정신 같았어요. 사람들이 다 쳐다보고 있었죠. 근데
그걸 보면서, 나는 갑자기 웃음이 나는 거야. 그래서 정말로
활짝 미소를 지었어요. 마치 꽃을 보는 것처럼. 왜냐하면 그
할아버지의 주름살들을 하나하나 보고, 또 그 눈동자들을
보고, 그러면서 저 사람 나이는 얼마쯤일 거고 근데 지금
나한테 이러고 있구나 하고 생각하니까…… 재밌더라고요.
웃기더라고요. 이렇게 나는 누구인가에 대해 자꾸 생각하다
보면 예상과는 다른 일들이 벌어지는 거 같아요."
"그 장면의 마무리는 어떻게 되나요?"
"할아버지가 역무원에게 전화를 해요. 지하철 안에서 누가
쭈그려 앉아 있다고. 근데 그게 말이 안 되는 거잖아요.
역무원이 저희는 뭐 어떻게 할 방도가 없습니다, 라고
했겠죠. 그랬더니 갑자기 개새끼들, 지금 내 돈 처먹고
어쩌고저쩌고 하면서 막 저한테 하지 못한 욕들을 그 사람한테
퍼붓는 거예요. 그러더니 내리더라고요. 그러니까 저는요,
자꾸 가상극을 만드는 거 같아요. 그냥 나를 누군가로
캐릭터화시켜서 어떨 때는 좀 착하게, 어떨 때는 좀 나쁘게
하고요, 그냥 넘어갈 때도 있지만, 또 세상 미친년처럼
막 그렇게 해 볼 때도 있고요. 그러면서 나를 찾는 거예요.
내가 도대체 누군지를 알기 위해서, 참 여러 가지를
해 본 것 같아요."

그렇게 되기에 앞서 세라는 자신이 '참 건드리기 쉬운 캐릭터'란 걸 알고 있었다고, 문득 그렇게 말했다.

"아, 나는 참 건드리기 쉬운 캐릭터의 외관을 가지고 있구나. 그래서 내가 가진 방어막들은, 일, 어디 가서 말을 하지 않는다, 이, 잘 웃지 않는다, 그래, 이 정도로 하면서 내 일만은 되게 잘해야겠다."

그래서 세라는 크로키 수업 중에도 '얌전한데 좀 보통이 아닌 것 같은 여자애'로 스스로를 캐릭터화했던 거였다고 했고, 내 보기에 그 계획은 적중했던 것 같았다.

∙

"어릴 때는 따돌림을 많이 당했어요. 왜냐하면 얼굴도 어려 보이는 데다 목소리도 이러니까. '아 쟤, 일부러 저런다.' 일부러 저런다고 했어요, 저한테. 특히 남녀 같이 섞여 있는 무리에서는 그게 더 심했어요. 어딜 가든 그렇다는 걸, 나는 공격의 대상이 된다는 걸 내가 아니까, 아예 말을 잘 안 했어요. 제가 젓가락질도 좀 이상하게 하거든요."
"어떻게 하는데요?"

세라는 잔에서 빨대를 뽑아서 자신만의 젓가락질을 해 보였다.

"이렇게, 이렇게 해서, 이렇게 하거든요……. 저는 몰랐어요. 저는 젓가락질이라는 건, 그냥 다들 각자 하고 싶은 대로 하는 건 줄 알았어요. 근데 나중에 친구가 저한테 '야, 너 젓가락질

진짜 무슨 욕하는 거 같아' 그러는 거예요. '야, 너 가정 교육
잘못 받았어.' 그때 생각했죠. 가정 교육은 뭘까?"
"따돌림이 심했나요?"
"네."
"괴롭힘당하셨어요?"
"많이 당했어요. 초등학교 때 서울에 있다가 오학년 때
안산으로 갔는데, 엄마가 예쁘게 해서 보낸다고 한겨울에
원피스 입히고 머리에는 이따만 한 리본을 달아 놨던 거예요.
근데 그 당시에 안산은 진짜 완전 촌이었거든요. 서울에서
누가 전학 왔다는 거 자체가 애들 사이에서는 이미 좀
그랬었는데, 그런 모양으로 와 가지고는 말도 쨱쨱거리고 하는
게 꼴불견이었나 보죠. 애들이 '너 어디 살아?' 물어보는데
저는 이사 온 지 하루밖에 안 돼서 집 주소를 몰랐어요. '나
우리 집 주소 몰라' 했더니 저보고 싸가지가 없다고, 그렇게
다 같이 담합을 해서 일기장에 '쟤는 되게 싸가지가 없다'라고
적었어요. 자기들끼리 약속을 해서 전부 다 같이 그랬던 거죠.
그러고서 시작됐던 것 같아요. 뭐만 하면 따돌리고 계란
던지고……. 점심시간에 학교 옥상이 개방이 돼 있었거든요.
거기 가면 벽돌로 된 난간이 이 정도 높이로 쫙 있었어요.
거기 위를 혼자서 눈 감고 걸어가고 그랬어요. 그래서 걷다가
떨어지면, 그냥 죽는 거……."

순간 '아이고, 그때 시작됐구나'라고 나는 말해 버렸다.

"너무 고통스러우니까요. 그래서, 그래서 그냥 갔는데
거기서도 또 너무 잘 걸어!"

이쯤에서 느닷없이 세라는 웃음을 터뜨렸다.

144

"그때부터 무용수였나 보네요."
"맞아요. 그냥 막 뛰어도 안 떨어졌어요."
"난간은 어느 정도 넓이였어요?"
"글쎄요, 한 이 정도? 벽돌이었으니까요. 거기가 오층 아니면
육층 정도 높이였으니까, 사실 떨어지면 죽는 거잖아요.
그러니까 그냥 그때부터 '죽고 싶다'였던 거 같아요. 근데
'죽고 싶다'라는 말을 그때는 몰랐죠. 내가 이러다가 떨어지면
애들이 안 괴롭히겠지? 그거였겠죠. 그러면서 점심시간마다
올라가서 매번 그랬던 건데, 그랬는데도 매번 살았죠."

헤어질 때 나는 세라에게 말했다. 이제 집으로 돌아가면 그녀에
대한 글을 쓰기 시작할 텐데, 그러면 아마도 그 옥상에 내가 아주
오래 머물러 있게 될 것 같다고. 실제로도 나는 그렇게 했다. 아니,
실은 내 예상보다 훨씬 더 오래 그곳에 있었다.

상당한 시간 동안, 나는 옥상의 난간 위를 혼자서 눈 감고 걸어가는
어린 세라에 대한 생각을 떨칠 수가 없어서 많이 괴로웠다. 또
한편으로는, 무섭게 흥분도 됐다. 나는 본능적으로 세라라는
아이에게 압도당했던 것 같다. 그때부터 이미 너무나 무력했던 그
아이에게. 또한 동시에 너무나도 전능했던 그 아이에게.

•

헤어지기 전에 마지막으로 나는 세라에게 물었다.

"혹시 옥상에서 눈을 감고 걸었을 때 말이에요, 혹시 그때 이미
춤출 때의 무중력 같은 걸 느꼈던 건 아니었을까요? 그러니까

아까 말했던 사점, 그 사점을 넘었던 건 아니었을까요?
아마도 세라로서는, 그때도 그냥 조금만 더 가 보는 거였겠죠.
그러니까 그냥 조금만 더 가 보는 거, 어쩌면 그게 세라인
것도 같거든요. 그러니까 제 말은, 그래서 혹시 그때부터
그렇게 했던 것이 그대로 세라의 몸에 새겨져 버렸던 건
아니었을까요?"

이와 같은 상상만으로도 이미 겁에 질려 버린 나를 보면서 세라는
말했다.

"어, 근데요, 옥상에서 걸을 때 이렇게 눈을 감으면……
바람…… 미세한 바람이 불어오면서 (미간을 들면서)
여기에 딱 집중이 되거든요. 그러니까 제가 일부러 그러는
게 아니고요……. 근데 제가 춤을 출 때도…… (다시 미간을
들면서) 딱 이렇게 하는 순간이 있거든요."

눈을 뜬 세라가 찡긋 웃으며 말했다.

"그러니까, 맞아요."

박 카

스

토요일 아침마다 운동을 갔다. 시 외곽 낡은 상가 건물의 주차장은
드나들기가 불편해 맞은편 길가에 차를 세우곤 했다. 늘 오 분,
십 분 늦는 게 습관인지라 발 동동 구르며 신호등을 기다릴 때면,
건너편에 그가 있는지부터 확인하게 됐다. 참 은밀히, 끈질기게
훔쳐봤다.

눈이 오나 비가 오나 아침 아홉 시면 그는 어김없이 거기 와 있었다.
은색 네모반듯한 박스 안에서 자신만의 일에 몰두해 있는 그를 볼
때면, 왜 그런지 안심이 됐고 힘도 났다. 설명하기 힘든 어떤 순수한
에너지 같은 것이 그의 주위를 감싸고 있는 듯했다. 어느 날, 나는
드디어 용기를 내서 그의 구두 수선소를 찾아갔다.

　　"이걸 왜 굽을 갈려고 하세요? 거의 닳지도 않은 걸?"

더 신고 오라며 돌려주는 그에게 내가 구두 밑창 금 간 데를 애써
벌려 보여 주자, 그제야 그는 고개를 끄덕였다.

　　"시간은 좀 주셔야 돼요. 한 삼십 분."

물론 나는 삼십 분보다는 오래 앉아 있을 작정이었다.

　　"사장님, 혹시 영화 안 좋아하세요?"
　　"왜 안 좋아하겠어요?"
　　"그럼 살면서 이런 영화가 기억에 남고, 아니면 이런 장면이
기억에 남고, 그런 게 있으신가요?"
　　"어렸을 땐 007 시리즈 있잖아요, 그런 걸 좋아했었는데,
나이 먹으니까 달라져요. 「님아, 그 강을 건너지 마오」 같은
영화가 좋더라고요."

"극장 가서 보신 거예요?"
"예."

가게 안 라디오에서는 어느 정치인에 대한 검찰 수사와 미 국무부
장관의 이스라엘 방문에 대한 뉴스가 흘러나오고 있었다. 잠시 귀
기울인 후에, 그가 물어 왔다.

"영화 산업도 그렇게 잘되고 있는 건 아니겠어요."
"네, 요즘은 거의 망해 가고 있죠. 실은 제가 바로 그 영화 일을
하고 있어요."
"예, 참 많은 걸 느꼈겠네요."
"예, 워낙 막막한 일이지만 크로나 때 더 힘들어졌어요."
"그 정도가 아니었겠죠. 다른 진로도 생각 많이 했을 거고."

순간 그에게 신기가 좀 있나, 하는 생각이 들었다.

"제가 오래 살지는 않았어요. 올해 예순여섯인데요, 히트 치는
영화들 보면 대단하다고 생각해요. 그렇게 다양한 연령대를
포용할 수 있다는 건 쉬운 게 아니거든요. 그런데 「님아, 그
강을 건너지 마오」 그 영화는 내가 눈물 흘리면서 봤어요.
거참, 부부가 너무 애틋하더라고요. 알콩달콩 싸우면서. 그
이후 속편이 나왔으면 좋을 뻔했는데, 안 나왔어. 과연 할머니
혼자 어떻게 사시는지, 자식들이 케어는 하는지, 그거까지
알게 되면 더 비참할지는 몰라도…… 궁금하더라고요."

그는 구두 뒤축에 깊숙이 박힌 못을 뽑아 내고 있었다. 그런데
기다란 못을 뽑아 낸 뒤에도 어째 굽은 단단하기만 했다. 그러자
이번에 그는 가진 도구 중에 가장 좁고 단단해 보이는 날을 골라

있는 힘껏 내리치기 시작했다. 탕, 탕, 소리를 내며 결국 그렇게
굽이 뜯어지는 걸 보고 있자니, 왠지 내 가슴이 철렁했다.

"부부라는 게, 아파도 내 옆에 있는 게 좋고요, 둘 중 한 사람이
없어지면 힘들어요. 진짜 힘들어요. 암만 악랄해도요."
"악랄해도요?"
"예, 아무리 나한테 악하게 하더라도 서로 의지하며 사는
게 좋아요. 얼마나 아이러니해요. 저거 저거 빨리 죽었으면
좋겠는데 해 놓고, 막상 죽고 나면 그래도 그게 나한테 관심이
있었으니까 날 힘들게 했던 건데, 한다고요. 다들 그렇게
말해요."

◆

용석. 그의 이름이었다. 용석의 아버지는 용석의 어머니를
학대했다고 했다. 용석 역시 결혼하자마자 처음에는 아내를 막
대했다고 했다.

"그러다가 어느 날 문득 아, 우리 애가 분명 이걸 보고 배울
텐데, 앞으로 똑같은 일가를 만들지는 말자, 이런 생각이
들더라고요."
"술 드시고 그러셨어요?"
"술 안 먹고도. 사람이 살다 보니까."

젊었을 때 용석은 소다, 닥스 등의 브랜드에서 구두 개발자로
일하며 여섯 건의 특허를 취득했다. 삼십 대 후반부터 사십 대
까지는 공장에 기계를 놓고 신발 제조하는 사업을 했는데 꽤
잘 벌었다. 분당 정자동에 살면서 육 개월에 한 번 차를 바꿨고,

남서울CC에서 골프를 쳤다.

"그러다가 슬럼프란 게 왔죠. 힘든 시기가 오면 귀가 얇아져요.
잘 알던 사람을 통해서, 말하자면 우리 집에 숟가락 젓가락이
몇 갠지까지 다 알던 사람을 통해서 신발 천칠백 개를 중국에
납품을 했거든요. 그런데 한 달이 지나도 소식이 없더라고요.
먼저 삼십 명 직원 인건비 정리해 주고, 그 빚 다 못 갚고
이사를 왔죠. 한 십 년 공장 다니며 빚을 하나하나 갚아 나가던
중에 어떤 분한테 사백을 갚으러 갔는데, 글쎄 그분이 자기 거
맨 나중에 갚아도 된다고 그러더라고요. 그게 너무 고마워서
나중에 이자까지 해서 오백을 들고 갔는데, 그걸 또 안 받는
거예요. 근데 그 사람도 잘사는 게 아니었거든요. 없는 사람이
없는 사람을 아는 거죠."

일단 돈은 갖고 나왔는데 집에 가져가기는 싫었다. 이걸 어디에
써야 하나 한참 고민을 하다가, 우선 이백은 어느 자선 단체에, 또
이백은 다른 자선 단체에, 나머지 백은 월천장학회라고 누구든지
월에 천 원만 내면 회원이 될 수 있다는 단체에 기부했다. 그때부터
맺은 연이 지금까지 십사 년 됐다 MBC에서 백혈병 어린아이들
돕는 일도 했고, 코로나가 터지기 전에는 일 년에 여섯 명까지
학자금도 줬다. 장학금을 줄 때는 장학 증서를 꼭 챙겨 줬는데,
왜냐하면 누군가 먼지 같은 관심이라도 가져 줄 때에야 사람은
용기도 생기고 멋도 부리게 마련이라고 생각해서였다. 영세민들
거주지와 쪽방촌에 십 킬로 쌀 오십 가마니와 부탄가스 등도
배달했다.

"요양원에서 치매 노인들 목욕 봉사도 했어요. 그거 알아요?
한 사람을 씻기려면 다섯 사람이 붙어야 된다는 거. 네 사람이

사지를 붙들어야만, 나머지 한 사람이 닦을 수 있거든요. 그때 제가 느낀 게 뭐였냐 하면요, 아, 우리의 말로는 누구도 장담 못 한다. 착하게 살자. 다 됐습니다."
"사모님은 아셨어요?"

나는 완성된 구두에는 눈길도 주지 않으면서 물었다.

"수입에서 몇 프로씩 꼬박꼬박 떼서 하고 돈 싸 들고 다니면서 하고 그랬던 거는 몰랐죠. 한동안 아내가 봉사는 나한테 해야지 왜 밖에 나가서 하느냐고 그랬는데, 그거는 맞는 말이에요. 지금은 제가 완전히 집돌이예요."
"연애결혼 하셨어요?"
"예."

용석이 수줍게 웃으면서 나를 봤다. 내가 바로 떠날 마음이 없다는 걸 눈치챈 것 같았다.

"참, 정신적으로 굉장히 힘든 일을 하고 계시네요."

그가 불쑥 위로하듯이 말을 건네 왔다.

"얼마나 생각을 많이 하는 직업이에요. 그 스트레스 어떻게 하실 거예요? 사람은 그저 속없이 살아야 돼요, 아무 생각 없이……. 그저, 이런 일이 딱 좋아요."

◆

영화는 꼭 아내와 함께 극장에 가서 본다고 했다. 한번 다른 사람이랑 본 적도, 혼자 가서 본 적도 없다고.

"「님아, 그 강을 건너지 마오」도 같이 보셨겠네요?"
"그럼요, 같이 봤죠."
"어떠셨어요?"
"애틋했죠. 보면서 계속 그렇게 제 아내를 보게 되더라고요. 왜냐하면 아내가 류머티즘이 있어요. 얼마나 힘들어요. 저도 암단 옆에 있어도 몰라요. 얼마나 힘든지를. 잠도 못 자서 꼭 수면제를 먹어야 되고, 새벽 여섯 시에도 먹어야 되는 약이 있어요. 내가 꼭 그 전에 일어나서 약을 먹여요. 그럼 그 사람은 또 눕고, 저는 아침을 먹어요. 그 사람 힘드니까 밥은 안 먹고 다른 걸 먹어요. 먹고서 설거지 다 하고서, 그 사람 먹을 거 좀 해 놓고 도시락을 싸 갖고 출근하죠."
"도시락은 직접 싸세요?"
"예. 근데 그 사람 일어나서 먹을 때 보면 입이 짧으니까, 제가 그래요. 제발 엑기스로 좀 먹어라, 탄수화물로 대충 먹지 말고. 그럼 그 사람은 그게 미안해서, 자기가 뭘 사다가 반찬 같은 걸 해 놔요. 그러기 때문에 제가 일부러 밥하고 반찬을 안 먹는 거예요. 왜냐하면 그걸 먹게 되면, 그 사람이 계속 반찬을 만들어야 되니까요. 그게 싫어서 난 다른 좋은 것만 먹어요. 아침에는 양배추 잘게 채 썰어서 올리브유, 식초 좀 넣어서 먹고. 당근하고 양파 좀 볶아서 먹고. 사과 좀 먹고. 낮에는 이만큼 주먹밥을 먹어요. 저녁에 들어가면 아침하고 똑같이 야채를 먹어요. 일주일에 한 번은 고기도 먹어요. 목살 사다가 푸짐하게. 밤마다 근력 운동도 하고. 아침저녁 자전거로 출퇴근하고. 예전에는 아침 해장술을 포함해서 일주일에 여덟 번 술을 먹었거든요. 요즘은 술은 일주일에 한 번 먹고, 담배는 끊었어요. 이게 내 살길이고 내 아내 지킬 길이구나, 그렇게 생각해요. 근데 집사람은 몰라요. 내가 얘기를 안 하니까.
나는 얘기를 안 하거든요. 어우 난 이런 거 싫어, 어우 난 짠 거
싫어, 그냥 그러죠.”

그러면서 그가 아내보다 딱 이틀 더 살 거라고 하길래 나는 물었다.

“왜 딱 이틀인가요?”
“이틀은 필요하겠더라고요, 정리해야 되니까. 하루는 슬퍼할
날이 있어야 되잖아요. 슬퍼는 하고 싶어요. 그래서 딱 이틀
필요해. 딴 사람들은 하루 더 산다고 하잖아요. 아니에요.
이틀은 살아야 돼…….”

◆

그런데 막상 내가 겪어 본 바로, 그 이틀 동안에도 슬퍼할 시간은
거의 없는 것 같았다. 그를 보내고 사흘째 되던 날에는 종일 먹고
마셨다. 그렇게 잔뜩 먹고 마시는데, 한번 체하지도 취하지도
않았다. 그러고서 시간이 흘러 흘러 벌써 석 달이 지난 지금까지도,
어쩌면 나는 슬퍼할 시간을 계속 미루고만 있는 것도 같다.
꿈에서도 그의 모습은 똑같기만 하다. 한다는 말도 고작 “그만 좀
먹어라. 배 터지겠다”라든지 “다 같이 나눠 먹자” 같은 것들이다.
다만 엄마의 꿈에서 그는 젊었을 적 남편의 모습 그대로 집에 걸어
들어왔다고 한다. 물론 술에 잔뜩 취해서. 봉다리 안에는 먹을 것을
이만큼 싸 들고서.

그는 걸을 수 있을 때까지는 어떻게든 걸으려고 했었다. 언제부턴가
지팡이를 짚으며 다니기 시작했어도. 그러다가 지팡이가 없이는
아무 데도 못 가기 시작했어도. 하지만 식탁 앞에서 의자에

앉으려던 중에 그만 넘어져 허리를 접질렀고, 결국 휠체어에 앉게
됐다. 휠체어에 올라탄 그는 곱절로 무거워졌지만, 그래도 걷다가
쓰러질 때보다 거들기가 수월했다. 반면 졸도할 때의 그는 순식간에
통나무처럼 뻣뻣해지고 육중해져서, 아마도 죽은 자의 무게란 이런
것이겠구나, 라고 상상하게끔 만들었다.

앉아 지내게 되면서부터 기저귀 차는 시간이 늘어 갔다. 기저귀에
의존하게 될수록 변기에 앉는 건 더 힘들어졌다. 이런 식으로 점점
악순환이 되어 갔지만, 그럼에도 그는 혼자 힘으로 숟가락질,
젓가락질을 다 했다. 사실 젊어서부터 그는 미식가였고, 그 고고한
입맛은 장장 십오 년에 걸친 기나긴 투병 생활 중에도 별로 변함이
없었다. 단지 이것저것 자꾸 흘리기는 했다. 우리는 그에게
처음에는 앞치마를 씌워 줬고, 나중에는 아예 폭이 훨씬 넓은
보자기를 씌워 줬는데, 그 보자기가 하필 황금색이어서 식사할
때의 그는 어쩐지 티베트의 승려처럼 보이기도 했고, 그런 점은
괜히 위안이 됐다. 그는 얼굴에 비해 손이 참 고왔다. 그 기다랗고
잘생긴 손가락으로 젊었을 때는 기타도 잘 치고 당구도 아주
잘 쳤다던데, 나는 한번 제대로 본 적이 없다. 식사 때마다 그는
제멋대로 부들부들 떨리고 뻗쳐 대던 손가락들과 씨름하며 티슈 한
장을 기어이 두 번 접어 냈고, 그걸로 입가를 닦은 뒤에는 보자기와
식탁까지 더 닦아 냈다. 그래 봤자 금세 또 더러워졌어도, 기필코.

＊

“그 사람이 나한테 희생한 게 얼만데요. 그 사람 희생이
　없었으면, 여기까지 못 왔어요.”

‘그 사람’이라는 말이 원래 이처럼 로맨틱한 말이었던가, 나는

속으로 감탄했다.

"생각하면 가슴 아파요. 못 해 주고 그랬던 거. 나 없으면
얼마든지 날개를 펼쳤을 사람인데, 나로 인해 이렇게 눌려
살았다는 거가……."

처음 아내를 만났을 때 용석은 부산에서 신발 만드는 일을 하고
있었다. 그날은 크리스마스이브였다. 해운대 반송동에는 가게들이
문을 다 닫아서 도통 밥 먹을 데가 없었다. 떡볶이 파는 포장마차로
갔더니 거기에 그녀가 있었다. 무슨 일을 하느냐 물었더니 간호사가
되려고 준비 중이라고 했다.

"그 밖에 쓸데없는 헛소리를 하다 보니까 만나게 됐죠."

아직도 그 헛소리가 생생한지 헤벌쭉 웃으며 용석이 말했다.

"저가 별로 악의가 없게 생겼나 봐요, 그래 가지고……."

용석은 서울 사람이었고, 그녀는 경기도 사람이었다. 결혼할
때는 처가에서 반대가 심했다. 당시 청량리에 그녀의 고모가
살았는데, 장인 장모가 그리로 올라오신다고 해서 그는 그녀와 함께
인사드리러 갔다.

"그때는 너무 못살았으니까, 선물 하나 없이 그냥 갔어요.
그런데 아무 말도 안 하고 가만히 있더니만 그 사람을 방으로
부르더라고요. 저는 영문도 모르고 있다가 그 방문 앞으로
갔어요. 그랬더니 안에서 소리가 들리잖아요. 야, 저 새끼하고
살려면 나랑 같이 여기서 죽자."

"누가요? 장인이요?"

"예, 그때 그 사람이 임신한 상태였거든요. 그래서 내가
보니까, 문 앞에 박카스병을 이렇게 내논 거예요."

"박카스병을요?"

"박카스병에다 약을 탔다면서 장인어른이 협박을 하더라고요.
이거 먹고 죽자. 안 죽을 거면 헤어져. 그리고 집에 가자.
그러더라고요. 근데 그 소리가 끝나자마자 글쎄 그 사람이
그걸 홀딱 마셔 버린 거야."

"네?"

"그걸 기어이 마셔 버린 거예요. 그런데 알고 보니 그게 가짜
약이었어요. 겁주느라고 그랬던 거였죠. 장인이 벌떡 일어나
가지고 집사람 따귀를 한 번 때리고는 '나쁜 년!' 이러는
거예요. 내려가서 일주일 있다가 연락이 왔어요. 결혼식 해라."

나는 잠시 말을 골라야 했다.

"어떤 마음이었냐고 물어보셨어요?"

"……."

"안 물어보셨어요?"

"물어볼 필요가 없는 게, 내가 수치스럽더라고. 아, 저 사람이
저런 대우를 받을 사람이 아닌데, 나 때문에 부모한테도 저런
대우를 받는구나, 그런 생각이 드니까 물어볼 수가 없었어요.
입이 안 떨어지더라고. 그때 집사람은 눈물 한 방울도 안
흘렸어요. 울었으면 차라리 편했겠죠……."

그의 발 안쪽에는 툭 떨어진 눈물방울만 한 까만 점 하나가

있었는데, 그게 왼발이었는지 오른발이었는지가 기억이 안
난다. 내가 차가워진 그의 발에 입을 맞추면서 '그러고 보니 너
참 예쁘구나'라고 속으로 말했었는데, 바보같이 그게 왼쪽인지
오른쪽인지는 외워 둘 생각을 못 했다.

생이 가무러질수록 그의 발은 계속해서 오그라들었다. 발가락들을
하나씩 문질러 펴 놓아 봤자 이내 힘없이 고개들을 떨구었다.
그래도 발톱만은 끝까지 어찌나 두꺼웠던지 내 아귀힘으로 단번에
잘리지 않을 때가 많았다. 어떤 날은 창백하고, 또 어떤 날은 붉거나
푸르둥둥했던 그 발을 내 무릎 위에 올려놓고 주무를 때면, 그는
"호강하네"라며 배시시 웃어 주기도 했고, "이런 거 하지 마"라며
발을 휙 차 버리기도 했다.

돌이켜 보면, 원래 나는 그의 발에 좀 집착했던 것도 같다. 대학
시절에 쓴 나의 첫 단편소설 마지막 장면에 보면, 딸이 잠든
아버지에게로 다가가 그의 차가운 발을 주무르고 있다. 그때는
이야기를 어떻게 끝내야 할지를 몰라서 허우적대다 겨우 찾아 낸
어설픈 마무리라고만 생각했었는데, 이제 와 보니 그것이야말로
잠재의식으로부터 비롯된 필연적 귀결이었나 싶다.

기억 속에서 끊임없이 되풀이되는 장면이 하나 있다. 내가 한
너덧 살쯤 되었을 때의 일이다. 늦은 밤, 비에 흠뻑 젖어 집으로
돌아온 그는 까닭 없이 히죽히죽 웃고 있다. 술에 취했을 때 그는
주로 웃거나 화를 내거나 둘 중 하나인데, 이날따라 기분이 무척
좋아 보인다. 곧이어 그는 슬슬 구두를 벗기 시작하는데, 그가
비틀거리며 발을 빼내는 동시에 엄마는 비명을 지르기 시작한다.
그러면 마치 틸트다운 하는 카메라처럼 내 시선은 아래를 향하고,
이내 찰방찰방 빨간 물이 차오른 구두 속이 들여다보인다.

그가 바보같이 웃으면서 밑창을 뒤집어 보인다. 세상에, 거기 못이
박혀 있다. 그런 줄도 모르고 피를 줄줄 흘리면서 기어이 집까지
걸어온 것이다. 어린 나는 그가 무섭기도 하고, 어쩐지 좀 우습기도
하다. 무엇보다 가엽기도 하다. 이와 같은 식으로 그는 이제 내
일생일대의 남자가 되어 나의 무의식을 막 장악하려는 참이다.
그야말로 '박카스' 같은 남자가 되어서. 바쿠스(Bacchus)라고도
하고 디오니소스(Dionysos)라고도 하는, 이른바 '술의 신'이
되어서. 그만의 '희비극'을 통하여 '그로테스크'가 뭔지 몸소 시범을
보임으로써, 그럼으로써 그저 '예쁜 엄마'가 장래 희망이던 자기
어린 딸의 운명을 영영 바꿔 놓고 있는 중이다.

●

그가 떠나는 날까지도 '그로테스크'에 대한 교육은 계속되었다.
통나무같이 쓰러지던 시절에 그는 온갖 섬망 증상에 시달리고
있었다. 섬망을 겪어도 누워 있기간 했다면 별문제 될 것이
없었겠지만, 그럴 때마다 굳이 뭔가를 하려고 하거나 꼭 어딘가로
가려고 하며 몸에 남아 있던 근력을 총동원해 기를 쓰다가는
쿵, 쓰러져 버리곤 했다. 동생이 없을 때면 엄마와 나로선 정말
비명을 지르며 매달려 보는 것밖어는 어쩔 도리가 없었다.
쓰러진 그를 태우고 달려서 응급실 앞에 다다르자마자 느닷없이
차 문을 열고 뛰쳐 나가더니 또 쿵, 쓰러져 곧바로 소생실로
실려 들어간 적도 있었다.

육체가 시들어 감에 따라 섬망은 차츰 고분고분해졌고, 다음으로
꿈과 현실이 섞이기 시작했다. 그가 반복해서 꾸던 꿈은 주로 나와
동생에 관한 것이었다. 종종 그는 우리에게 사고가 났다거나 우리가
죽었다거나 하는 그런 불가항력적인 불행을 맞닥뜨려야 했는데,

그런 사실을 아내가 숨기고 있다고 생각하여 혼자 몹시 슬퍼하기도
했다. 하지만 다행이라고 해야 할까, 대부분의 경우엔 우리가
사고를 쳐서 잔뜩 화가 나 있는 정도에 머물렀다. 그의 꿈속에서
동생은 경찰서에 가 있는 때가 많았다. 주로 술 먹고 누구를
팼다거나 음주 운전을 했다거나 하는 형사 사건 피의자였다. 나의
경우는 민사 사건이었다.

한번은 집 앞 주차장에서 차를 기다리며 그와 단둘이 있을 때였다.
휠체어 뒤에서 그의 어깨를 주무르고 있던 내게 그가 넌지시
물어 왔다.

　"요즘에 괴롭히는 놈은 없어?"
　"괴롭히는 놈? 없어. 그냥, 놈이 없어."
　"괴롭히는 놈 있으면 말해. 내가 아주 그냥, 다리몽둥이를
　확 분질러 줄 테니까."

그러면서 고개를 애써 돌려 나를 흘겨보는 거였다.

　"배도 좀 나온 거 같고……."

순간, 빠르게 축이 왔다.

　"배가 나왔다고? 안 나왔는데?"
　"나왔잖아."
　"안 나왔어. 만져 봐."

내가 얼른 내 배 위로 그의 손을 가져와 확인시켜 주자마자, 그의
얼굴에 안도의 빛이 번지는 게 보였다.

"왜, 내가 임신이라도 한 줄 알았어? 누구 애를 임신했는데?"

그때 그는 정확히 누군가의 이름을 댔는데, 물론 여기서 그 이름을
밝힐 수는 없다.

"그게 누군데?"
"있어, 그런 놈. 내 후배."
"아빠 후배면 몇 살인데?"

"일흔둘"이라고 말하는 그의 눈에서 순간 섬광 같은 웃음이
일었다. 막상 말을 뱉고 보니 그럴 리가 없다는 강한 확신이 드는
모양이었다. 정말이지 얼탱이가 없었다. 한껏 홀가분해진 표정으로
그가 덧붙였다. 실은 요즘에 날마다 그 후배 놈이 집으로 찾아와서
보상을 하겠다고 하길래 진지하게 협상 중이었다고. 그래서 그 후배
놈으로부터는 대체 얼마를 받아 낼 작정이었는지가 나는 굉장히
궁금했지만, 그냥 묻지 않기로 했다. 왠지 들었다가는 열받을 거
같아서.

⬩

"예를 들면 치매 걸리신 분들 있잖아요, 저는 전혀 모르는
줄로만 알았는데요, 순간순간 정신이 돌아오면 어떻게
말로 표현할 수 없을 정도로 나 자신이 미워지는 그런 거를
느낀대요. 내 자식 앞에서 창피한 그걸, 어떻게 말로 표현할
수가 없대요."

내 아버지의 병세에 대해 듣더니 돌석은 이러한 이야기를 해

주었고, 다음과 같은 예언을 남기기도 했다.

“예전에도 보면 노인네들이 돌아가시기 전에 정을 끊으려고
하거든요. 그럴 수도 있어요.”
“정을 끊는다는 게 어떤 건데요?”
“정을 끊는다는 건, 엉뚱한 소리보다도 더 끔찍한 소리를 하는
거예요. 어떤 분들은 막 입에도 못 담을 얘기들을 해요.”
“그러는 심리가 대체 뭘까요?”

용석이 잠시 생각하더니 대답했다.

“저도 그럴 것 같은데요.”
“나 생각하지 마라, 그러는 걸까요?”
“그렇죠. 저에게는 지론이 있어요. 나 죽더라도 절대 땅에
묻을 생각은 하지 말아라. 태워서 날려 버려라. 아주 흔적을
없애라.”

◆

하기는, 그 흔적을 그도 꽤나 신경 썼다. 처음으로 폐렴을 심하게
앓고 난 뒤에 정신이 좀 들었을 때였다. 수년 만에 자기 책상 위에는
뭐가 있는지, 또 옷장 안에는 뭐가 있는지 좀 보고 싶다고 했다.
옷장은 휠체어 바퀴 때문에 문을 제대로 열 수도 없어 겨우 빼꼼
들여다본 게 다였지만, 책상 한구석에 모아 두었던 사진들은 계속
만지작거리며 이제 그만 누워야겠다는 소리를 미루고 있었다. 내가
다가가니 버려야지, 그가 아주 작게 말했다. 이걸 왜 버려요, 다
앨범에 넣어야지, 내가 말했다. 그러면서 내가 앨범들도 보실래요,
하고 물었더니, 그는 나중에, 라며 고개를 저었다.

한편 그가 싫어했던 흔적도 있었다. "네가 나를 어떻게 생각해서 그런 글을 썼는지는 모르겠지만"이라며 말끝을 흐린 적이 있었다. 바로 대학 신문에 실린 나의 첫 단편소설을 읽고서 한 말이었다. 소설 속 아버지는 어느 날 딸의 책상 위에 놓인 피임약 상자를 발견하고 그녀에게 손찌검을 한다. 나는 이 대목에서 상당히 복잡했을 그의 심정이 얼추 가늠도 됐지만, 그렇다고 해서 '이건 완전히 지어낸 거잖아요, 아버지'라고 말해 주지는 않았다. 또 '만약에 이런 일이 있다면 어떻게 하실 건데요?'라고 물어보지도 않았다. 그런 채로 이십여 년이 흘러 하루는 거실에서 둘이 티브이를 보고 있을 때였다. 그날따라 그가 혼자 무슨 생각을 하는지 자꾸 피식피식 웃더니만 이렇게 말하는 거였다.

"정미야, 한번 써 봐라."
"뭐를 써 봐?"
"나에 대해서, 한번 써 봐. 요즘 나 이상하잖아. 괜찮을 거 같애."

그때 나는 그에게 '이미 쓰고 있어요'라고 말하지는 못했다. 그러니까 '내가 쓰고 있는 모든 것들 안에는 이미 당신이 있어요. 어떻게 보면, 다 당신인 것도 같아요'라고. 또 '어쩌면 나는 당신을 이해할 수 없어서 이 모든 것을 쓰기 시작했는데, 이제는 이해할 수 없어도 괜찮아요'라고. 그렇게 나 사는 동안에는 언제나 나의 박카스, 나의 디오니소스, 발바닥에 못 박힌 채로 피 흘리며 웃던 나의 당신이었다고, 그때는 차마 말을 하지 못했다.

.

「님아, 그 강을 건너지 마오」에서 내 두 눈을 휘둥그레지게 했던
건, 뜻밖에도 노부부의 곱디고운 한복 자태였다. 특히 분홍
저고리와 바지 위에 연노랑 조끼를 입고 아내의 머리 위로 낙엽을
뿌려 주거나, 그녀가 화장실에 들어가 있는 동안 문밖에서 노래를
불러 주거나 하던 할아버지의 모습은, 그야말로 '러블리' 그
자체였다. 그래서 내게 이 영화의 클라이맥스는 할머니가 죽어 가는
할아버지의 옷가지를 모두 들고 나와 태우던 장면이었다. 까맣게
비틀어져 가는 육신들과 일분일초 대조되던 그 색색의 한복들은
그들의 자식들이 매해 선물해 준 것들이라고 했다.

반면에 나는 그에게 한복 한 벌 못 해 줬다. 발인하던 날 아침에도
이와 비슷한 생각을 했다. 떠나기 직전에 웬 노신사 한 분이
조문을 오셨는데, 대단히 우아한 패션 센스를 갖추신 분이었다.
천천히 벗어 내시는 코트를 받아들었을 때, 손에 와 닿는 감촉에서
캐시미어 백 퍼센트구나, 라는 확신이 들었고, 곧이어 아아, 그러고
보니 나는 우리 아버지게 좋은 코트 한 벌 못 해 드렸구나, 하는
생각에 숨이 턱 막히는 것 같았다. 물론 그에게 필요했던 것은 그저
자주 빨아 입을 수 있는 고무줄 바지, 단추는 너무 많지 않고 목
구멍은 넉넉한 티셔츠, 팔을 끼우려면 통이 쉽게 늘어나 굳은 몸을
괴롭히지 않을 만큼 부드러운 파카였지만 말이다.

그나마 수의만큼은 보드라운 걸 입혔다. 목화솜 수의는 포근했고,
버선도 말랑거려서 만지면 그 안에 싸매인 발의 모양까지 있는
그대로 다 느낄 수 있었다. 새하얀 수의를 갖춰 입은 그는 순간
나를 어이없이 웃게 만들었다. "쓸데없이 수의가 왜 이렇게
잘 어울려……" 하고. 하지만 그에게 이런 게 쓸데없지 않을 거란 것
또한 나는 알고 있었다.

그가 숨을 거두기 한 달 전쯤에, 그날따라 계속 웅얼거리길래
동생과 나는 몇 번을 되물어야 했다. "뭐라고요? 약을 갈아야
된다고?" "아이!" 아니, 라는 말이었다. "미안해. 무슨 말인지
모르겠어"라고 하면 다시 또 웅얼거렸다. 뭔가 되게 중요한 말인
것 같았다. 왜냐하면 산소 발생기를 달면서부터 그의 발음은
아주 형편이 없어졌었고, 그래서 하루에 겨우 이십 분 주어지던
면회 시간마다 서로를 기막혀하며 바라만 보고 있던 순간들이
점점 늘어 가던 중이었다. 한데 그날만큼은, 좀처럼 포기를 않고
연거푸 시도를 하는 거였다. 마침내 동생이 알아들었다. "아아, 양
갈래? 누나 머리 양 갈래라고 하는 거야?" "어!"라고 그는 분명히
대답했고, 나와 동생은 오랜만에 크게 웃었다. 우리 아버지는
아직까지도 눈썰미가 살아 있네……! 나는 그의 가슴 위로 엎어지며
아이처럼 옹알댔다. "맞아, 나 오늘 오랜만에 머리 양 갈래로 삔
꽂았잖아. 예뻐?" "아이!" 그가 강한 부정을 했다. "선머스마 같다!"
완전히 반대의 말을 하고 있었다. 고로 무척 예쁘다는 말 같았다.
그다음 주에 나는 머리를 드라이하고 갔다. "오늘은 드라이했어.
예뻐?" 그가 나를 보더니 시크하게 말했다. "문제없어."

문제없어. 그것이 내가 그로부터 알아들은 마지막 말이었을 것이다.
그래서 요즘도 거울을 보며 머리를 매만질 때면, 최대한 시크하게
읊조리곤 한다. 문제없어.

◆

첫눈이 우난히 많이 내린 날 밤이었다. 그 밤 나는 집 앞에 나가 좀
걷다가, 카로등 불빛 사이로 흩날리던 눈발이 너무 예뻐 그에게
보여 주고 싶어 동영상을 찍었다. 한 테이크. 두 테이크. 그리고 세
테이크까지. 그만을 위한 영화였다. 바깥세상 사진을 들이댈 때마다

흐릿해진 동공에 초점이 돌아오곤 했던지라 기대가 됐다. 그랬는데,
그것도 보지 않고서 그는 가 버렸다.

그래도 수십 년 전의 어느 겨울날에는, 눈이 유난히 많이 내렸던 그
일요일 아침에는 그의 곁에 내가 있었다. 우리는 집 앞 슈퍼마켓에
함께 가고 있었다. 그때 나는 아주 작은 꼬마였기에, 그의 손을
잡아야만 겨우겨우 앞으로 나아갈 수가 있었다. 온 세계가 하얗게
얼어 버린 모습에, 무릎까지 폭폭 잠겨 오던 새 눈의 시리고
뽀득한 감촉에 내가 감탄하며 그를 볼 때마다, 그는 나를 보며
마치 눈사람처럼 웃었다. 그때는 그가 아직 내 삶의 '희비극'이
되기 이전이었고, 그래서 그를 향한 내 마음도 그 눈처럼 깨끗하고,
파삭하기만 했다.

그와 마지막으로 동행한 길은 종로였다. 한창 휠체어를 타던
시절에, 꿈에서 늘 그렇게 종로를 걷는다고 하길래 하루는 종로를
지나던 길에 일인칭 시점으로 동영상을 찍어 갔다. 그걸 티브이에
연결해 보여 줬더니 웬일로 끝까지 다 보는 거였다. 그때쯤에는
이미 앉기만 하면 자주 눈을 감아 버릴 때였는데도 말이다. 그래서
날이 좀 풀리면 다 같이 종로에 나가 보기로 했었는데, 그 길을
관에 눕혀 데려가게 될 줄은 몰랐다.

그럼에도 그는 꿈속에서라도 걸으면 그게 더 현실 같고 침대에
누워 있는 게 오히려 꿈속 같다 했다. 그렇기에 나는 그가
생의 마지막 페이드아웃 때에는, 기필코 스스로 걸어서 간 거라고
믿고 있다.

빈 칸 으 로

남

은

영 화

봄비가 내리는 날이었다. 전철역 앞에서 그는 짙은 감색 베레모에
양복 차림으로 꼿꼿이 서 있었다.

　　"날이 쌀쌀한데 춥지는 않으셨어요?"

약속 시간에 맞춰 아슬아슬하게 도착한 나는 그의 눈치부터
살폈지만, 보통의 노인들을 만날 때 그렇듯 선명한 반응을 느낄
수가 없었다. 그러나 은색 안경테 너머의 눈동자는 유난히 검고
또렷해 보였다. 우리는 나란히 걷기 시작했다. 가는 동안 나는
약간의 변명을 늘어놓았다. 인터넷에서는 아주 조용한 카페라더니
도착해서 보니 그렇지 않더라고요, 다른 곳을 찾아볼까도 했는데
주차 자리가 마땅치 않아서요 등등……. 마침내 카페 앞에 다다랐을
때는 보도블록 위에 대충 걸쳐 두었던 내 차 꽁무니가 상당히
무례해 보여서, 이따 헤어질 때 이게 내가 한 짓이란 걸 들키게
되지는 않을는지 좀 걱정이 됐다.

카페에 들어서자마자 나는 그를 일단 앉혀 두고서, 마치 유아차에
애를 두고 온 애 엄마처럼 황급히 카운터로 향했다. 평일 오후
아파트 단지 옆 자그마한 카페가 왜 그리 붐비던지. 사방에서
목소리들이 울려 대고 음악도 웅웅대는 게, 인터뷰하기에 최악의
장소를 골랐지 싶었다. 게다가 케이크조차 신선해 보이지 않았다.
완벽한 낭패감을 느끼고 있던 차에, 등 뒤에서 목소리가 들려왔다.

　　"저, 오늘은 제가 대접을 해야 하지 않을까요? 이렇게 좋은
　　곳으로 데려와 주셨는데……."

그의 말투와 제스처는 마치 비스콘티의 영화 속에서 막 걸어 나온
늙은 귀족처럼 온화했으며 또 정중했다.

•

1940년생인 그는 전라도 광주에서 칠 남매 중 첫째로 태어났다.
대학 학보사에서 기자 일을 시작했는데, 졸업도 하기 전에 지역의
한 신문사로 스카우트되어 갔다. 진실을 말하려는 게 아니라면
바로 펜을 놓으란 선배의 가르침을 들으면서 차근히 일을 배워
나갔다. 교열부에서 문화부를 거쳐 결국 외신 담당 부서에서 일하게
됐는데, 주로 UPI 통신사에서 보내는 모스 부호를 받아 기사를 쓰는
일이었다.

"당시 기계를 다루는 무선사라는 사람이 따로 있었지만,
일찍 출근한 날은 무선사 오기 전에 미리 좀 외국 방송을
들으면서 '아, 오늘 톱은 뭐겠구나' 감을 잡고 그랬죠. 그렇게
해 두지 않으면 일이 좀 어렵기도 했어요. 어쨌든 그중에 이북
방송은 우리보다 삼십 분이 빨랐거든요. 아주 잠깐만 듣고
거기 무슨 큰일이 있나 없나, 그런 것만 캐치를 했죠. 코드를
꽂으면 '레시바'로밖에는 안 들렸어요. 평상시에는 뽑아 놓고
무선사랑 사동 아이랑 다 같이 음악도 듣고 그랬었지만……."
"사동 아이라면 알바생 같은 건가요?"
"그렇죠, 대개 낮에 와서 일하고 밤에 야간 학교 가는 애들. 아,
이런 얘기는 하지 말아야 하는데……."

그는 탁자 위에 손가락으로 열십자 모양을 그었다.

"이렇게 사거리가 있으면 이쪽에 경찰서가 있었고, 사거리
오기 전에 여기가 우리 회사였어요. 그런데 그날 아침에는
하필 정보기관 지프차가 우리 회사 앞을 지나가고 있었던

거예요. 그때 나는 출근해서 기계에 레시바 꽂아 놓고
수돗가에 가 있었어요. 전날 술을 많이 마셨거든요. 그런데
그사이 우리 사동 아이가 청소하러 왔다가 기계에서 무슨
행진곡 같은 게 나오는 거 같으니까, 그게 뭔지도 모르고
들으려고 레시바를 확 빼 버린 거예요. 그래서 사방에 이북
노래가 울려 퍼지는 거를 마침 지나가던 지프차에서 듣게
된 거죠."

그가 정보부로 끌려가 신문을 당하던 과정의 얘기에는, 예의 그
영화나 드라마에서 매번 보던 난로와 쇠꼬챙이가 등장한다.
그 역시 처음에는 진실만을 말했지만, 나중에는 그러다가 정말로
맞아 죽을 것 같아서 그냥 다 '예'라고 해 버렸다.

"그냥 이랬지 하면, 예, 저랬지 해도, 예, 예, 그랬죠. 그러면
때리지는 않았거든요. 그랬어도 내가 거기에서 진술한 건
딱 몇 마디뿐이었어요. 그런데 나중에 보니까 나에 관한
조사가 종이로 이만큼이 되더라고요."

그가 엄지와 중지 사이를 크게 벌려 보일 때, 아래턱이 툭 떨어지며
같이 벌어졌다. 때는 5·16 군사 정변 이후 세상이 격변하던
시기였다. 계엄 상황과 얽혀 있던 일련의 정치적 혼란 속에서 그는
일단 정보부에서 풀려날 수는 있었다. 그러나 결국엔 기자 일을
그만두고 이런저런 사무직을 전전하게 됐다. 결혼 후 광주를 떠나
김포로 올라오게 됐던 건 그저 소박한 마음으로 내린 결정이었다.
처남이 함께 과수 재배나 해 보자길래 뭐랄까, 좀 조용하면서도
전원적인 삶을 기대하며 농사일을 시작했다.

"하지만 농사라는 거, 그런 게 아니더라고요. 지금도 전

농사하는 분들은 아주 기막힌 양반들이라고 생각해요.
마침내 다 망해 갖고 축산을 해 볼까 하다가 또 말아먹었고.
근데 그런 중에도 어떻게든 돈은 좀 모을 수 있었거든요.
애들 학교도 보내고, 아파트로 조그만 거 하나 얻어서 이렇게
저렇게 살아지고 있었으니까 '아, 그래도 이제는 마음이라도
좀 편하다' 그러고 있었는데, 근데 우리 큰아이가 대학
이학년이 돼서 군대에 가더니 그만 죽어 버렸네……."

시작부터 밑도 끝도 없이 이어지는 것 같던 그의 자기소개는 실은
기승전결이 완벽한 전개였고, 나는 그의 직업이 본래 기자였음을
실감할 수 있었다.

·

그의 직함은 다소 길었다. 대한민국전몰군경유족회 모 지부 지회장.
가슴에 달고 나온 손톱만 한 배지 안에는 지구와 비둘기가 그려져
있었는데, 전쟁 없는 평화로운 세상을 뜻한다고 했다.

"잘 모르시겠지만, 우리 세대가 우리나라에서 가장 슬픈
세대예요. 우리가 어렸을 때 해방이 됐죠. 해방되고서
우리 동포끼리 살게 됐나 했는데 6·25 터지고서 공산주의,
민주주의로 나뉘었죠. 그 후로 4·19 겪었지, 5·16 겪었지, 광주
민주 항쟁, 부마 민주 항쟁, 하여간 난리라는 난리는 다 우리
세대가 겪었어요. 그런 가운데서 가족을 잃는 고통과 희생까지
당했던 사람들이 유족이죠. 그런데 이 유족들, 지금 어디
가서도 대우 못 받아요."

말하자면 같은 보훈 대상자일 때, 살아 있는 유공자는 '나

유공자인데 뭐 해 줘요' 하면 해 주더라도, 유족은 '유족입니다'
하면 '아, 그러세요, 잠깐 저리 가세요' 하는 식이었다. 더구나
이런 대우에 불만이 있다 해도 토로할 데가 없으니 그저 같이
모여 정보도 위안도 나누는 모임, 그런 곳이 그가 속해 있는 유족
단체였다.

"지방 자치 단체 같은 곳에, 우리 가족들 국립묘지에 묻혀
있으니 일 년에 한 번이라도 다녀오게 차편이라도 좀 도와
달라, 해서 얻어 내요. 또 사회단체 같은 곳에, 6·25 유족들이
다 고령이신데 일 년에 한 번 놀이라도 다녀오시게 좀
도와주시오, 해 가지고 얻어 내고요. 그리고 우리나라가 아직
휴전 중이잖아요. 휴전선이 백오십오 마일이에요. 일 년에 한
번 저기 고성에서부터 여기 임진각까지 종주를 합니다. 본래는
다 걸어야 되는데 이제는 못 그러고요, 일정 구간 걸을 수 있는
데는 걷고 나머지는 차를 타고 가면서 이틀간 행사를 해요.
이런 행사를 하려면 재정적으로 어려움이 있죠. 그럼 없으면
또 없는 대로 서로 조금씩 내 가면서, 그렇게 해 나가요."

딱 일흔이 됐을 때, 그는 하던 모든 일을 그만두고 이 자리로 왔다.
죽은 아이를 위해 봉사하고 싶었다. 나오는 거, 없었다. 영양가도
없었다. 하는 일이란 것도 이 사람 저 사람 기분 맞춰 가며 어쩔
땐 간도 다치고 쓸개도 다치고 하는 그런 일이었지만, 그럼에도
옛날처럼 억울하지만은 않았다.

"사실 유족회 안에서도 또 갈리거든요. 부모 유족과 자식
유족, 둘 사이 마음이 좀 안 맞을 때가 있어요. 사람이란 게
그런 거 같아요. 아버지가 돌아가셨을 때랑 자식이 죽었을
때랑 다르죠. 하지만 서로가 입장이 다르고 해석하는 환경이

다를 뿐이지, 본래 마음은 같으니까요. 씻을 수 없는 그 마음이
똑같아요. 그저 저기 저 사람 이야기 들어 주고 같이 웃어
주거나 슬퍼해 주는 여기가 내 자리인 거죠. 그렇게 살면서
지금까지 왔어요…….”

그러니 생각해 보면, 이 유족회라는 곳에는 비단 죽은 자의
부모인가 자녀인가라는 차이뿐 아니라, 그 밖에 제각기 다른
입장에서 온 가족들이 섞여 있을 것이었다. 극단적인 예를 들자면,
어쩌면 그가 살았던 광주의 오월을 짓밟은 진압군 중에도 목숨을
잃은 누군가가 있었을 테고, 그의 가족들 또한 이곳에 속해 있을
수 있는 거였다. 그리고 그들은 그저 ‘씻을 수 없는 그 마음’이
똑같았기에 서로를 끌어안은 채로 지금 여기까지 왔을 것이었다.

　·

“애가 그렇게 되고 연락이 와서, 가서 눈을 감고 있는 새끼를
보는데 첫 번째로 딱 가슴에 와닿는 게 뭐였냐 하면요,
거짓말 하나도 없이요, 진짜르 바꿀 수만 있다면 누가 바꿔
줬으면 하는……. 먼저 갈 사람이 저잖아요, 하느님. 제 아들은
막 피어나는 앤데, 이러면 어떻게 합니까? 나, 지금 죽어도
억울하지 않아요. 바꿔 주세요. 그렇게 되거든요. 내가 이런
이야기를 하면 어떤 사람은 외 그러냐고, 그래도 자기 목숨에
대한 애착이 있는 거지 무슨 그런 얘기를 하냐고 그러는데,
그래서 안 겪어 본 사람인 거예요. 자식 잃은
사람은 죄인이에요, 죄인…….”
“죄인이라는 심정은 어떤 걸까요?”
“심정이요? 그 죽음을 눈으로 확인했을 때의 심정은, 다른
건 없어요. 어떤 특별한 감정이나 그런 건 없고, 그냥 나

자신이 너무 밉고, 꼭 내가 죽게 만든 것 같고, 그리고 걔는
살아 있어야 마땅한 애 같고. 진짜로 이만큼도 내 생명에
대한 애착은 없고 바꿔 주었으면…… 해 주십시오, 주님. 애가
이렇게 주검으로 누워 있었을 때, 내가 부둥켜안고 울다가
입을 맞췄나 봐요. 거기에 지키던 병사들이 있었는데, 한
병사가 깜짝 놀라서 군의관하고 담당 장교를 모셔 왔어요.
심정은 압니다만, 하지 마십시오, 세균이 옮을 수도 있고요,
하더라고요. 아니, 세균도 좋고 뭐도 좋고 내가 내 새끼한테
입을 맞추는데……. 그런 일도 있었어요. 그러니까 심정이
어땠느냐 물어도, 거기에 대한 답은 해 드릴 수가 없어요."
"그래도 죄인이라고 표현하실 때 그 심정이 어떤 건지
해서요."

나는 망설였지만, 다시 물었다. 어쨌든 모르는 슬픔이나 고통에
대해서는 결국 물어야만 들을 수 있는 법이다.

"나 때문에 죽은 것 같은 그런 생각이 드니까요."
"선생님 때문에요?"
"네."
"왜 선생님 때문에 죽은 것 같다는 생각을 하시나요?"
"그 애가 '아빠, 나 군대 갔다 올게. 이학년이니까 지금 갔다
오면 낫잖아' 했을 때, 그때 내가 좀 다른 말을 해 줄 수 있지
않았을까, 하는 그런 자책이 있죠. 또 그날 아침에라도 아니면
그 전날에라도 내가 전화 한 통이라도 해 줬다면 그 순간을
모면할 수도 있지 않았을까, 하는 생각도 있고요. 삶과 죽음을
가르는 그 순간이라는 게……. 또는 내가 그때 새벽같이
미사라도 가서 아들을 위해 간절한 기도라도 했었다면,
그랬다면 하느님의 어떤 응답이 있지 않았을까, 하는 그런

자책도 있고요. 그런데 이런 것들도 다 어느 정도 정신이
들었을 때 이야기죠. 전 지금도 티브이 보다가 군대에 군인들
모습 나오면 외면하고서 그냥 방에 들어가요."
"방에 들어가면 뭐 하세요? 앉아 계세요?"
"앉아 있어요. 아무것도 못 해요."
"그냥 지나가기를 기다리시는 거예요?"
"그냥 이런 거나(휴대폰을 들어 보였다) 이렇게 뒤져서
누구한테 전화나 한 통 하고 농담이나 하고 그런 거죠…….
그럴 때 또 제일 슬픈 건요, 지금도 한 번씩 겪으면 한
일주일 동안 아무 생각이 없는데요, 바로 얼마 전에 나랑 같이
술 마시고 차 마시고 했던 친구가 안 보여 물으면 '너 모르냐,
죽었어' 그래요. 그렇게 하나씩 잃어버리고 나면, 남아 있는
친구들도 보기 싫을 때가 있어요. 또 만나 봐야……
하는 거죠."

요즘에는 감정이란 것이 영 생생하지가 않다고 그는 말했다. 아예
말라 버린 것도 같다고. 의식적으로 되돌려 보거나 느껴 보려고
해도 잘 안 된다고. 그래서 오늘 이야기할 영화 제목도 그만
잊어버렸다고 했다. 그게 '오셀로'든가, 하여간 그런 비슷한 거예요,
라면서.

"흑백 영화였고요, 하여간 희한한 게 처음부터 끝까지 여자는
단 한 명도 안 나왔어요. 남자들만 나왔고요. 그 남자들이 관을
메고 행진하면서 합창을 하고, 그러면서 자기가 신봉하는 신에
대하여 고집을 하는 그런 영화였어요. 그 영화는 내 젊음을
다할 때까지도, 한 오십 대까지도 잊혀지지를 않았어요."

“어떤 이야기였나요?”
“결국에는 승리한다는 이야기였던 거 같아요. 그런데 그
승리라는 것은, 목숨까지 바쳐서 자신을 희생하는 것이고요.”
“몇 살 때 보신 거예요?”
“고등학교 이학년 때? 아니, 대학 들어가기 전에 방학 때
봤나? 하여튼 그러고 나서 영화라는 것을 못 봤으니까…….
아, 물론 영화를 전혀 안 봤다는 건 아니고, 영화라는 것에
시큰둥해져서요. 요즘에는 영화관에 가면, 그냥 스크린만
커다랗고 소리는 귀가 찢어질 정도로 시끄러운데 관객석은 또
엄청 적잖아요. 옛날에는 영화관이 무지 컸거든요. 몇백 명씩
들어가는 그런 큰 영화관에 들어가서 그 영화를 봤을 때는,
아 음악도 기가 막혔어요. 장송곡이었죠. 관을 멘 남자들이
눈물을 흘리면서 굵은 목소리로 합창을 하며 가는데…….”

아마도 그의 기억에 남아 있는 건 딱 그 한 장면뿐이지 싶었다. 과연
어떤 영화였는지를 알아낼 수 있을까? 자신이 없었다. 그래서 그가
어렵게 들려준 이야기들을 살릴 방법이 보이지 않는 것 같아 슬슬
근심스러워지던 중이었다. 설상가상으로 해당 영화에서 조금이라도
영향을 받은 부분이 있을까요, 라고 물었을 때도 그는 그런 건
없다고 답할 뿐이었다.

“대신에 살다 보면 가끔씩 그런, 어떤 것이 떠오를 때가 있죠.
좀 숙연해질 때는 있어요…….”

여기서 그는 다시 한번, 예상 못 한 반전으로 나를 이끌어 갔다.

·

"고등학교 삼학년 때 여자 친구를 사귀었는데, 나보다 한
살 위였어요. 내가 누나, 누나, 그랬죠. 내가 대학에 합격은
했는데 돈이 없어서 입학을 못 했거든요. 그랬더니 누나가
자기 아버지 몰래 휴학계를 내고, 그 돈으로 내 입학금을 내 준
거예요. 그때 누나 아버지는 우리 대학 농대 학장님이셨어요."
"여자 친구 덕분에 대학을 가신 거예요?"
"일단 그렇게 해서 대학을 갔죠. 등록을 해 놓고 바로
휴학했어요. 학보 만드는 데 가서 아르바이트를 하면 학비를
벌 수 있다고 해서. 거기서 신문이란 걸 알게 됐고요. 한 일 년
일하고서 학비가 벌리면 학교 갔다가 다시 휴학하고 돈을
벌고 그랬는데, 그러던 와중에 누나가 알 수 없는 병으로 또
세상을 등졌어요."

'또'라고 그는 말했다. 시간순으로는 맞지 않는 '또'였고 그렇기에
더 생생했다.

"갑자기 돌아가셨어. 의술이 발달한 시절이 아니었고, 병원에
급히 갔을 때는 벌써 심정지였다고 들었어요. 사인이 심장
마비라고만 했지 뭔지 정확히 몰랐고요. 그래서 한동안 내가
미쳤었죠. 아무것도 없었어요. 세상 사는 것도 없었고, 재미도
희망도 없었고……. 그렇게 미쳐 가지고 돌아다니다가 어느
날인가, 해거름 때 광주극장 앞에 포장마찻집이 하나 있었는데
거기로 갔어요. 술 한잔 주시오, 해 가지고 혼자서 콸콸콸
마셨죠. 이미 술 취한 상태로 갔는데 또 잔뜩 퍼마신 거예요.
그러고 있는데 누가 내 술잔을 딱 훔쳐 가더라고. 보니까,
학장님이었어요."
"아, 자식 잃은 아버지셨네요……."

나는 굳이 짚어 냈다.

"나를 딱 보면서, '이 사람아, 나 알지?' 하시더라고요.
'네, 교수님.' '그래, 나도 자네 알아.' 그때까지 인사를 드린
적이 한 번도 없었는데, 자기 딸하고 내가 어떤 관계였는지를
다 알고 계셨던 거예요. '이 사람아, 정신 좀 차리게.
내 아이는 그렇게 됐을지라도, 자네가 내 아이 몫까지 살아야
되지 않아? 내 아이를 사랑했다면, 그 사랑에 대한 보답도
있어야 되지 않아?'"
"영화의 한 장면 같네요."

그의 다음 말은 더 영화 같았다.

"그러니까 늘 우리 둘이서만 아는 거였고 우리 둘이서만 가슴
아픈 거였고 그랬는데, 나중에 알고 보니 누나의 아버지도
동생들도 다 알았더라고요. 그것도 모르고서 나는 누나
죽음에도 제대로 참여를 못 하고 먼 데서 혼자 울기만 했어요."
"혹시, 장례식에 못 가셨어요?"
"네, 그 앞에 나타나기가 무서워서요. 부끄러운 게 아니라
무서워서."
"무서워서요?"
"네, 혹시 나 때문에 죽었다는 그런 소리를 들을까 봐서요."
"아니, 왜 또 선생님 때문에 죽어요? 왜 자꾸 그렇게
생각하세요?"
"나도 모르겠어요. 그런 무서움이 있더라고요……."

·

옛날부터 친구들은 그를 돌멩아, 돌멩아, 하고 불렀다.

"왜 하필 돌멩이예요?"
"모났다는 얘기겠죠. 길 가다 발부리에 툭 하고 부딪히는 게
돌멩이잖아요. 지금도 고향 가면 친구들이 그래요. 넌
옛날이나 지금이나 변한 게 없냐? 아직도 애기다, 애기.
애기같이, 남이 하는 말을 좀 감해서 듣거나 할 줄을 모른다는
거예요. 또 남의 감정을 생각해서 어떤 말을 하면 되고 안 되고
하는 것도 잘 몰라. 곧이곧대로 듣고 곧이곧대로 말하지.
좋게 말하면 양심적인 거고, 나쁘게 말하면 바보인 거예요."

그렇다면 유족회를 통하여 스스로 변화한 점이 있느냐고 묻자
그가 말했다.

"대개 유족회에 오면, 남한테 내색 안 하려고 애를 쓰거든요.
하지만 알죠. 아는데 건드릴 순 없죠. 그러니까 그 가운데서
내가 변화되느냐 안 되느냐는 문제가 아니에요. 다만
조심해야죠. 왜냐하면 내 직책이라는 게 무섭긴 무섭거든요.
다른 사람들이 얘기하면 오해를 않는데, 내가 얘기하면
금방 오해를 하고 그래요. 어떤 양반들은 나 보기 싫어서
안 나온 분들도 계셨고요. 처음엔 그랬어요."
"선생님의 어떤 말이 뜻하지 않게 상처가 된 건가요?"
"네, 근데 그게 아무것도 아닌 말이에요. 평상시에 주고받을
수 있는 말인데 그걸로 오해를 하는 거야. 그러니까 가장
큰 문제는, 고의든 아니든 간데 누군가가 마음을 다치면
안 된다는 거예요. 그 가운데 내가 뭘 배웠느냐고? 그런 건
없어요. 그냥 하루하루 조마조마하다가 끝나는 거지. 그러면서
아무 일 없기만을 바라요. 제발, 오늘은 나 때문에 누구든

마음 다치는 일이 없게 해 주십시오. 그것뿐이에요.”

그러면서 그는 조금 머뭇거리더니 다음과 같이 말했다.

“그런데 실은 난 영화를 볼 때도 비슷한 걸 느끼거든요.”
“영화를 볼 때도요? 영화를 볼 때도 누군가 마음 다칠까 봐
무서우세요?”
“네. 그러니까 나는 영화에서 너무 긍정적이기만 한 것에
대해서도, 상당한 거부감을 느껴요.”
“영화에서 너무 긍정적이기만 한 것이라면, 어떤 걸까요?”

그는 신중히 말을 골랐다.

“아까도 전철역 앞에서 잡초가 나 있는 걸 봤거든요. 그 잡초를
보면서 생각했죠. 네가 살아 있는 거, 네가 나를 보고 웃는 거,
네가 나를 보고 슬퍼하는 거, 그런 거를 내가 느낄 수 있다면
얼마나 좋을까…….”

잡초의 슬픔이라……. 나는 잠시 그가 살아 냈던 고통의 시간들을
상기하며 침을 삼켰다.

“그런데 보통 영화는 잡초를 보려고 하지 않아요. 물론
어딘가에는 그런 걸 그린 영화도 있겠지만, 그보다는
인위적으로 미화시키려는 욕심이 보일 때가 많죠.”
“그런 욕심이 보이는 영화에는 어떤 게 있을까요? 예를 들면?”
“예를 들면, 「누구를 위하여 종은 울리나」 같은 영화가
있잖아요. 상당히 대작이죠. 화려하고. 그래서 영화가 딱
끝나고 나면, 스토리는 대충 지나가 버리고 그 화면만 남아

있죠. 그런데「독 짓는 늙은이」같은 영화를 보면, 결국 그
늙은이가 스스로 자신을 불 속에 넣어 녹여 버리잖아요.
희생을 하죠. 이런 영화에 화면이 화려하다거나 그런
건 없지만, 그래도 많은 이들의 가슴을 흔들어 놓는 건
사실이잖아요.”

그는 문득 고개를 돌려 카페의 한가운데 놓여 있던 커다란 화분을
응시했다. 가지치기가 잘 돼 있고 이파리가 반질반질한 공기 정화용
관엽목이었다.

“어느 날 내가 시골길을 가다가 한 허름한 다방에 들어간
적이 있었어요. 거기서는 조그마한 이런 컵에다 꽃을
딱 하나 꽂아 놨는데, 그게 참 정감이 가더라고요. 아 근데,
그 꽃 이름도 잊어버렸다……. 이렇게 봉오리가 있어 갖고,
야생화인데…….”

그는 갑자기 그 꽃의 이름을 기억해 내겠다는 생각에 꽂혀서 애를
써 봤지만, 아무래도 무리인 것 같았다.

“하여간에 내가 그걸 보면서, 거기서 차 파는 여인네를
봤다고요. 근데, 닮은 거 같았어.”

그가 나를 보며 씩 웃었다. 나도 그를 보며 씩 웃었다.

“사장님이 예쁘셨나 보다.”
“아니요, 나는 원체 사람 얼글 잘 못 알아보거든요. 얼굴이
예쁘다, 안 예쁘다, 그런 거는 잘 못 봐요. 그냥 아 저분,
이 꽃하고 어울린다, 이 꽃 같다, 그런 느낌이 들었어요.”

그러면서 그는 나에게 말했다.

　"그런 영화를 만들어 주세요."

나는 잠시 숨을 참았다.

·

고통은 존재한다. 그리고 어떤 고통은 세월이 흘러도 도무지 씻기지를 않고, 평생 누군가의 가슴을 옥죄면서 죄 없는 그를 죄인으로 만든다. 그런데 사람들은 왜 종종 이런 타인의 고통을 외면하려 하는 걸까? 언젠가 나도 같은 고통을 당하게 될까 봐 두려워서 그러는 걸까? 그래서 어떤 사람들은 고통을 보여 주는 영화를 싫어하기도 하는 걸까? 요즘 말로 '불행 포르노'라는 딱지까지 붙이면서……?

그럼에도 누군가는 나에게 말한다. 고통을 보려고 하는 영화를 만들어 달라고. 고통을 화려함으로 덮어 버리는 영화 말고, 있는 그대로 비추어 내는 영화를 만들어 달라고. 마치 길가에 있는 어느 잡초에게로 다가가 그의 슬픔을 들여다보듯이, 우리가 아무리 외면하려 해도 이 세상에 엄연히 존재하고 있고 또 사라지지 않고 있는 그런 고통을 인정하고 받아들이는 영화를 만들어 달라고…….

·

집으로 돌아오자마자 나는 컴퓨터 앞에 앉아 그가 말했던 영화를 찾아보기 시작했다. 일단 외화인 건 분명해 보였기 때문에 한국

영화는 배제했다. 반면 흑백과 컬러는 헷갈릴 수 있는 부분
같았기에 구분치 않기로 했다. 이런저런 웹 페이지들을 오가며
헤매던 중에, 한국영상자료원 홈페이지 내 영상도서관에서
제작 연도별로 영화들을 검색해 볼 수 있다는 사실을 알게 됐다.
그래서 1950년대부터 1970년대까지 제작된 외화들을 모조리 뒤져
보았지만, 장례 장면이 나오거나 그 비슷한 줄거리를 가진 영화는
도무지 찾을 수가 없었다. 제목이 '오셀로'는 아닐 것을 알면서도
혹시 다른 '오셀로'가 있을까 봐 재차 확인을 했고, 「오데트」,
「오르페」 등등 '오'자로 시작하는 영화도 다 뒤져 보았다. 심지어
그가 남자가 많이 나오는 「벤허」나 「쿼바디스」 같은 영화를
착각했던 게 아닐까 싶기까지 했다. 나는 그에게 다시 연락을 해서
물어보았다.

"혹시 「벤허」나 「쿼바디스」를 보신 건 아닐까요?"

그는 자존심이 좀 상한 것 같은 말투로 그럴 리가 있겠느냐고
답했다. 나는 아무리 뒤져도 비슷한 영화조차 찾을 수 없는 상황에
대하여 그에게 설명했다. 그가 말했다.

"그거참, 이상하네요. 같이 본 친구도 있었는데……. 그 친구랑
나중에 그 영화 얘기도 했었거든요? 야, 그때 우리가 본 그
영화 참 굉장했어, 그랬었다고요."
"혹시 그 친구분하고 연락이 되시나요?
"그 친구하고는 이제 연락이 안 돼요. 죽었어요."

몹시 낙담한 듯한 말투였다. 전화를 끊은 뒤에 나는 아무래도 그게
마음에 걸려, 영화 제목을 몰라도 책을 쓰는 데에는 아무런 문제가
없으니 걱정 마셔라, 하고 문자를 남겨 놓았다. 답문은 없었다.

그러고서 보름쯤 지났을까, 드디어 답문이 왔는데 그건 그저 아무런 글자가 없는 빈칸이었다. 마침표도 없는 아예 빈칸. 그는 나에게 그런 빈칸을 보내왔다.

그런데 언제부턴가 나는 그것이 제목을 영 모르겠는 그 영화에 아주 잘 어울린다는 생각이 들기 시작했다. 씻을 수 없는 그의 마음을, 그칠 줄 모르는 그의 애도를 담아 온 그 영화에 말이다. 아니, 지금 이 순간에도 어딘가에서 숨죽여 울고 있을 그 누군가를 위하여 반드시 만들어져야만 하는, 아직 빈칸으로 남아 있는 그 영화에 말이다.

나 무
들

서울역 앞 광장에서 장 선생을 만났을 때, 그는 짧은 스포츠머리에
위아래 굴색으로 쫙 빼입고 있었다. 오후 다섯 시가 넘었으니 이제
슬슬 '퇴근'을 할 때라고 했다. 이틀 뒤 광장에서 다시 장 선생을
찾아 냈을 때, 그는 육각 모양 빨간 테의 투톤 안경을 쓴 한 여자의
손을 잡고 서 있었다. 아내 강 선생이라고 했다.

"아니, 어디 사시는 누구신지, 신원도 알 수 없는 분하고 무슨
이야기를 나눠요?"

카페에 들어가 앉자마자 강 선생은 합리적인 불만을 토로했고, 나는
나에 대한 필수 불가결한 정보부터 제공했다. 이름은 아무개입니다.
영화를 만드는 사람입니다. 현재 영화 시나리오를 쓰고 있고 영화에
관한 책도 쓰고 있습니다. 다만 개봉된 영화 시나리오를 쓴 적
있다는 말은 하지 않았다. 보통 어딜 가든 이런 식일 때가 많다.
특히 내 작품이 아니라 같이 일하는 감독의 작품 때문에 취재하는
경우, 감독의 알려진 이름은 될수록 노출하지 않는다. 더 나아가
영화를 만들고 싶지만 만들어질 거란 기약이 없음을 은근히 더
강조할 때도 있다. 그냥 계속해서 사람들을 만나다 보니 자연스럽게
이런 식이게 됐다. 그런데 무명작가인 게 취재에 더 유리하냐고?
물론 취재의 성사 여부를 볼 때 결코 유리하지는 않다. 그렇지만
조금이라도 더 들어 볼 만한 이야기는, 이렇게 영 모르는 여자에게
일부러 시간을 내어 주는 사람으로부터 나올 가능성이 크다. 그런
사람이어야 기꺼이 자신을 내어 준다. 그러니까 세상에는 의외로
대가 없이 무언가를 주고 싶어 하는 사람들이 있고, 그런 사람들이
진짜로 있다는 걸 몸으로 알게 되고 나면, 반대로 명함은 종종
방해가 될 뿐이란 진실 또한 깨닫게 된다.

◆

"저는 의미가 있는데 그 의미를 아무나 쉽게 알 수 있는 영화는
별로 안 좋아하고요. 그 의미를 내가 깨달을 수도 있고 못
깨달을 수도 있지만 언젠가 결국 깨닫게 되어서 나의 자존감을
높여 주는, 그런 영화를 좋아해요."

경계심이 가득해 보이던 눈초리와는 달리 강 선생의 언변은 상당히
적극적이었다.

"말 잘하죠? 그래도 대학물 먹은 사람이에요." 장 선생이 잠시
끼어들었다.
"저는 이과 쪽으로도 문과 쪽으로도 다 머리가 있댔어요.
고등학교 때 담임 선생님도 놀라셨어요."

은근히 자기 자랑도 할 줄 아는 그녀는 그러고 보니 나와 거의
동년배인 것 같았다. 자연 과학 대학으로 들어가 공과 대학으로
편입을 했고, 졸업 후 변리사 공부도 했다고 했다.

"그럼 방금 말씀하신 것처럼, 자존감을 높여 준 영화로는 어떤
게 있었나요?"
"최근에도 극장에서 보다가 울었던 영화가 있었거든요. 그
영화 제목 뭐였지? 북한하고 남한하고 만나 가지고 어느
나라에 가 가지고……."
"「모가디슈」 보셨나 봐요."
"네, 「모가디슈」. 많이 진취적이지는 않고 조금
진취적이던데요. 남하고 북하고 만나서 대화하면 서로
다를 수밖에 없잖아요. 그런데 적당히 부딪히면서 좋은
방향으로 나아가기도 하고 그러는 게, 많이는 아니고 조금

진취적이었어요."

"조금 진취적인 거에 감동을 받아서 우신 건가요?"

"아, 감동을 받았나? 그건 기억이 안 나고요. 사실 그때 제가
기분이 많이 안 좋은 상태였거든요. 제 나름대로 제 안의
어둠을 극복하려고 하는 시기였어서, 그래서 일부러 영화를
봤던 거였어요."

"어둠을 극복하기 위해 일부러요?"

"네, 왜냐하면 영화관에 가면 어둡고 극한 상황이니까요.
굉장히……."

갑자기 말문이 막힌 듯 강 선생은 답답한 표정을 지어 보였고,
손바닥을 들어 공기를 내리누르는 시늉을 하며 물어 왔다.

"이런 거를 뭐라 그러죠?"

"굉장히…… 압박?"

"아니, 압박이 아니고 움츠러드는 거. 쓸데없이 긴장이 되면서
움츠러드는 거."

"위축?"

"맞아요, 위축. 쓸데없이 위축이 되거든요."

만일 누군가 내 앞에서 자기 자신을 표현할 적확한 단어를 찾아
헤매고 있다면, 그건 거기에 정말로 말하고 싶은 뭔가가 있다는
뜻일 때가 많다.

"영화관에 가면 위축이 된다고요? 왜요?"

"왜냐하면 남들은 너무 자연스럽게 웃는데, 나만 웃지를
못하니까요. 쉽게 어두워지고, 여러 가지 안 좋은 생각들만
떠오르고, 아 이러다가 내가 또 블랙홀로 빠지는 건 아닌가,

빠지지 말아야지, 이런 생각들만 계속해서 하고 있으니까요.
그러니까 나는 이렇게 남들하고는 다른 생활을 하고 있고,
앞에 보이는 것도 없잖아요. 미래에 빛줄기가 안 보이니까,
바라는 것도 한 가지밖에 없죠. 제발, 블랙홀로는 빠지지
말자."
"블랙홀로 빠진다는 건 어떤 건가요?"
"그건 캄캄한 거예요. 전체적으로 캄캄해지는 거. 그러니까
전부 다 소등된 느낌. 기숙사라면 전부 다 한꺼번에 소등된
느낌?"

그녀가 말했던 게 텅 빈 기숙사였는지는 모르겠다. 나는 텅 빈
기숙사에서 전부 다 소등된 느낌은 겪어 봤기 때문에 그게 어떤
캄캄함일지 상상은 갔다.

"그런데요, 사실 일반적으로 봐도 극장이란 곳이 극한 상황인
건 맞긴 해요. 왜냐하면 나를 더 드러나게 해 주는 곳이잖아요.
나의 공포감을, 불안을 드러나게 해 주는 곳. 영화가 시작되기
전에도 불안하고 또 보는 내내도 그렇고. 그렇게 보면, 영화를
보다가 눈물을 흘린다는 건 차라리 좋은 현상 아니에요?
왜냐하면 그건 사람들이 이해할 수 있는 범위 안에서 나도
울 수 있다는 거니까요. 「모가디슈」를 보러 갔을 때도 바로
그런 거였어요. 남들 울 때 나도 한번 울어 보자. 그래서
그렇게 눈물도 흘리고 했던 거예요."

◆

내가 극장에서 남들 울 때 같이 운 게 언제였더라? 기억은 잘 안
나지만, 당연히 나를 왕창 울렸던 몇몇 영화들에 대해서는 특별한

기억을 간직하고 있다. 공교롭게도 전부 영화 일을 시작하기
전에 본 영화들이긴 하다. 혹시 극장에 가서 잘 못 울게 된 것도
직업병일까? 그럴 수도 있겠다. 그리고 또 다른 직업병이 있기도
하다. 예를 들어 나에게는 극장에서 영화 보는 사람들의 얼굴을
훔쳐보는 직업병이 있다. 영화를 보다가 어느 순간 나도 모르게
슬며시 고개를 돌려, 도미노처럼 겹겹이 원근감 있게 포개어진
사람들의 옆모습들을 바라보곤 한다. 보통 스크린의 빛을 반사 중인
익명의 얼굴들은 웃고 있을 때조차 묘하게 슬퍼 보일 때가 많은데,
그런 걸 보고 있으면 이상하게 가슴이 막 뛴다.

한편 사는 동안 극장에서 가장 황홀했던 기억은 숨소리에 관한
것이다. 십여 년 전인 오월의 어느 날, 나의 첫 단편영화가 상영되는
첫날이었다. 운 좋게도 객석이 꽉 찼는데, 영화가 시작되자마자
모든 소리가 잦아들었다. 워낙 소리가 없는 영화였기에 바스락
소리나 콩콩 소리를 듣기 위해 모두가 더 바짝 숨을 죽이고 있는
상황이었다. 그때 내 귀에 가장 자극적이었던 것은 객석의 그
미세한 숨소리였다. 마치 계속해서 울려 대는 종소리를 듣고 있는
것 같은 기분이었다. 그 후로 다시는 그런 종소리는 들을 수 없었다.
아마 앞으로도 없을 것 같다. 그리고 나는 그것이 내가 영화감독이
되기로 결심한 가장 결정적 순간이었을 거라고 생각한다.

◆

「모가디슈」를 봤던 비슷한 시기에 강 선생은 산에도 다녔다. 산에
가서 풀을 보고 나무를 보면, 마치 극장에서 영화를 볼 때처럼
멘붕이 왔다.

　"나무 하나 하나, 어떻게 보면 다 같은데 또 어떻게 보면 다

다르잖아요. 그걸 보면서 공허함을 크게 느꼈어요.”
“공허함을 좀 더 설명해 주시겠어요?”
“그 산에서 나만 붕 떠 있는 느낌? 그러니까 내가 자연스럽게
그 나무들을 지나쳐 갈 때 그 공간에서 모두 같이 어우러지면
좋겠는데요, 나만 붕 떠 있는 거죠. 나무들은 항상 그 자리에
있잖아요. 산을 이루면서, 그렇게 자신들의 가치를 뽐내면서.
그런데 나는 진짜로 보잘것없고 너무 하찮은 존재 같고.”
“그래서 일부러 더 산에 가신 거예요? 일부러 더 극장에
가셨던 것처럼?”
“네, 산에는 나무들이 정말 많잖아요. 나무들의 존재감은
너무 큰데 제 존재감은 너무 작으니까. 그래서 가면 늘 멘붕이
왔어요. 아까 제가 극장이라는 곳이 나를 더 드러나게 해 주는
곳이라고 했잖아요. 극장에 가면 사람이 단순해진다고요.
산도 마찬가지인 거 같아요. 그리고 또, 산은 인생 같아요.
영화도 인생 같죠. 감독이나 작가나, 영화를 만드는 많은
사람들의 인생이 그 안에 있잖아요. 그래서 풍요롭잖아요.
좋은 영화일수록, 좋은 산일수록 더 풍요롭잖아요. 그런데
그런 게 저한테는 극한 상황이거든요. 왜냐하면 내가 진짜로
어두우니까. 걔네들은 항상 밝은데. 많은 사람들이 공감하는
영화는 밝을 수밖에 없어요. 비록 그 영화가 슬픔을 준다 해도,
결국엔 밝을 수밖에 없죠. 산도 마찬가지예요. 산에 가면
새들은 예쁘게 울죠, 나무들은 선하게 잘 자라죠. 피톤치드로
공기 정화시키면서 선한 영향력을 발휘한단 말이에요.
그렇게 모두들 산이라는 큰 공동체 안에서 한 일원으로서
자신만의 가치를 뽐어 내고 있는 건데, 나만 거기서 어둡단
말이에요. 그것도 많이……. 그래서 더 갔어요. 내가
아무리 멘붕이 올지라도 마인드 컨트롤을 해내겠다. 그래서
반드시 승리하겠다. 이런 마음으로.”

이십여 년 전에는 나도 한창 산에 다니던 때가 있었다. 나의
경우에는, 집 밖을 나서면 산밖에 갈 데가 없어서 그랬다. 사실
집 안에 있는 것보다 산속에 있는 게 낫기도 했다. 왜냐하면 사람
목소리가 신경을 찢어 놓는 것처럼 거슬리던 시절이었기 때문이다.
구체적으로 묘사하면, 누군가 내 앞에서 말을 하면 그의 목소리가
시사 다큐 프로그램에서 들었던 소리처럼 음성 변조가 되어
확성기를 통해 들리듯이 삐삐거리며 머리통 안에서 울려 댔다.
그중에 내 목소리가 가장 컸다. 설상가상으로 이에 비행기 엔진
소리처럼 웅웅대는 이명이 상시 배경음으로 깔려 있었다. 이와
같은 돌발성 난청의 극심한 증상 한가운데에서, 나는 낮 동안에는
사회생활은커녕 집에서도 누군가와 대화하기조차 힘들었고, 밤에는
당연히 잠을 이룰 수가 없었다. 지하철이나 버스를 타고 움직이기도
어려웠으니 그나마 동네 뒷산에라도 다니는 게 유일하게 할 수
있는 활동이었다. 나는 몸 안에 때려 부은 스테로이드제로 인해
퉁퉁 부은 채로, 다만 걷기만 했다. 내딛는 발걸음마다 제발, 고요를
되찾기를 갈망하면서…… 그때 내 눈에 보였던 게 나무들이었다.
늘 그 자리에 소리 없이 서 있던 나무들. 마치 고요한 게 능력
같았다. 물론 가끔씩 소리를 내기는 했다. 바람이 불면, 천 개의 손
같은 이파리들을 파르르르 떨면서 소리를 냈다. 또 그럴 때마다
햇빛들이 그 무수한 떨림의 틈새마다 겹겹이 쪼개지는 것을 볼
수 있었다. 공교롭게도 숲길의 시작 지점에는 장례식장이, 유턴
지점에는 호스피스 병동이 있었다. 일 년쯤 줄기차게 오직 내 안의
온갖 미친 소리들이 가라앉기만을 갈망하며 그곳을 걸으면서, 나는
비로소 다른 모든 계획을 포기하고 글을 한번 써 보기로 마음을
먹을 수 있었다. 한번은 이 세상 어딘가에 신이 몰래 와 있다면 아마

나무들의 모습을 하고 있을 것 같다고, 그 신은 나를 그냥 내버려
둔다고 썼다. 또 한번은 뭐에든 실패한 여자가 천 년 사는 나무를
껴안고 속삭이는 이야기도 썼다. 그러던 중에는 어쩌다 명함도
하나 만들었는데, 앞면에는 무성한 잎들이 달린 나무 한 그루가 서
있었고, 뒷면에는 그 나무에서 떨어진 이파리 하나가 포갠 두 손
가득히 퍼 올린 물속에서 잠시 잠깐, 덧없이 살아 있었다.

·

강 선생이 이야기를 마칠 즈음에, 장 선생이 깊은 한숨을 내쉬더니
물잔을 쑥 밀어 주었다. 강 선생은 다정한 눈길로 그를 보며 말했다.

"그때 이 사람이 멀리 떨어져 있었지만 마음 쓰고 있는 걸
알았으니까요. 뭐, 나한테 도움 안 되라고 저렇게 행동하는
건 아니겠지, 멀리 있지만 마음만은 가까이 있겠지, 하면서
지냈어요."
"떨어져 지내셨어요?"
"네, 한동안 떨어져 지냈어요. 한 일 년? 일 년 좀 안 되게
헤어져 있으면서 연락만 가끔 됐었거든요."
"왜 떨어져 지내셨는데요?"
"몰라요, 무슨 일을 했는지. 얼굴은 새까매져 갖고,
돌아왔어요. 공사장에 있었는지, 노가다를 했는지……."
"땅굴 파고 왔어. 북으로 넘어가려고."

장 선생이 개구지게 말하며 웃었다.

"우리는 천주교 무료 급식소에서 봉사하다 만났어요. 그때
이 사람이 저한테 설거지를 잘한다고 칭찬해 주더라고요.

다정하게. 오빠처럼. 저를 칭찬해 준 유일한 사람이었어요.”

요즘은 둘이서 영화관에 자주 간다고 했다. 보통은 한 달에 두 번, 못 가도 두 달에 한 번. 장애인 카드가 있어서 할인을 받을 수 있다고 했다. 사실 그들이 장애인 카드라고 말할 때는 말끝을 좀 흐렸기에 가뜩이나 귀가 별로 안 좋은 나로선 간신히 알아들을 수 있었는데, 어떤 장애일까 궁금하긴 했어도 묻지는 않았다.

“그리고 영화관에 대해 얘기를 좀 더 하자면요, 있죠, 가족이 그립단 말이에요, 우리 같은 사람들은……. 몇 년 전에는 한 식물원에 갔었거든요? 거기, 어린이를 위한 무슨 센터 같은 데서 영화를 보여 주더라고요. 여러 가족들이 다 같이 누워서 영화를 봤었는데, 어느 집 거실에 와 있는 것 같았어요. 뭐를 먹어도 되고, 보다가 말을 해도 되고…….”
“소파처럼 된 데에 쿠션이 있었어요.”

장 선생이 말을 덧붙였다.

“집 같은 영화관이었군요.”
“맞아요. 집 같은 영화관. 그리고 아이들에게 딱 좋은 공간. 앞으로 내가 영화를 어떻게 봐야겠구나, 그런 거를 스스로 깨닫게 해 주는 공간. 그러니까 아이들이나 우리 같은 노숙자들뿐 아니라 보통의 어른들을 위해서도 그런 영화관들이 좀 더 있었으면 좋겠거든요. 아주 다양한 영화관들이요. 자 봐라, 우리가 여기에 거창하게 영화관을 지었고 이걸로 이윤을 남겨야 되니까 너네는 보러 와라, 이렇게만 하는 게 아니라요. 아주 작은 마음들을 살릴 수 있는 그런 영화관들이요.”

"결론은 뭐여?"

얼씨구나 추임새를 넣듯이 장 선생이 물었다.

"결론? 결론은, 아름다운 사람들이 잘 살 수 있는 나라가 나는
좋다!"

기분이 부쩍 좋아진 듯한 강 선생이 탁자를 탁 치며 '나라'라고
외쳤다.

◆

난청이 고착화됨에 따라 음성 변조 증상은 사라졌고 소리의 울림은
완화됐고 이명은 잦아들었다. 나는 비록 완전한 고요를 잃었지만,
실은 그것을 너무도 갈망했던 나머지 영화 사운드를 좀 알게 되기
전부터 이미 세상 어디에도 완전한 고요는 없다는 것을 알게 됐다.
한번은 바로 '고요'라는 제목을 붙일 법한 꿈도 꿨다. 꿈속에서
나는 혼자였다. 마치 불이 완전히 꺼진 영화관에 있는 것처럼
온 사방이 컴컴했다. 그러다가 문득 내 눈앞에 마치 수평선에서
해가 올라오듯이 푸른 지구가 두둥실 떠올랐고, 그제야 나는 내가
서 있는 곳이 달의 표면이라는 것을 깨달았다. 정말이지 그때는
기막히게 실감이 났다. 왜냐하면 꿈속에서조차 내 왼쪽 귀 안의
이명이 그칠 줄을 모르고 계속되고 있었는데, 그러고 보니 이게
우주의 소린가 보다 싶었던 것이다. 좀 더 정확히 얘기하면, 우주복
내부 공기를 통해 전달되는 장비 소리나 무전 파동음에 가깝겠지만
말이다. 어쨌든 지금도 이따금씩 나는 내 무의식이 의식보다 플롯을
잘 짠다는 말을 하곤 하는데, 이 꿈 역시 그처럼 내게 딱 들어맞는
은유였다고 생각한다. 왜냐하면 이십 년이 지난 지금까지도

나는 여전히 그 달 위에 홀로 서 있는 것 같은 기분을 느낄 때가
많기 때문이다. 진짜일 리는 없지만, 모든 것이 너무도 진짜처럼
느껴지는 꿈의 한가운데에서 나는 오직 지구만을 바라보고 있다.
올려다보지도 않고 내려다보지도 않고 다만 계속해서 바라보면서,
언제나 결심하는 것이다. 반드시 저곳으로 돌아가겠어, 라고.

악 사 들

무영은 말한다. 그게 산딸기였다고. 분명 아주 싱싱하고 새빨간 산딸기가 가득 담긴 시커먼 봉지를 한 손에 들었고, 다른 한 손으로는 아빠 손을 꼭 잡고서 집으로 가는 언덕길을 오르고 있었다고. 그는 아마도 이것이 자기 인생에서 최초의 기억인 것 같다고 말한다.

　　"아, 그리고 노을이 있었어요. 언덕 위에 노을빛이
　　가득했어요."
　　"기분이 어땠어요?"
　　"기분? 기분 좋았죠……. 근데 사실 기분이 어땠다기보다는,
　　아름다웠어요. 참 아름답다, 그렇게 느꼈던 것 같아요."

무영 아빠는 밤이 되어 집으로 돌아올 때면 늘 이런저런 과일들을 사 들고서 왔다. 빨간 사과, 주황 홍시, 노란 참외나 진초록 빛깔의 수박 같은 것들을.

　　"그리고 알이 크고 반질반질한 거봉, 아주 까매 보일 만큼
　　찰지게 여문 머루, 그런 것들을 다 좋아하셨어요. 아빠 덕분에
　　우리는 한밤중에도 알록달록 새콤달콤한 과일들을 잔뜩
　　먹었어요……. 그래요, 어쩌면 아빠는 밤이 오는 걸 싫어하셨던
　　것 같아. 악몽을 꾸셨거든요. 잘 때 늘 악몽을 꾸면서 소리를
　　질러 댔어요. 마치 목이 졸리는 것 같은 소리를."

·

무영은 아빠를 닮아 원체 성장이 느렸고, 그래서 초등학교 다니는 내내 전교에서 왜소증 친구 다음으로 작았어도, 목청 하나는 기막히게 좋았다. 목청이 정말로 좋아서, 무영 엄마 말로는 집에서

저녁을 만들고 있는 동안 베란다 밖에서 무영이 노는 소리를
계속해서 들을 수 있었다고 한다. 오죽하면 같은 아파트에 사는
아줌마들도 말했다고 한다. 이 아파트에서 무영이 혼자 노는 것
같다고. 한번은 단지 안에서 자전거를 타던 무영과 아이들이
모두 사라져 해가 저물고 날이 컴컴해지도록 돌아오지를 않았고,
그래서 온 동네 엄마 아빠 들이 다 같이 사방을 헤매고 다녔던 적이
있었는데, 그때도 저만치 어둠 속에서 무영의 목소리가 가장 먼저
들렸다그 한다. "……얘들아, 가자!" 그러고서 코너를 돌아 씽씽
달려오는 자전거 부대가 보이기 시작했는데, 맨 앞에 아니나 다를까
무영이 있었다고, 무영 엄마는 그걸 아주 자랑스러워하며 말한다.
그러면서 이렇게 덧붙이기도 한다. "세상에, 그땐 설마 무슨 일이
생겨 안 돌아오는 건가 하고 정말로 걱정했었지……."

•

언제부턴가 무영은 잠들기 전에 엄마를 따라 기도하는 습관을
가지게 됐다. 그의 기도는 '우리 가족 같은 날 같은 시간에 다 같이
죽게 해 주세요'였다. 왜냐하면 막내였던 무영이 가장 두려워했던
것은 아빠, 엄마, 누나까지 차례로 다 죽고 난 뒤에 저 혼자
남겨지는 일이었기 때문이다. 그와 같은 기도를 무영은 수년에
걸쳐 매일 밤 꼬박꼬박 했다. 무영 누나는 질색팔색을 했지만,
무영 엄마는 다만 애틋하게 여기며 웃어넘겼다.

•

대학에 들어가자마자 무영은 길거리 캐스팅을 당했다. 무영을
캐스팅한 사람은 수도권의 한 예술 대학에서 연극 연출을 공부
중인 학생이었다. 무영은 그를 형이라고 불렀다. 형은 학교에는 영

마음에 드는 배우가 없다고 했다. 좀 외톨이인 것도 같았다. 이런 형을 따라서 무영은 처음으로 연기라는 걸 배웠고 연극 무대에 서게 됐다. 소위 '피터팬 콤플렉스'라는 걸 가진 소년, 아니 남자, 아니 소년과 남자 사이 그 어디쯤에 있는 한 인간을 연기했다. 마치 운명 같기도 했다. 대사가 정확히 기억나지는 않지만, 그때 무대에서 무영은 대충 이런 식으로 절규했다. '나는 크고 싶지 않아! 시간이 가는 게 너무 두렵다고……!' 굉장히 어두운 내용의 극이었지만, 무영의 목소리만은 여전히 우렁찼다. 연극을 마친 뒤에 무영은 빠르게 일상으로 돌아왔다. 한동안 배우가 되어야겠다는 생각을 했고 그래서 야심차게 준비도 했지만, 군대를 다녀온 후에는 취업 준비에 매진했다. 그리고 그즈음에 형은 스스로 생을 마감했다.

•

대학 시절 한때 무영은 망나니같이 술을 마셨다. 꼭 망나니같이. 필름이 끊기는 건 예사였고, 여기저기서 몸을 부딪치거나 미끄러지거나 자빠지거나 쓰러져 잠들어 버리거나, 아니면 심지어 괜한 성질을 부리다가 모르는 사람이랑 주먹다짐을 했다. 한번은 집으로 오던 언덕길에서 뭣 때문이었는지 그만 화가 뻗쳐 길가에 있던 외장 마감용 석판을 집어 들었고 그걸로 건물 유리창을 깨 부쉈다. 경찰로 신고가 들어갔고, 무영은 붙잡혔다. 새벽에 무영의 엄마와 누나가 경찰서로 불려 왔다. 강력계 형사실로 들어서자마자 무영 엄마는 냅다 무영의 머리부터 한 대 갈겼다. "애가 이런 애가 아닌데요, 형사님. 이런 적은 정말 처음이거든요." 엄마보다 아주 조금 더 침착했던 누나에게 형사는 자기 명함을 꺼내 건네며, 알고 보니 무영이 자기 고등학교 새까만 후배라고 했다. 건물주와의 협상은 무영 아빠의 몫이 됐다.

"그게 아크로비스타였지."

나중에 긴 시간이 흐른 뒤에 무영은 누나에게 말했다.

"그게 아크로비스타였다고?"
"응, 아빠가 그랬어. 아크로비스타였다고."
"아빠는 그랬는데, 생각해 보니까 아닌 거 같아. 왜냐하면 역
바로 앞에 있는 건물이었다고 하지 않았어? 근데 삼풍백화점은
언덕 꼭대기에 있었고 그게 아크로비스타가 됐잖아."
"그럼 그게 아크로비스타가 아니었어?"

．

삼풍백화점이 무너진 건 무영이 중학생 때 일이었는데, 이상하게
그는 그것도 초등학생 때 일로 착각하고 있었다. 그날 무영은
친구들과 동네에서 놀다가 백화점이 무너졌다는 얘기를 들었고,
사람이 죽고 그런 건 생각조차 못 하고서 곧바로 뛰어갔다.
가자마자 땅바닥에 뭐가 잔뜩 널려 있는 게 보였다. 지갑도 있었고
귀금속도 있었다. 그래서 그런 것들을 막 줍기 시작했는데 옆에서
한 아저씨가 "야 이 녀석들아, 그러면 안 되지!"라며 호통을 쳤다.
그제야 비로소 무영은 고개를 들어 봤다. 머지않은 곳에 누군가
피를 흘리며 앉아 있는 게 보였다. 저 멀리 엘리베이터에서 수건을
흔들고 있는 사람들도 보였다.

"그때 엄청난 충격을 받았어요. 사람들 정말 큰일 났구나……."

얼마 지나지 않아 사방에 포탄 터지는 것 같은 소리가 들리기
시작했다. 그렇게 수많은 헬기가 동시에 나는 걸 보고 들은 건

그때가 처음이었다. 집으로 미친 듯이 달려갔더니 엄마와 누나는
어안이 벙벙한 채로 거기 살아 있었다. 아빠 역시 미친 듯이
달려오고 있었다. 밤이 올 때까지 계속해서 집 전화벨이 울려
댔지만 상대편 말소리는 들리지 않았다.

그날 이후, 엄마는 이따금씩 "누나가 엄마를 살렸어"라고 말하곤
했다. 그리고 몇 년이 지나서도 문득문득 같은 말을 했다. 당시
고삼이었던 누나는 하필 그날 수업을 마치고 친구와 냉면을 먹으러
가기로 했었는데, 왜 그랬는지 가기가 싫어져 약속을 깨고 집에
왔고 때마침 막 나가려던 엄마를 마주쳤다. "아침에 네가 속이
안 좋다고 해서 호박죽 사러 가려던 참이었지.""엄마, 그러지 말고
우리 냉면이나 먹으러 갈까?"이렇게 해서 누나는 삼풍백화점으로
들어가는 마지막 셔틀버스를 타기 직전이던 엄마를 꽉 붙들었다.
나중에 그들은 최후의 순간에는 건물 입구의 어떤 경계에서
절반은 빨려 들어갔고 나머지 절반은 뱉어져 나왔다는 얘기를
들었는데, 너무도 생생한 무언가를 더 이상 떠올리지 않기 위하여
늘 노력해야 했다.

·

이 년 뒤「타이타닉」이 개봉했을 때, 무영은 고등학생이었다.
무영은 이 영화를 극장에서 친구와 한 번 봤고, 엄마와 한 번 더
봤다. 후에는 비디오테이프를 구입해서 보고 또 봤다. 당대 최대
규모 초호화 유람선의 사실적 재현, 운명적이라고 할 수밖에
없는 사랑의 비극적 서사, 그런 것도 물론 좋았지만, 무영이 제일
좋아하는 장면은 따로 있었다.

　　"그게 바이올린 켜는 장면이에요."

"바이올린 켜는 장면이요? 마지막에 사람들이 구명보트 탈 때 옆에서 악사들이 계속해서 연주하는 장면이요?"

"네, 일단 연주하는 곡이 아름다워요. 그리고 연주하는 모습에도 품위가 있어요. 마치 어쩔 수 없이 죽게 되더라도, 그래도 마지막 순간까지 사람이 지켜 내야 할 것은 품위야, 이렇게 말하는 것처럼……. 왜 거기서 사람들이 구명보트 탈 때 보면, 어떤 사람들은 서로 도와주기도 하고 그러잖아요. 그 옆에서 연주하는 악사들도 뭘 직접적으로 돕는 건 아니지만, 그래도 자기 일을 다함으로써 돕는 거고요. 그리고 배의 선장도 그래요. 결국에는 죽음을 택하잖아요. 그러니까 그런 걸 뭐라고 해야 하나? 사명감이라고 해야 하나? 그런 사명감을 가진 사람들이 멋있어 보였죠. 근데 어릴 때니까 나도 저기 있으면 저럴 거 같다, 그런 생각을 했었지, 지금은 애 아빠 되고 나서 나이 먹어 가지고 그런 게 어디 있겠어요. 그저 빨리빨리 어떻게든 살아 가지고 가족한테로 가야지, 이런 생각뿐이겠죠. 또 막상 그 상황 오면 뭐가 멋있겠어? 그냥 너두너무 무섭겠지. 어쨌든, 저는 그런 영화를 좋아하는 거 같아요. 누군가는 사명감을 가지고 누군가의 목숨을 구해 내는 영화를. 혹은 비록 목숨은 구하지 못한다 할지라도 자신만의 책임을 다하는, 그래서 죽음 앞에서도 끝까지 무언가를 지켜 내려 하는 그런 영화를……."

"혹시 그전에 삼풍백화점 무너진 거를 봤던 게 연관이 있을까요?"

"흠, 그럴 수도 있긴 하겠죠. 무의식이라면……? 근데 무의식이 아니라라면……? 잘 모르겠는데요?"

·

우유 아줌마가 귀신을 봤다는 소문이 돌았다. 며칠 동안 복도 맨
끝 집에 사는 새댁이 집 앞에 서 있는 걸 직접 보기도 했고 인사도
했는데, 알고 보니 그날 백화점에 간 이래로 실종 상태라는 거였다.
무영 엄마는 낮에는 백화점 맞은편 주유소로 자원봉사를 하러
나갔고, 밤에는 티브이 앞에서 내내 생존자를 기다렸다. 고삼인
누나는 내신 성적에 결정타일 기말고사를 완전히 망쳤다고 했다.
"학교에 가면 앞에 끊어진 다리가 보여. 집에 오면 앞에 무너진
백화점이 보여." 누나가 다니던 고등학교는 그 전해에 붕괴된
성수대교 앞에 있었고, 그날은 마침 소풍날이었기에 너도나도
강을 건너야 했었지만 기적적으로 사고만은 피해 갔었다. 그러나
중학교는 바로 집 앞 근처로 다녔었고, 여전히 그 동네에 살고
있었던 터라, 알고 보니 일학년 때 같은 반이었던 친구도 죽었고,
이학년 때 같은 반이었던 친구의 엄마도 죽었다고 했다. "별로
친하지는 않았지만 내가 좋아하던 친구였어. 그 친구도 내가
좋았는지 매해 크리스마스카드를 꼭 줬었어. 사실은 나랑 친해지고
싶었다고 고백했었는데⋯⋯." 그랬던 친구가 밤에 집 베란다에서
한참 동안 멍하니 백화점 쪽을 바라만 보고 있더라는 얘기를 다른
친구들을 통해 들었다고 했다. 누나는 자신이 그녀를 위로할 수
있을지, 위로를 해도 되는 건지 혹은 위로할 자격은 있는 건지에
대해 한동안 고민했다.

집 앞 작은 사거리로 나가 언덕 위를 올려다보면, 양옆으로 색색의
아파트 단지들이 도열한 기다란 오르막길 꼭대기에, 어지러이
얽히고설킨 철골 뭉치를 다 토해 낸 형광핑크색 콘크리트 괴물의
사체가 도무지 끝이 나지 않는 악몽처럼 서 있었다. 여름이라
바람이 없는데도, 어느 틈에 검은 재가 날아와 발밑에 눈처럼
소복이 쌓이곤 했다. 실제로 눈이 올 때면 그 언덕은 난제였다.
무영 아빠가 초보 운전자이던 시절에 한번은 빙판이 된 그 언덕

꼭대기에서, 앞서 기어 내려가던 차들이 삼백육십 도 회전하는
모습을 보며 네 가족이 벌벌 떨었던 적도 있었다. 그래도 그들은
어째선지 살아남았다.

검은 재가 사라진 뒤에도 재의 냄새는 오래도록 남아 있었다.
아예 땅속 깊이 배어 버린 듯도 했다. 그랬던 어느 일요일 아침에,
무영 누나는 작은 사거리에서 마을버스를 기다리다 엄마를 잃은
그 친구와 마주쳤다. "……안녕!" 친구는 여느 때처럼 수줍게
미소를 지으며 누나를 지나쳐 갔다. 그들 사이에는 늘 그렇게
서로에게 닿을 듯 말 듯 한 마음단이 있었다. "……소연아, 힘내!"
엇갈려 멀어져 가고 있는 친구를 바라보다 마침내 누나가 외쳤을
때, 소연은 커다란 책가방을 짊어진 어깨를 움찔하며 걸음을
멈춰 섰다. 그러더니 이내 타다다다…… 미친 듯이 뛰기
시작했다. 쿵, 누나의 가슴이 내려앉았다.

그로부터 또 몇 년이 흐른 뒤에도, 무영네 식구들은 여전히 그쪽
길로는 발도 디디지 않으려고 했다. 마을버스를 타고 지날 때도
눈길조차 주지 않으려고 했다. 그랬더니 방치됐던 그 땅에서는 사람
키만 한 잡초들이 무성히 자라났고, 이내 다시 슬레이트 벽 바깥
세상을 흘겨보기 시작했다. 무영 누나는 그게 너무 끔찍하다고
했다. 잡초가 자란다는 게. 그러던 어느 날 그녀는 문제의 언덕을
넘기 위해 버스를 기다리던 정류장에서 어느덧 대학생이 된 소연을
다시 만났는데, 자신의 이름을 부르며 환하게 웃어 주던 그녀의
모습에 하마터면 눈물을 흘릴 뻔했다. 마치 용서를 받은 듯한
기분이었다고, 누나는 말했다. 둘은 각자의 버스를 타고서 언덕을
넘었다. 또 몇 년 후에 누나는 직장인이 된 소연이 출근길에 자기
차를 몰고 다니고, 달리는 차 안에서 속눈썹을 아주 잘 붙이며,
'내가 이렇게 산다'라며 웃더니 문득 '너'의 안부를 묻더라는 얘기를

전해 들었는데, 그게 너무 고맙고 또 슬퍼서 심장이 막 뛰었다고
했다. 이후로 누나는 어쩌다 차 안에서 화장을 하게 될 때면
어김없이 소연을 떠올리곤 했다.

오랜 시간이 흐르는 동안 동네에는 소문만 무성했다. 추모 공원이
만들어질 거란 얘기도 있었고, 큰 절이나 교회가 들어설 거란
얘기도 있었다. 그러다가 결국엔 삼십칠층짜리 주상 복합 건물
아크로비스타가 세워졌다. 아크로비스타, '최고의 조망'이란
뜻이었다. 1995년 6월 29일 서울 강남의 초호화 쇼핑몰 삼풍백화점
붕괴 사고. 사망자 502명. 부상자 937명. 실종자 6명. 총 사상자
1,445명. 대한민국 역사상 가장 기록적인 숫자의 인명 피해를
냈던 대형 인재. 그로부터 정확히 9년 1일 후인 2004년 6월 30일,
아크로비스타 입주가 시작됐다. 그리고 몇 달 후 무영은 술에
취해 그 근방 어느 건물의 유리창을 깨 부쉈고, 사 년 후 그와 그의
가족들은 그 동네를 영영 떠났다. 아주 나중까지도 그들은 그게
아크로비스타였는지 아니었는지를 늘 헷갈려 했다.

•

어려서부터 무영이 손톱을 물어뜯긴 했지만, 그게 워낙 흔한
버릇이기도 했고 또 그걸 하든 안 하든 스스로 별 차이를 느끼지
못했기에 그다지 신경 쓰지는 않았다. 그런데 언제부턴가, 차이가
있는 것들이 생겨나기 시작했다. 예를 들어 길을 가다가 우연히
왼발로 맨홀 뚜껑을 밟았다면, 무영은 반드시 돌아와 오른발로도
맨홀 뚜껑을 밟고 가야 했다. 또 어떤 날 우연히 보도블록의 붉은
돌들 가운데 있는 흰색 돌을 밟은 게 유난히 신경이 쓰였다면, 그
순간부터 어김없이 흰색 돌들만 밟으며 걸어가야 했다. 이유가
뭔지는 몰라도, 그렇게 균형이 잡히고 대칭이어야만 안심이 됐다.

그래야 자신에게도, 가족에게도 별일이 없을 것 같았다.

일단 가장 걱정이 되는 건 엄마였다. 무영 엄마는 원래도 몸이 약해
사는 동안 몇 번씩 돌연 원인 불명의 실신을 했고, 그중에 두어 번은
실제로 목숨이 위태로웠다. 이런 엄마를 위해 현실에서 무영이
할 수 있는 일은 그저 방심하지 않는 것, 그뿐이었지만, 사실상 그는
늘 그 이상을 하려고 했다. 예를 들어 어느 날 아파트 외부 현관
앞에 『벼룩시장』 신문이 쌓여 있는 걸 보게 된다면, 엄마가 자칫
그걸 밟고 미끄러질까 봐 걱정이 되어 벽 쪽으로 밀어 놓고 갔다.
또 엄마가 지나다니는 길목에 있는 집 바깥 난간에 무거운 화분이
올려져 있으면, 관리실에 민원을 넣어 치워 달라는 방송을 하도록
했다. 비 오는 날 엄마의 단골 빵집 앞에 있는 비탈길이 미끌거리는
것 같으면, 들어가 주인을 만나서 그곳에 미끄럼 방지 매트를
깔게끔 종용하기도 했다.

문제는 이런 일들은 하면 할수록 줄지 않고 오히려 늘어 간다는
데에 있었다. 게다가 일이 늘어 가는 건, 비현실적인 영역에서도
마찬가지였다. 무영은 어느새 균형과 대칭의 영역에서 숫자의
영역으로 나아가고 있었다. 원래드 그는 아버지, 엄마, 누나가
좋아하는 숫자의 조합으로 자신의 일상에 필요한 이런저런
비밀번호를 만들어 놓았는데(그는 이제 아빠를 아버지라 불렀다),
언제부턴가 이 숫자들이 자신이 사랑하는 사람들을 액운으로부터
지켜 주지 않을까 하는 막연한 기대를 가지게 됐고, 그래서 점점
그 기대에 상응하는 행동을 하기 시작했다. 예를 들어 아버지가
좋아하는 숫자가 3, 엄마가 좋아하는 숫자가 5, 누나가 좋아하는
숫자가 19라 하면, 길을 가다 문득 아버지 생각이 떠올랐을 때
우선 왼발로 세 번 땅바닥을 두드리며 아버지에게 아무 일 없기를
빌었다. 그런데 그러고 나면 갑자기 그 나쁜 운이 엄마에게 갈까

봐 걱정이 됐고, 그래서 다시 왼발로 다섯 번 땅바닥을 두드려
엄마에게도 아무 일 없기를 빌었다. 물론 누나를 빼놓을 순 없었다.
누나는 하필 19라는 소수를 좋아해서 그럴 때마다 참 골치가
아팠다. 왼발이 끝나면 오른발로 대칭을 맞추어야 했기에 더욱
그랬다. 이와 같은 일에 그는 진심이었고, 그래서 한창이었을 때는
삼 분 안에 갈 거리를 삼십 분이 걸려서 가기도 했다.

설상가상 결혼을 하면서 무영에게는 지켜야 할 사람이 더 늘어
갔다. 신혼집에서 지내던 첫해에 그는 한여름에 땀을 뻘뻘
흘리면서도 문이란 문은 모두 걸어 잠가야만 잠에 들 수 있었다.
또 어린 시절처럼 매일 밤은 아니었어도 여전히 신에게 기도를
드리곤 했는데, 그럴 때마다 저쪽 집에 두고 온 아버지, 엄마, 누나,
강아지부터 시작해서 자신의 아내와 두 아이, 고양이 두 마리와
강아지까지 일일이 호명해야만 할 일을 다한 기분이 들었다.

물론 무영은 어엿한 성인 남성으로서, 일련의 경제 활동과
사회생활에 관련된 스스로의 역할을 문제없이 해내며 동시에 그와
같은 일들을 은밀히 처리하고 있었다. 그렇게 자신만의 방식으로,
아무도 몰래 가족을 지키고 있었다. 어느 날 무영은 본가에 와서
잠을 잤고 이른 아침 출근을 했다. 그가 떠난 뒤 몇십여 분 후, 무영
엄마는 아침 빨래를 널다가 문득 저만치 밑에 보이는 아파트 화단
근처에서 분명 아들의 것으로 보이는 뒤통수가 서성이고 있는
걸 발견했다. 그는 자꾸 뒤를 돌아보기도 했고, 가는가 싶더니
또 돌아오기도 했다. 처음에는 뭐를 잃어버리거나 떨어트렸구나
싶었지만, 그렇다고 뭘 딱히 그렇게 열심히 찾는 것 같지도
않았기에 보면 볼수록 의아했다. 그리하여 너 거기서 대체 뭘 하고
있는 거냐는 엄마의 전화를 받았을 때, 무영은 한창 대칭과 숫자의
규칙에 따라 자신의 가족에게 닥쳐올지 모르는 이런저런 액운을

힘겹게 물리치던 중이었다. 얼마 후에 무영은 결국 모든 것을
털어놓게 됐다. 심각하게 듣고 있던 엄마는 도무지 참을 수 없다는
듯이 웃음을 터뜨리며 말했다. "너는 왜 그렇게 쓸데없는 짓을 하고
있니? 네가 이렇게 힘들게 살고 있는 줄은 꿈에도 몰랐다!" 그제야
무영은 비로소 자신을 촘촘히 옭아매고 있던 '안전'이란 이름의
올가미로부터 단숨에 풀려나는 듯한 느낌을 받았다고 한다. 그리고
몇 달 후, 그는 모든 강박을 내려놓을 수 있었다.

·

흥미로운 점은, 강박증이 유전일지 모른다는 사실이라고 무영은
말했다. 알고 보니 부계의 사촌 동생에게도 비슷한 증상이 있다는
걸 알게 됐다는 거였다. 물론 디테일은 좀 다르다고 했다. 사촌
동생의 경우 균형과 대칭은 그다지 문제가 아니었지만, 숫자는 훨씬
중요했다. 예를 들어 그에게는 자동차 번호판을 보는 즉시 거기
있는 숫자들을 모두 더해 한 개의 숫자로 만들어야만 하는 강박이
있었다. "그런데 세상에 자동차 번호판이 얼마나 많겠어!" 이렇게
말하면서 무영은 크게 웃었다. 그래도 자기 게 좀 낫다고 느꼈던
모양이다. 밤에 하는 기도의 양상 역시 거의 같았지만, 사촌 동생의
경우 장인어른, 장모님까지 모두 호명해야만 직성이 풀린다고 했다.

"그러니까 이게 하다 보면 외울 것도 많고 생각할 것도 많아요.
일단 머리가 좋아야 된다니까요."

한편, 두 남자는 각자의 누이들에게는 강박 증세가 없는 걸로
보아 아무래도 집안의 Y 유전자에 문제가 있을 수 있겠단 결론을
내렸다고 했다. 그러면서 실제로 그들 아버지들에게도 남들에게
말 못 할 비밀이 적어도 한 가지씩은 있었을 거라는 유추를

조심스레 해 보기도 했다. 이와 같은 추론을 가능케 했던 유력한 근거 중에 하나는 무영의 아들이었다. 무영의 아들 역시 어린 시절부터 우리는 모두 죽는다는 해결 불가능한 문제에 봉착했고, 거기에 골몰했다. 무엇보다 아이는 초등학생이었을 때, 태어났을 때부터 함께 커 오던 강아지의 죽음을 목격하며 큰 충격을 받았다. 그는 자기가 태어나기 훨씬 전부터 강아지와 살았던 엄마는 훨씬 더 슬플 거라고 생각했기에, 눈물이 날 것 같을 때마다 아무도 몰래 혼자 베란다로 나가서 하늘을 보며 말을 걸었다. "너 거기 잘 있지? 나 여기 잘 있어."

그러더니 어느 날부턴가 아이는 하느님은 나쁜 사람이냐고 묻기 시작했다. 왜 우리 모두는 이토록 비참하게 죽어야만 하는가. 아이는 이것이 문제라고 봤고, 그 문제에 대해 몹시 정직했다는 점에서 무영과 꽤 닮아 있었다. 다만 타협의 방식은 좀 달라서 아이는 손톱을 물어뜯는 대신에 미간을 찌푸리는 버릇을 놓지 못했고, 그것을 놓으려고 노력하던 중에는 헤아릴 수 없이 거대한 천체의 비밀을 헤아리는 과학자가 되겠다는 결심을 했다.

·

삼풍백화점 사고가 있고 나서 이 년 뒤에 무영 아버지는 평생직장을 나왔다. 소위 IMF가 터진 직후였고 회사에서는 다수의 사원들에게 꽤 괜찮은 액수의 퇴직금을 제안하며 명예퇴직을 권고했다. 그도 어떤 이유에서든 퇴사를 택하는 게 낫겠다고 생각했다. 아마 뭐든 새롭게 시작하고 싶었을 것이다. 그러나 현실에서는 모든 게 조금씩 기울어지기 시작했다. 마음이 그랬고, 몸은 더 그랬다.

증상이 본격적으로 표면화되기 시작했던 것은 십여 년 후였다. 그는

돌연 온몸이 꽉 막히고 짓눌리는 듯한 급성 불안 증세를 보이며
구급차에 실려 응급실로 가곤 했는데, 막상 병원에 도착해서 보면
아무런 이상이 없다는 진단을 받게 됐지만 몇 주 지나지 않아 같은
증상으로 다시 또 119를 호출해야 했다. 몇 년이 흘러서야 결국
병명을 받아 내기는 했다. 일명 파킨슨 증후군으로, 극심한 퇴행성
질환의 일종인 파킨슨병의 증세를 보이기는 하나 또 완전히 그
범주에 속하지는 않는, 그러므로 해당 약이 잘 듣지도 않는 고약한
무엇이라고 했다. 그래서 그는 정녕 자신에게 맞는 것인지 확신조차
할 수 없는 신경과 약들을 복용하기 시작했는데, 그것들은 크게
몸의 운동을 도와주는 약과 정신적 안정을 도와주는 약, 두 갈래로
나뉘었다. 문제는 양쪽이 본질적으로는 서로에게 상충된다는
점이었다. 즉, 몸의 퇴행을 막는 약은 정신적 퇴행을 촉진시켰고,
반대로 정신적 퇴행을 막는 약은 몸의 운동을 방해했다. 그러므로
몸을 먼저 죽일 것인가 정신을 먼저 죽일 것인가, 그 사이 경계
어딘가에서 그는 늘 타협을 봐야만 했다.

●

무영은 처음에는 지팡이를 짚은 아버지의 곁에서 나란히 걸으며
이따금씩 그의 겨드랑이를 잡아 주는 시늉만 하다가 이내 허리와
골반을 양손으로 붙들기 시작했고, 얼마 후부터는 그를 통째로
들어 올려야 했다. 아버지는 발을 질질 끌며 주춤주춤 걷다가
점점 앞으로 쏟아지기 시작했고, 그럴 때마다 무영은 그가 잠시
기대어 쉬는 버팀목이 됐다가 다시 또 그를 억지로 떼어 내어
일으켜 세웠다가 하는 일을 무한 반복해야 했다. 아버지가 침상에
오줌을 싸기 시작했을 때도 무영은 그에게 기저귀를 입히거나
소변 통을 들이밀기보다는, 차라리 한밤중에 두세 시간마다
일어나서 그를 화장실로 데려가는 쪽을 택했다.

"조금 더 품위 있게, 사람답게 살 수 있게 하고 싶었어요."
무영은 말했다.

그 품위를 유지하기 위해 화장실 한번 다녀오는 데에도 여러 복잡한
단계를 거쳐야 했다. 일단 아버지를 침상에서 일으켜 세워야 했다.
일으켜 세운 뒤에는 화장실까지 걷게 해야 했고, 걷게 해서 문 앞에
도착하면 손 반 뼘쯤 되는 단차가 있는 화장실 바닥까지 안전히
착지시켜야 했다. 언제부턴가 아버지는 조금만 중심을 잃어도
허겁지겁 무영에게 매달렸기 때문에, 무영의 허리는 진작 엉망이
되어 있었다. 그는 아버지를 변기에 앉히면서도 통증을 느꼈고,
변기에서 일으키면서도 또 다른 통증을 느꼈다. 그러다가 자칫
소변이 튀어 어디 묻기라도 하면, 또 옷을 죄 벗기고 욕조 안으로
데려가 씻겨야 했다. 이 모든 임무를 간신히 완수해 낸 뒤에 모든
절차를 거꾸로 반복하며 도로 방까지 데려가 겨우겨우 눕히고
나면, 아버지가 냅다 다시 오줌을 갈길 때도 있었다. 혹은 침상을
도로 흠뻑 적셔 놓을 때도 있었다. 그러면 처음부터 다시 모든 걸
반복해야 했다. "어떤 땐 나한테 일부러 그러는 것처럼 느껴지는
거예요. 내 오줌 맛 좀 봐라, 하는 거 같다니까요!"

아닌 게 아니라 한밤에 아버지의 몸은 더 굳어졌고, 정신은
더 아득해지는 반면에 입은 대개 걸어졌다. 새벽의 아버지는
야만적이었고, 아침에는 종종 비열하기까지 했다. 그러나 약을
삼키고 아침잠을 좀 자고 일어난 뒤에는 문득 온화한 미소를 지어
보이며 "힘들지?" 말을 붙여 오기도 했다. 늦은 오후에 아버지와
함께 아파트 단지 안 배드민턴장까지 산책 가는 일은, 그나마
무영에게 가장 위안이 되었던 일과 중의 하나였다. 거기에는 오래된
삼단 철봉이 하나 있었는데, 그곳에서 늘 턱걸이를 하던 무영을

아버지는 한참 동안 말없이 바라만 보곤 했다. 사실 몇 년째 무영은 하루도 빠짐없이 턱걸이를 하고 있었다. 강박적으로. 이번 강박은 무엇보다 아버지의 품위를 지키기 위한 것이었다. 그러나 무영의 바람과 달리 아버지는 그의 품위로부터 할 수 있는 한 빠르게 멀어지고 있었고, 그러면 무영은 어떻게든 그가 놓친 그 품위를 주워 들고서 그를 쫓아 뛰고 또 뛰었다.

·

아버지의 입관 때 무영은 아버지의 입술 위를 막아 놓은 거즈를 걷어 낸 뒤, 거기 딱 한 번 입을 닿췄다.

아버지를 들어서 관 속으로 뉘고 나자 무영의 손에는 검은색 매직펜이 쥐어졌다. 무영은 관의 꼬리에 아버지의 이름 석 자를 썼다. 될 수 있는 한 커다랗게, 바른 정자체로.

관이 옆방 냉동고 안으로 들어갈 때 어디선가 느닷없이 음악이 흘러나오기 시작했는데, 귀에 몹시 익은 바이올린 선율이었다. 무영은 계속해서 침묵하고 있을 뿐이었다. 무영 누나는 궁금했다. 무영은 지금 이 곡이 뭔지 알아차렸을까……?

물론 무영은 알고 있었다. 그리고 이제 악사는 연주를 마칠 것이고, 배는 가라앉으리라는 것을.

내

모 든

것

유나야. 조금 전 갑자기 너에게 편지를 써야겠단 생각이 들었어.
여기는 뉴욕의 어느 지하철역 앞이고, 나는 당분간 문 닫은 걸로
보이는 모자 가게의 바깥 계단에 앉아 있어. 날씨가 너무 좋다.
햇빛이 막 부서져. 눈이 부셔서, 기타 케이스 위에 노트를 올려놓고
쓰는데도 글씨가 계속 삐뚤어지네……. 방금 펜을 놓았고, 눈을
감았어. 어차피 너한테는 할 말도 너무 많고 그래서, 그냥 마음으로
편지를 써 볼까 하는데…… 내 이야기 들어 줄래?

유나야. 뉴욕에 와 봤니? 공연도 해 봤어? 한인 타운 같은 곳에서?
아, 한인 타운 같은 곳이라 했다고 기분 나쁘게 생각하지는 말길.
유나 네가 한국에서는 유명해도, 뉴욕의 제대로 된 공연장이나
정통 재즈 바 같은 곳에서 공연 잡기는 쉽지 않을 테니까, 그래서
하는 말이야. 또 어쨌든 네가 하는 음악이 정통 재즈는 아니니까.
네가 하는 음악은, 말하자면 약간 재지한 케이 팝 같은 거지. 요즘은
그렇게 섞인 거를 좋아들 하잖아. 내가 '그렇게 섞인 거'라고 하는
것도 폄하하거나 그러려는 게 아닌 거, 알지? 나는 음악은 다양한
거라고 생각해. 그리고 그게 음악의 본질이라고 생각해. 참 그건
그렇고, 얼마 전 티브이에서 너 외국 가서 버스킹하는 걸 봤는데
목소리가 좀 변한 것 같더라. 목소리에도 뭐가 많이 섞였어.
예전에는 안 그랬는데, 그때는 네가 노래하는 걸 듣고 있으면, 아주
투명하고 단단한 뭔가가 어느 순간 후욱 깊은 속으로 파고들어 오는
것 같은 그런 느낌이 있었는데……. 마치 얼음송곳처럼 말이야.
그래, 얼음송곳.

오전에는 브루클린에 있다가 오래된 샌드위치 가게에 가서 점심을
먹었어. 미국에 오고 난 뒤로 별로 입에 맞는 음식이 없었고, 그래서
무슨 샌드위치를 공깃밥만큼이나 많이 먹은 것 같아. 난 마요네즈를
듬뿍 바른 빵에 노란 치즈랑 양파랑 오이를 가득 넣고 후추를 잔뜩

216

뿌린 샌드위치를 좋아해. 사람들이 나보고 미국 할아버지 입맛이래.
오후에는 원래 수녀원에 가기로 돼 있었는데 일정이 바뀌어서
시간이 좀 비게 된 거야. 이따 다시 병원으로 들어가 봐야 돼. 나,
병원에서 일하거든.

나는 뮤직 테라피스트야. 내가 일하는 곳은 호스피스 병동이고.
하는 일은 간단해. 환자가 침대어 누워 있으면, 그 옆에 작은 의자
하나 놓고 앉아서 기타 치며 노래하는 거야. 가끔씩 퍼커션 하는
친구가 와 주기도 하는데 보통은 나 혼자서 하고, 병동에서 평균
하루 동안 서너 명 정도 환자들을 만나. 그리고 일주일에 두어 번
환자 집으로 직접 방문도 가. 그렇게 오라는 데는 일단 다 잘사는
집들이고, 방금도 그런 데서 오는 길이야. 사람이 병들면 아픈 건
똑같아도, 돈이 많으면 일단 좀 덜 안쓰러워 보이기는 해. 하지만
또 집은 정말로 크고 화려한데 그래 봤자 종일 혼자 덩그러니 누워
있기만 한 걸 보면, 그게 훨씬 더 외로워 보일 때도 있지. 그런데
오후에 가는 수녀원은 분위기가 완전 반대거든. 보통은 병실 하나를
늙은 수녀님들 서넛이 나눠 쓰는데, 방이 작아서 서로 불편한
일들이 많아. 특히 불편한 상대를 룸메이트로 만난 경우라면, 아픈
중에도 짜증 내고 화내느라 외로울 틈도 없지. 그래서 나라면 어느
쪽이 나을까? 이렇게 번갈아 다니면서 여러 번 생각해 봤거든.
당연히 양쪽 다 너무 싫은 거 있지. 만약에 나중 가서 나도 둘 중에
하나를 골라야만 하는 거라면 그것참 끔찍하다, 그런 기분만 들어.
그러니까 유나야, 사람은 완벽하게 살아갈 수도 없지만, 완벽하게
죽어 갈 수도 없는 건가 봐. 크고 좋은 집에서 나만의 방에 누워
편히 쉬면서, 또 사랑하는 가족들과 웃으면서 생을 마감할 수 있는
사람이 이 세상에 몇 명이나 있겠어. 요즘에는 이런 생각을 많이 해.
그럼 사는 게 좀 무서워져.

외근 나오는 날에는 기타 하나 메고 지하철 타고 다니는데 진짜로
많이 걸어. 내가 뉴욕에 온 지가 반년쯤 됐는데, 전에 한 십 년
살았던 애틀랜타에서보다 훨씬 더 많은 곳을 다녀 본 거 같아.
사실 애틀랜타에서는 늘 다니던 곳으로만 다녔지. 집에서 학교로,
학교에서 일터로, 일터에서 일 마치면 또 부모님 일터로. 우리
부모님은 백인들 동네에서 옷 수선 가게 하셔. 사실 한국에서
아빠는 증권 회사 다니셨고 엄마는 유치원 선생님이셨는데, 미국
와서는 전에 한번 상상도 해 본 적이 없던 일을 하시게 된 거야.
그런데 솜씨는 또 좋으셔서 단골들이 많아. 주말에는 가게 문을
좀 일찍 닫고 식구들 다 같이 차에 타고서 좀 멀리 떨어진 할인
마트까지 다녀오고 그랬어. 오는 길에는 간단히 외식도 하고
가끔씩은 볼링도 치고, 그러다가 너무 늦지 않게 서둘러서 집으로
돌아왔지. 미국은 해가 지면 무서우니까. 그러니까 고등학교 이학년
때 미국으로 와서 한 십 년 동안은 쭉 그런 식으로 살았던 거 같아.
생각해 보면 좀 웃기기는 해, 미국 생활이란 게. 땅덩이는 한국하고
비교할 수 없이 넓잖아. 그런데 막상 와 보면 늘 제자리야. 같은
곳에서 뱅뱅 맴돌고, 조금만 멀리 가면 또 금세 외국 같고. 차라리
한국에 살았을 때는, 그래도 내가 마음만 먹으면 어디든지 갈 수
있을 것 같았는데, 여기서는 도통 그런 기분은 들지가 않아. 늘 너무
위험한 것투성인 것 같으니까. 우리 가족이 이민 오기 전에 한 두어
달 동안 국내 여행을 했었거든? 그땐 전국을 돌아다니면서 친척
집에서도 자고, 엄마 아빠 친구 집에서도 자고, 그렇게 자유롭게
다녔어. 그리고 그땐 그런 시간이 앞으로도 많을 줄로만 알았지,
이렇게 발이 묶여 버릴 줄은 몰랐어. 근데 너 기억하는지 모르겠다.
그 여행 중에 내가 너한테 편지 보냈던 거. 그 편지에서 내가
그랬거든. 나 이제 미국 가서 가수 될 거라고. 너도 아마 가수 될
테니까, 그때 가서 우리 꼭 다시 만나자고. 그래, 나는 예감했었어.
유나 네가 가수가 될 거라는 거. 왜냐하면 네 목소리는 정말

특별했으니까. 기억나? 우리 성가대에서 네가 솔로를 하면 다들
천사의 목소리 같다고 했었잖아. 근데 너, 그 말 처음에 누가 했던
건지 알아? 나였어. 몰랐지? 그려, 나였어. 유나야.

나는 주로 옛날 재즈를 불러. 왜냐하면 내가 보는 환자들이 대개
1940년대생 아니면 1950년대생이거든. 빅 밴드 재즈와 크루너
스타일이 유행했던 시대였으니까- 프랭크 시내트라, 냇 킹 콜
같은 가수들의 노래나 그 밖에 재즈 스탠더드라면 다들 좋아해.
또 나부터가 원래 옛날 노래들을 좋아해. 재즈뿐 아니라 흑인
음악을, 그중에서도 특히 소울을 음, 소울에 대해서는 설명이 좀
필요할 것 같네. 내가 소울이라 하는 건 흔히들 말하는 1960년대,
1970년대 소울이 아니라, 시대와 무관하게 블루스의 정서를
진하게 담고 있는 곡들을 말하는 거야. 그러니까 재즈든 알앤비든
그중에 좀 더 블루지한 곡들, 더 애절하고 한이 서린 듯한 노래들을
다 소울이라고 부를 수 있다고 나는 생각해. 또 그런 면에서 내
목소리가 소울에 맞는 편이라고도 생각해. 여자치고 꽤 두껍고
거친 편이잖아, 내 목소리는. 반대로 유나 너의 목소리는 아무래도
소울에 가깝다고 볼 수는 없겠지. 소울이 깊은 땅속을 울리는
묵직한 소리라면, 유나 네 목소리는 청량하고 때로는 신비롭기까지
해서 마치 저 높은 곳의 허공을 가볍게 떠다니다가 문득 내려오는
차가운 새벽 공기 같은, 그런 느낌을 주니까……

사실 내가 소울에 빠지게 된 계기가 있긴 했어. 우선 공교롭게도,
애틀랜타가 바로 소울의 성지 같은 곳이었어. 특히 내가 고등학교
졸업하고 동네 가게에서 알바했을 때, 거기서는 라디오만 틀면
진짜로 끈적한 흑인 음악들이 계속해서 흘러나왔거든. 내가
조지아에서 대학을 다니고 뉴욕으로 오기 직전까지 그 가게에서만
한 오 년을 일했는데, 그래서 소울을 정말 매일매일 들었어. 거기는

흑인 전용 뷰티 숍이어서, 흑인 머리에 관련된 각종 용품이랑 그 밖에 화장품, 액세서리, 네일, 심지어 신발까지 다 파는 곳이었어. 흑인 머리에 관련된 각종 용품이 뭐냐고? 흑인 머리가 엄청 곱슬이라 부스스하잖아. 그냥 놔두면 산발이 되니까 그걸 땋아서 가라앉히는 건데, 그러려면 또 인조 머리를 사서 붙여야 하거든. 아니면 자기 원래 머리로만 땋아서 정리를 시켜 놓고 그 위에 가발을 쓰는 방법도 있고. 물론 진짜 강한 화학 약품을 바르고 고데기 같은 거로 펴 낼 수도 있긴 한데, 그런 건 머리나 몸에 안 좋으니까 대개는 인조 머리나 가발로 해결을 보지. 내가 바로 그 인조 머리를 골라 주거나 가발을 씌워 주거나 했던 거야. 처음에는 쉽지 않았어. 원래 흑인들 머리에 땀이 많거든. 내가 지금 인종 차별적인 발언을 하는 게 아니라 실제로 몸이 그렇단 얘기야. 그래서 정수리 냄새도 나고, 미끌거리기도 하는 거기다가 가발을 씌운다는 게…… 어휴, 게다가 여자들 민감하니까 컴플레인도 되게 많았지. 뭐 사 갔다가 다시 가져와서 교환해 달라거나 환불해 달라거나 그런 건 늘 있는 일이었고. 예를 들면, 자기 머리를 땋아 오긴 했는데 크기 자체를 너무 부풀려서 땋아 온 거야. 원래 그렇게 부풀리는 스타일이 있거든. 근데 그런 스타일일 경우엔 가발을 쓰면 안 돼. 왜냐하면 가발 안에 공간이 부족하기 때문에. 그래서 내가 가발 늘어난다고 쓰면 안 된다고 그러면 나한테 막 따지는 거야. 손님이 왕이지 왜 그런 것도 못 하게 하느냐, 그럼 너도 머리통 크니까 가발 안 맞겠네 이러면서……. 내가 지금 너한테 별 얘기를 다 한다. 아무튼 그런 일들이 많았어. 그리고 더구나 그 일을 막 시작했을 때가 내가 갓 스무 살이 됐을 때니까, 실은 한참 나부터 꾸미고 싶을 나이잖아. 그런데 기껏 미국까지 와서 드센 흑인 아줌마들 머리 냄새 발 냄새 맡아 가며 싸우고 있는 내 모습을 보자니, 이게 지금 뭐 하고 있는 짓인가, 그런 생각만 들고 그랬지. 그래도 내가 거기서 무려 오 년을 버텼다. 지금 하는 일은 이제 겨우 일 년 좀 지났는데, 벌써 힘들어 죽겠는데 말이야. 물론 그때 페이가 나쁘지 않긴 했지만, 사실 그보다는 소울이 좋아서 할 수 있었던 거야. 가게에 늘 흐르고 있던 그 소울이 좋아서. 그리고 그 소울이 내가 하고 있던 일과도 나름 어울려서. 이게 무슨 말이냐 하면, 사람들한테 가발을 씌워 주고 또 신발을 신겨 주고 하는 일들에는 본질적으로 소울이 필요하다는 뜻이야. 이런 이야기를 네가 얼마나 이해할 수 있을지는 잘 모르겠다. 하지만 손님들은 시간이 흐를수록 이런 나를 좀 더 이해하게 됐던 것도 같아. 그리고 이런 나를 좋아했던 것도 같고. 굴론 처음에는 그냥 좀 신기하게 생각하는 정도인 거 같았어. 내가 노래 들으면서 혼자 흥얼대거나 몸을 좀 흔들거나 그러고 있으면, 네가 이런 음악에 대해 뭘 안다고 그러느냐, 같은 눈빛으로 빤히 쳐다보거나 피식피식 웃거나 그랬거든. 그러던 어느 날 사바나를 만났지.

사바나는 페디큐어를 하러 왔어. 일단 발톱에 색칠하기 전에 먼저 미지근한 물에 발을 담그고 있었지. 나는 사바나 발꿈치의 각질을 제거하면서 흥얼대고 있었고. 근데 보통 그런 데서는 아무리 돈 내고 돈 받고 하는 일이라고는 해도, 내 발을 맡기는 상황도, 또 남의 발을 만지는 상황도 민망하기는 하니까 서로 그렇게 아이 컨택을 하거나 그러지는 않잖아. 그런데 사바나는 계속 나를 뚫어져라 보고 있더라고. 나는 '아, 얘도 내가 노래하는 게 신기한가 보다' 그렇게 생각하면서 그럴수록 보란 듯이 노래에 집중하고 있었지 뭐. 그때 불쑥 사바나가 이렇게 말했어. "그렇게 흥내 내지 말고, 네 노랠 해 봐." "뭐라고?" 나는 물었어. 영어로는 '아이 엠 쏘리?'라고 물은 거지. 미국에서는 상대방 말을 못 알아들을 때마다 '미안한데 다시 말해 줄래?'라고 말하잖아? 근데 내가 '미안한데 다시 말해 줄래?'라고 했더니 사바나가 이러는 거야. "미안하다고 할 필요는 없고, 너도 신발 좀 벗어 볼래?" "아이 엠

쏘리?” 갑자기 나보고도 신발을 벗으라니 황당해서 내가 또다시
‘아이 앰 쏘리?’라고 말했지. 그러고서 어느 순간 우리 둘의 눈이 딱
마주쳤는데, 동시에 웃음이 터지면서 정말로 배꼽을 잡았던 거야.
왜 그렇게 웃음이 나던지, 참……. 사바나는 거구였거든. 얼굴도
크고 입술도 두툼한 데다, 활짝 웃으면 그 웃는 입이 얼굴의 절반을
다 차지할 만큼 더 커졌어. 그렇게 해님처럼 따사롭게 웃으면서
사바나가 자리에서 일어났어. 그리고 정말 쿵, 소릴 내면서 바닥에
내려와 섰어. 맨발로. “봐, 지금 내 발은 젖어 있고 이 바닥은
차갑지. 하지만 그렇기 때문에 어쩌면, 내 영혼이 노래하기에는
최적의 상태야.” 잠시 후 나도 슬리퍼를 벗고 맨발로 섰어.
사바나가 말했어. “좀 전에 그 노래, 다시 불러 봐.”

아마 너도 알았겠지, 유나야. 나는 항상 네 목소리가 부러웠어.
누가 들어도 아름다워 귀가 번쩍 트이는 네 목소리에 비해서 내
목소리는 너무나 거칠고 탁하기만 했고, 그런 네 앞에서 나는 마치
태어날 때부터 ‘네가 아무리 노래를 잘해도 그래 봤자’라는 낙인을
받은 것처럼 느끼곤 했거든. 어릴 적부터 아예 그렇게 주눅이 들어
버렸던 것도 같아. 그런데 어떤 이유에서였는지, 그랬던 나를
사바나는 알아봤던 것 같아. 그래서 그날 사바나가 내게 가르쳐
줬던 건, 중요한 건 지금 있는 그대로의 내 목소리라는 거였어.
그리고 그 목소리를 내기 위해서는 무엇보다 지금 여기, 맨발로
땅을 디디고 서 있는 나 자신부터 느껴 봐야 한다는 거였어.

    “기억해, 소울을 노래하는 누구든 그의 안에는 아프리카의
    영혼이 있는 거야. 미국의 영혼? 지금 장난해? 언제 총 들고
    뛰어 나가야 될지 몰라 신발도 못 벗고 자는 애들 유전자에
    무슨 영혼이란 게 있겠어?”

사바나는 애틀랜타 큰 교회의 배킹 콰이어에서 노래하는
사람이라고 했어. 이따금씩 전통적인 라이브 카페에서
노래한다고도 했고. 그러니까 아시아인은 한 명도 없는 흑인들만의
커뮤니티에 속한 사람이었지. 그래선지 그렇게 딱 한 번뿐이었어,
사바나와의 만남은. 그날 이후로 다시는 가게에 나타나지
않았거든……. 어쨌든, 그래도 이 이야기는 좀 멋있지 않니? 돌이켜
보면 사바나 덕분에 그때 내가 음악을 포기하지 않고 여기까지 올
수 있었던 거야. 사실 미국에 온 이후로 가수의 꿈은 점점 멀어져
가고 있었거든. 어떻게든 부랴부랴 영어 공부부터 해야 했고
적응해서 대학을 가야 했지. 전공도 음악이 아니라 경영학이었어.
그렇게 학교 다니면서 알바하면서 어떻게든 미국인처럼 보이려고
아등바등 살면서, 또 주말에는 한국 티브이 드라마와 예능에 푹
빠져 살면서, 현실은 현실대로, 꿈은 또 꿈대로, 그렇게 따로따로
분리된 이중의 삶을 간신히 붙들고만 있었던 거야. 뭐 하나도 놓을
수가 없더라고……. 그러던 중에 네가 한국에서 가수로 데뷔하는 걸
보게 됐는데, 네가 결국 해냈으니까 나는 결국 해낼 수가 없겠구나,
당연하다, 원래부터 그렇게 정해져 있었던 거 같다, 라는 마음이
자꾸만 들어 가더라고. 하지만 사바나를 만난 이후로는 나도 한번
해 보겠다는, 가수가 돼 보겠다는 마음이 다시 싹텄던 거야. 일단
뮤직 테라피로 전과를 했어. 일반 음대에 들어가기에는 준비가
턱없이 부족했고, 어쨌든 먹고살면서 음악을 하려면 실용적인
전공을 해 놔야겠다는, 그런 지극히 한국 사람다운 생각을 했던
거지. 근데 이런 게 다 너 같은 사람에게는 뻔하고 지루한 얘기로만
들리려나? 어쨌든 내게는 그 하나하나의 과정이 큰 반전이었고,
그렇게 해서 결국 뉴욕에 인턴십까지 오게 됐다는 얘기야.
그것도 뉴욕 호스피스 병동의 뮤직 테라피스트로…….
물론, 뉴욕을 선택한 이유가 단지 그것뿐은 아니었지만.

너, 기억나? 우리 중학교 삼학년 겨울 방학에 크리스마스이브에
성당 지하 강당에서 뮤지컬 공연 했던 거. 그때 영화「코요테
어글리」의 주인공 바이올렛, 그게 너였잖아. 사실 성당에서는 그게
상당히 파격적인 공연이었어. 가뜩이나 너는 조숙했던 편이라서
몸매에 볼륨도 있었는데, 그래서 착 달라붙는 티셔츠에 청바지를
입고 부츠 신은 모습이 모두에게 충격을 줬지. 그중에 가장
충격적이었던 건 버건디 컬러의 하이힐 부츠였는데, 지금 생각해
보면 정말 촌스러운 색깔이었지만 그때는 진짜로 멋져 보였어.
나는 유나 네가 그 윤기 나던 긴 생머리를 풀어 헤치고 주일 학교
책상들을 다닥다닥 붙여 만든 높은 바 위에 올라가 노래하던 모습이
아직까지 생생하게 전부 다 기억이 나. 그때 네가 불렀던 노래가
영화에서 바이올렛이 불렀던 노래「달빛을 피할 순 없어(Can't
Fight the Moonlight)」였어.

> 너는 넘어가지 않을 거라고 생각하겠지만
> 일단 해가 저물 때까지 기다려 보자
> 별빛 아래에서, 저 별빛 아래에서
> 바로 그 마법 같은 느낌이 올 테니까
> 그 느낌에 오늘 밤 네 마음이 사로잡힐걸
> 저항하고 싶으면 한번 해 봐
> 내 키스를 피하고 싶으면 한번 해 봐
> 하지만 너도 알잖아
> 달빛을 피할 순 없다는 걸
> 어둠 속에서, 마침내 너는 굴복하게 될걸
> 너도 알잖아, 너는 달빛을 피할 순 없어
> 절대로

툭 건들면 모가지가 꺾이던 낡은 핀 조명이 하나 있었지. 고등부

선배들이 거기에 파란색 셀로판지를 붙여서 푸르스름한 달빛을
만들었고. 그래서 바로 그 달빛이 너를 감쌌을 때, 사실 평소에도
널 보면서 참 하얗다는 생각을 많이 했지만, 그날 밤 너는 정말 눈이
부실 정도로 하얗게 반짝거리더라. 그러면서 전에는 한번 해 본
적도 없던 생각이 머릿속을 스쳐 갔어. '혹시 유나는 벌써 키스를
해 봤을까?' 그럴 리가 없다는 걸 누구보다 내가 알고 있었는데도
말이야. 그만큼 너의 노래가 완벽했던 거야, 유나야. 그날 너의
노래는 진짜였어. 그래서 그 진짜가, 그 차갑고 단단한 얼음송곳
같은 너의 목소리가 내 깊은 속까지 파고들어서 거기 평생 지워지지
않을 흔적을 남겼던 거야. 나는 정말이지 너무나 너처럼 노래하고
싶었고, 그래서 정말이지 너무나 아팠어. 마치 네가 불렀던
노랫말처럼, 나는 너에게 굴복했고 또 굴복했어. 그날 이후 나는
확실히 알았어. 나는 너를 절대로 피할 수가 없다는 걸……
그렇게 너는 내 달빛이었어, 유나야.

미국 와서 본 것까지 다 합하면, 아마 스무 번은 봤을걸, 그
영화. 아무도 없는 곳에서 맨날 혼자 따라 해 보고 그랬었지.
헤어스타일도 바이올렛처럼. 옷 입는 것도 바이올렛처럼. 그러다가
결국 뉴욕까지 오게 됐던 거야. 난 그렇게 된 거라고 생각하거든.
그 영화가 나를 여기까지 데려온 거라고. 실제로 지금 내가 살고
있는 아파트도 바이올렛이 살던 곳이랑 비슷하게 생겼어. 그래서
요즘도 밤에 혼자 기타 치면서 노래 연습하다 보면, 문득 진짜
똑같아져 버렸네, 이런 생각이 들어. 무슨 얘기냐 하면, 영화
속에서 바이올렛이 결국 원하던 가수가 되지는 못했잖아. 그것마저
똑같아져 버렸다는 거지.

가끔은 정말 운명이라는 게 있는 것 같다, 그런 생각이 들어. 내가
중학교 때 한동안 '보라'라고 불러 달라 했던 거 기억나? 보라색을

좋아하니까 '보라'라고 불러 달라 했잖아. 왜냐하면 난 항상 내
이름이 별로였거든. 내 이름은, 부를 때마다 소리가 툭 하고 힘없이
꺾이는 느낌이야. 유나 네 이름은 안 그런데 말이야. 그게 바로
모음 '아' 때문이란 걸 알게 됐고, 그래서 '아'로 끝나는 '보라'라는
이름을 골랐던 거야. 유나. 보라. 봐, 부를 때마다 그 이름이 공기를
흔들잖아. 그래서 결론이 뭐냐면, 내 영어 이름이 보라가 됐다는
거지. 미국에서 사람들이 '보라'가 무슨 뜻이냐고 물으면, 나는 항상
자신 있게 말했어. "보라는 바이올렛이야." 그리고 그럴 때마다
속으로는 몰래 너를 떠올렸어.

사실 운명이라고 할 만한 건, 이게 다가 아니야. 오늘 오후에 가려고
했던 수녀원에 아주 늙은 수녀님이 한 분 계신데, 그 수녀님 이름이
'비올라'야. 한번은 내가 물어봤어. '비올라'가 무슨 뜻이냐고. 혹시
악기 '비올라'랑 같은 거냐고. 그랬더니 수녀님이 이러는 거야.
"비올라는 바이올렛이야."

그리고 이건 그전에 간호 수녀님한테 들은 이야기인데, 비올라
수녀님은 아주 어릴 적에 엄마랑 언니랑 체코의 어느 강을 건너서
도망쳐 왔대. 체코 역사는 잘 모르지만, 공산주의 때문이었다는
건 알아. 그러니까 반공산주의자였던 아빠가 먼저 처형을 당했고,
나머지 가족들이 도망치던 중에 엄마는 물에 빠져 죽었고, 언니는
어린 동생을 돌보다가 폐렴에 걸려 죽었고, 결국 비올라 수녀님
혼자 살아남아서 오스트리아의 어느 수녀원에 맡겨졌다가 거기서
수녀가 되어서 미국까지 오게 된 거래. 미국에서는 주로 싱글
맘들을 위한 쉼터에서 일하면서 출산과 육아를 도왔다고 들었어.
그리고 나이 들어 봉쇄 수녀원에서 십 년쯤 기도 생활을 하다가
하필 난소암 말기 판정을 받아서 이곳에 맡겨졌던 거라고.

비올라 수녀님의 방은 삼 인실이라 다른 수녀님들 두 분이 같이
있었어. 큰 아가타 수녀님하고 작은 아가타 수녀님하고. 세례명이
똑같이 아가타여서 그렇게들 불렀어. 사실 아가타라는 세례명이
흔하긴 하지. 아가타 성녀가 워낙 유명하니까. 이탈리아의 귀족
아가씨로 태어났지만 스스로 고난의 수도 생활을 택했고, 그래도
도무지 가릴 수 없는 미모 때문이 한 총독의 눈에 들게 됐는데,
근데 그 총독이란 놈이 이 여자가 하도 탐이 나서 한번 가져 보려
했지만 그게 마음대로 안 되니까 너무 심술이 나서 결국 유곽에
보내 버렸다고 하잖아. 그러고도 말을 안 들으니까 급기야 양쪽
가슴을 다 도려내 버렸고⋯⋯. 작은 아가타 수녀님은 이 얘기를
하고 또 했어. 꼭 자기 얘기 하는 것처럼. 그리고 큰 아가타
수녀님은 젊었을 적에 유방암 수술을 받아서 한쪽 가슴이 없었거든.
그걸 하느님 사랑의 증거라고 생각하면서 무척 자랑스러워했지.
그렇게 신앙심이 깊었던 만큼, 두 아가타 수녀님은 서로 죽이 잘
맞았어. 그래서 내가 가서 볼 때마다 둘이서는 수다도 떨고 같이
기도문도 외우고 했는데, 비올라 수녀님은 언제나 혼자서 고독을
즐기는 편이었지. 문제는 두 아가타 수녀님들이 크게 웃거나 할 때
갑자기 비올라 수녀님이 독일 말로 뭐라고 뱉어 낼 때가 있었는데,
그게 꼭 욕하는 것처럼 들린다는 거였어. 그럴 때마다 소녀들처럼
키득키득대던 두 아가타 수녀님들은 정수리를 한 대 후려갈겨
맞은 것처럼 얼얼한 표정을 짓곤 했지⋯⋯. 그래도 나는 알잖아,
미국에서 이방인으로 살아간다는 게 어떤 건지를. 그래서 비올라
수녀님이 날 볼 때 사람 보는 둥 마는 둥 무시하는 것 같았어도,
그럴수록 더 다가가서 오늘은 듣고 싶은 노래가 없냐고 꼭
물어보곤 했었지.

그 방에서 나는 주로 성가들을 불렀어. 특히 두 아가타 수녀님들이
좋아하던 성가들 중에 「독수리 날개 위로 들어 올리시고(On Eagle's

Wings)」라는 노래가 있었어.

　　그분은 너를 독수리 날개 위로 들어 올리시고
　　새벽 바람 위에 너를 태우시며
　　태양처럼 빛나게 하시고
　　그분 손바닥 안에 너를 품어 주시리라
　　너는 밤의 공포를 두려워하지 않으리라
　　낮에 날아 드는 화살도 두려워할 필요 없으리라
　　네 주위 수천 명을 쓰러트려도
　　너만은 덮치지 못하리라

한국에서도 유명한 성가지만, 한국어 가사보다 영어 가사가 훨씬 아름답거든. 식사 후에 틀니를 빼면 마치 한 쌍의 흰 생쥐 같아지던 두 아가타 수녀님들은 두 손을 가지런히 모은 채 간절히 노래하기 시작했고, 그 모습을 볼 때면 나는 등줄기에 살짝 소름이 돋거나 심지어 눈물이 나기도 했어. 그랬었는데, 하루는 비올라 수녀님과 눈이 마주쳤고 그 순간 눈물이 쏙 들어갔던 거야. 왜 그랬냐면, 웃고 있더라고 날 보면서……. 근데 그게 꼭 비웃는 거 같았거든.

혹시 유나 너는 누군가 네 노래를 들으면서 비웃는 거 같은, 그런 기분을 느껴 본 적 있니? 나는 있어. 그것도 여러 번……. 우리가 항상 같이 놀았던 성당 지하의 피아노 방 기억나지? 너는 악보 없는 노래를 한번 듣기만 해도 대충 코드를 잡아 칠 줄 알았고, 그런 너 덕분에 나는 참 많은 노래를 불러 봤지. 집에서나 학교에서나 속상하고 답답한 일이 있을 때마다, 너의 피아노 반주에 맞추어서 몇 시간씩 노래하고 나면 마치 실컷 울고 난 뒤에 개운해지는 것 같은 그런 기분이 들곤 했어. 어떨 때는 나 자신이 노래하기 전과는 좀 다른 사람이 된 것만 같은 그런 기분마저 들었다고나 할까?

나는 그랬지만, 유나 너는 종종 내 노래를 답답해했던 것도 나는
알아. 왜냐하면 나는 너만큼 높은음도 잘 안 올라갔고, 그래서 항상
반음씩 떨어지는 걸 신경 쓰느라고 박자도 놓치고 그랬으니까. 내가
자꾸 그러는 사이 너는 어느새 흥을 잃어 갔고, 그러다 어느 순간
어색하게 웃으면서 "이제 집에 갈까?"라고 물어봤잖아. 그래서
어느 날부터는 내가 주로 화음을 넣기 시작했던 거야. 말하자면
네가 메인 보컬이 되고 나는 서브보컬이 되어서, 너보다 늘 삼 도쯤
낮은 음으로 화음을 넣기 시작했지. 실은 그러면서부터 내가 음악에
대해 참 많은 걸 배웠던 거 같아. 어떻게 보면 너의 비웃음 덕분에
내가 성장할 수 있었던 거지. 비웃은 적 없다고 하지는 마. 네가
웃음과 짜증을 들키지 않으려고 입술을 오므릴 때마다, 나는 마음이
많이 아팠거든. 가끔은 너란 아이가 마음이 아프다는 게 뭔지는
알까, 그런 생각을 해 본 적도 있었어. 예를 들어 우리 엄마 아빠는
한번 싸우면 너무 심하게 싸웠잖아. 그런 날이면 집에 있기가
힘들었고 성당에 가서 숨죽여 울었어. 어떤 날은 네가 노래하자고
했지만 난 도무지 그럴 기분이 아니었지. 그래서 성전에서 내가
십자가를 보면서 우는 동안에 너는 내 옆에 앉아서 단 한 마디도
안 했어. 단 한 마디도. 한 십 분쯤 내가 펑펑 울고서 울음이 좀
잦아들었을 때, 그때야 비로소 이렇게 말했지. "이제 집에 갈까?"
지루하다는 듯한 표정을 지으면서……. 유나야. 그렇게 내가 널
보며 웃지 않을 때, 내가 나만의 기유로 불행할 때, 그럴 때마다
너는 잠시만 내 곁에 있다가 서둘러 집에 가 버리는 식이었어.
그것들이 마치 너의 행복에 어떤 그림자를 드리우기라도 할 것처럼
말이야. 우리 재작년에 마침내 서울에서 잠깐 만났을 때도, 그때도
너는 옛날하고 똑같더라. 네가 그랬잖아. "난 내가 생각했던
것보다 훨씬 잘됐고 그래서 행복해"라고. 그러면서 네가 살고 있는
이태원 집에 대한 이야기랑, 키우고 있는 고양이 이야기랑, 또
무슨 이야기 했더라 네가……? 아무튼 너는 시종일관 함박웃음을

내 모든 것

지으면서 최대한 겸손하게 말하려는 것 같았지. 그런데 내게는 그 겸손마저 자기 자신만의 행복을 오염시키지 않으려고 하는 아주 간편한 선택 같아 보였어. 그리고 그것 자체가 MZ들의 절망적인 일상을 노래하는 너의 해맑은 목소리와도 너무 똑같은 패턴으로 느껴졌달까……. 내게는 그랬어. 암튼 그렇게 유나 너는 언제나 네가 좀 더 행복할 수 있는 길을 택할 줄 아는 사람이었고, 그래서 실제로도 늘 좀 더 행복해 보였어. 물론 행복한 게 죄는 아니지, 유나야. 그래, 행복이 죄는 아니야.

어쨌든 비올라 수녀님이 내 노래를 들으면서 웃는 모습을 봤을 때는 진심으로 너무 화가 나더라고. 딱 뭐라고 설명하기는 어렵지만, 마치 나의 가장 순수한 마음이 부정당하는 것 같은, 그런 기분이 들었던 거 같아. 그러고서 그다음 주에도 어김없이 노래를 하러 갔는데, 그날따라 두 아가타 수녀님들의 자리가 비어 있었어. 둘이 똑같이 뭘 잘못 먹고는 배탈이 나서 침상에 실수를 했고, 그래서 급하게 씻으러 갔다는 거야. 실은 들어가자마자 당장 뛰쳐나가고 싶었어. 방 안에 남아 있던 냄새가 상당히 역했거든. 하지만 꾹 참고서 기타를 꺼냈지. 비올라 수녀님에게 물었어. 오늘은 듣고 싶은 노래가 있냐고. 그랬더니 웬일로 수녀님이 나한테 물었어.

“너는 왜 여기에 있는 거야?”
“매주 한 번씩 노래하러 오잖아요.”
“그래, 그러니까 너는 왜 여기에서「독수리 날개 위로 들어 올리시고」같은 노래를 부르면서 울고 있는 거냐고? 저 못생긴 할망구들처럼 너도 신의 사랑을 느끼고 감격이라도 해서 우는 거야? 아니면 네 목소리에 스스로 도취돼서 우는 거야?”

나는 잠시 말없이 비올라 수녀님을 봤어. 그리고 이렇게 물었지.

"혹시 인종 차별주의자세요?"
"응, 아마도? 나는 미국인이 너무 싫어. 특히 미국 성가를
부르면서 눈물 흘리는 미국인이 너무 싫어."

이렇게 말해 놓고 비올라 수녀님은 방금 자기가 아주 웃기는 농담을
했다는 듯이 쿡쿡대며 웃기 시작했어. 나는 거칠게 기타를 케이스에
집어넣었고 방을 나오려고 했지. 그때 비올라 수녀님이 내게 말했어.

"네 목소리는 행복한 노래데는 안 어울려. 다음번에는 슬픈
노래를 불러 줄래?"

나는 대답하지 않고 방을 나왔어. 그게 금요일이었어.

보통 월요일에는 외근이 없고, 으전에 병동을 다 돌고 나면 오후에
미팅을 해. 같은 환자를 담당하는 간호사 멜라니와 사회 복지사
에릭, 뮤직 테라피스트인 나, 이렇게 세 명이 참석하는 회의야.
회의라고 해 봤자 특별한 건 없고, 지난 한 주 동안 몇 명 죽었고
이번 한 주 동안 몇 명 더 죽을 거 같고 온통 그런 애기뿐이야. 보통
병동에서 우리 셋이 담당하는 환자가 열 명 정도 되는데, 지금까지
평균 매달 두세 명씩은 죽었던 거 같아. 그중에 반은 원래 의식이
없던 환자여서 그래도 충격이 덜한 편이었는데, 저번주만 해도 나랑
대화도 잘 했고 노래도 같이 불렀던 환자가 갑자기 죽고 없어졌으니
이제 그 방에 들어가지 말란 애기를 들었을 때는, 사실 굉장히
공허하지. 이런 공허감은 날이 갈수록 덜해지지가 않고 오히려 더한
것도 같아. 좀 과장해서 말하자면, 내 일부분이 없어지는 것 같은
느낌이랄까……. 그러면서 죄책감이 들기도 해. 왜냐하면 그 환자는
생을 잃었고 나는 어쨌든 살아 있잖아. 그런데도 나는 내 일부분이

없어지는 것 같은 느낌, 고작 그런 거에 스트레스를 받고 있구나 하는 거니까. 근데 멜라니 말로는 이런 게 좋은 자세는 아니래. 늘 담담해야 한다고 하면서. 하지만 남의 죽음에 대해 늘 담담한 병동 사람들을 보고 있으면, 언젠가 내가 꼭 저렇게 될까 봐 그게 더 두렵기도 해.

그 월요일에는 유독 한 주 사이 죽은 사람들이 많았어. 병동 전체에 자그마치 열세 명이었고, 그중에 네 명이 우리 담당이었지. 그런 게 아무래도 좀 힘들긴 했나 봐. 에릭이 일 끝나고 셋이 한잔하러 가자고 하더라고. 처음이었어. 펍 같은 데 가서 사적인 이야기를 나눴던 거는. 멜라니는 성격 좋은 라틴 계열 아줌마로 뉴멕시코에서 왔는데, 삼 남매를 키우고 있고 한국 음식에 관심이 많아. 에릭은 동부 출신의 오십 대 백인 남자고 혼자 개를 키우면서 사는데, 언젠가 멜라니한테 얼핏 듣기로 전 부인이 일본 여자였다고 하더라고. 근데 에릭이 묻더라. "너는 어떻게 하다가 음악을 좋아하게 됐니?" 그러고는 연이어 물었어. "네 엄마 아빠는 조지아에 있니?" "무슨 일을 하는데?" 근데 보통 미국인들이 부모님 직업까지는 잘 안 물어보거든. 그래도 뭐, 친해지고 싶어 그러나 보다 하면서 대답했어. "우리 엄마 아빠 옷 수선 가게 하셔. 조그만 거." 그랬더니 에릭이 툭 이러는 거야. "그럼 너는 그거 물려받지 않고 왜 여기까지 왔어?"

물론 한잔하다 보니 나온 말이었거나 농담처럼 한 말이었을 수도 있겠지. 하지만 집으로 돌아오는 길에는 억울해서 눈물이 좀 나더라고. 만약에 내가 아니라 백인 애였다면, 그런데 그 애 엄마 아빠가 옷 수선 가게 한다고 했다면 똑같이 말했을까 싶더라. 그리고 그것보다 더 가슴에 얹혔던 건, 사실 나도 잘 모르겠다는 거였어. 내가 왜 여기까지 와 있는 건지를. 그러니까 에릭의 질문은 나야말로 나 자신에게 묻고 싶었던 질문이었던 것도 같아.
나는 왜 뉴욕까지 와서 이런 일을 하고 있는 걸까? 내가 지금 하고
있는 일이 내가 하고 싶었던 음악이 맞는 걸까? 대체 왜 나는
음악을 하려고 하는 걸까? 그저 가수가 되고 싶어서……?

처음 가수를 꿈꿨을 때, 내 욕망은 단순했지. 단지 노래
부르는 게 좋았고, 노래를 잘 부르고 싶었고, 무대에 서고 싶었고.
하지만 지금은? 과연 지금 내가 가고 있는 이 길이 가수가 되려는
길은 맞나? 나는 정말로 그런 게 가능하다고 생각하는 걸까?
더 나아가, 요즘 나는 노래 부르는 걸 좋아하기는 하나?
솔직히 냄새나고 죽어 가는 환자들 앞에서 노래하기 싫을 때가
더 많은데? 그렇다면 나는, 그냥 이제 와서 포기하기에는 너무
나 자신이 초라하니까, 그래서 답도 없는 이런 일을 그냥 붙들고
있는 건 아닌가……?

지하철에서 막 울음이 터질 것 같은 걸 애써 참고 있는데, 웬 인도
쪽 악센트가 강한 남자가 말을 붙여 왔어. "너 뮤지션이야? 나도
뮤지션인데. 넌 어떤 음악을 해?" 사실 뉴욕에서는 기타만 메고
돌아다녀도 음악 얘기 하면서 말 붙여 오는 사람들이 많거든.
그리고 그런 사람들은 그냥 저 혼자 방구석에서 음악을 한다
해도 자기가 뮤지션이다 하면 뮤지션인 거야. 사람들의 시선에서
자유로운 거지. 나는 늘 그런 뉴욕이 좋았어. 그런데 그날은 그런
자유마저도 너무 하찮아 보인달까, 그저 뜨내기 같아 보인달까,
그렇더라. 그러면서 문득 비올라 수녀님이 했던 말이 머릿속을
맴돌았어. "나는 미국인이 너무 싫어." '그래, 나도 그래. 나도 너무
싫어. 나 당장 한국으로 돌아가고 싶어.' 이런 말들을 어디에든
외치고 싶더라. 나 같은 게 감히 가수가 될 꿈을 꿨다는 게 갑자기
너무나도 터무니가 없어 보였고, 그냥 '나라는 존재 자체가

헛발질을 하고 있는 것 같았어'. 그래, 딱 너의 그 노래 가사처럼
말이야, 유나야.

다음 날 화요일은 다시 수녀원에 가는 날이었어. 그런데 오늘처럼
오전 일 마치고 점심 먹고 있을 때 에릭한테 전화가 걸려 왔어.
늘 그래 왔던 것처럼 그 사무적인 말투로, 오후에 수녀원에 갈 필요가
없으니까 그냥 들어오면 된다고 하더라고. 무슨 일이냐고 물었더니,
글쎄 큰 아가타 수녀님이 돌아가셨고 작은 아가타 수녀님은 장에서
무슨 급성 감염균이 발견되어서 병실을 옮기셨다는 거야. 나는
그래도 가겠다고 했어. 비올라 수녀님이라고 한 분 더 계시다고
하면서. 일단은 에릭 말을 곧이곧대로 듣기가 싫었던 거 같아. 내가
뜻밖에 자기주장을 해서 그랬는지, 아니면 그날따라 내 말투가
쌀쌀맞게 들려서 그랬는지, 에릭이 잠깐 말이 없더니 되묻더라.
"어느 수녀님?" "비올라 수녀님." "그런 수녀님은 없는데? 테레사
수녀님 말하는 거야?"

수녀원 병실로 들어섰을 때는 먼저 한기가 느껴졌고, 낯설고 독한
알코올 향이 코를 찔렀어. 두 아가타 수녀님들이 쓰던 침대들이
앙상한 뼈대만 남긴 채로 완전히 비워져 있었고, 홀로 남은 비올라
수녀님은 보풀이 잔뜩 일어난 담요를 코끝까지 끌어당긴 채로
무심히 흥얼거리고 있었어. 처음에는 노래하나 싶었는데, 잘 들어
보니까 그냥 신음 소리 같기도 했어. 왜 노인네들이 아이고, 아이고,
하는 그런 소리 있잖아. 마치 침묵밖에 남지 않은 공간을 애써
자신의 목소리로 채우려는 듯이 그렇게……

　　"테레사 수녀님, 안녕하세요."

내가 인사하자마자 수녀님이 답했어.

"비올라라고 불러."
"알았어요. 비올라 수녀님.″
"비올라. 그냥 비올라."
"알았어요, 비올라. 비올라는 독일어 이름인가요? 악기
비올라예요?"
"비올라는 체코어 이름이야. 원래 이름은 비올레타,
보라색이라는 뜻이지."
"보라색? 제 영어 이름 보라도 한국어로 보라색이라는
뜻인데요."

내가 애써 명랑한 말투로 얘기하자 비올라가 고개를 돌려 무심한
표정으로 나를 봤어. 마치 '그래서 어떻다는 거지?'라고 묻는 것
같았지.

　　"말씀하신 대로, 몇 곡 슬픈 노래를 준비해 왔어요. 첫 곡은
　　「O Haupt voll Blut und Wunden(오, 피와 상처로 가득한
　　머리여)」입니다."

내가 독일어 제목을 말하며 기타를 팅기자 비올라의 눈에 순간
섬광처럼 어떤 감정이 스쳐 가는 것 같았어. 나는 신경 쓰지
않으려고 노력하면서, 간밤에 세 시간밖에 안 자고 연습해 갔던
기타 코드를 신중히 짚어 가며 노래하기 시작했어.

　　오, 피와 상처로 가득한 머리여
　　고통과 조롱이 가득 찬 머리여
　　가시관을 쓴 희롱당한 머리여
　　한때 가장 아름답게 치장되어

내 모든 것　　　　　　　　　　　　　　　　　235

지극한 영광과 존귀로 빛나던 머리……

"최악이다, 정말."

비올라가 웃음을 터뜨리며 말했고 순간 내 기타에서도 삑사리가
났어. 나는 단도직입적으로 물었어.

　　"이번에는 뭐가 문제예요? 미국 성가도 안 되고, 행복한
　　노래도 안 된다면서요?"
　　"성가 말고 슬픈 노래는 없어?"

비올라의 요구는 나지막했지만 분명했어. 나는 직업 정신을
되새기며 날이 섰던 목소리를 가다듬었고, 다시 한번 물었어.

　　"성가 말고 어떤 슬픈 노래요?"
　　"뭐랄까, 좀 더 블루지한 거?"

블루지, 라고 말하면서 비올라는 입술을 과감하게 내밀었어.

　　"블루스를 말하는 거예요?"
　　"꼭 블루스만 블루지한 건 아니잖아. 어떤 노래든 블루지할 수
　　있지."

순간 뜨겁고 물컹한 뭔가가 내 심장을 치고 들어오는 것 같았어.
나는 그 느낌을 최대한 티 내지 않으려고 하면서 물었어.

　　"예를 들면요?"
　　"예를 들면, 「내 모든 것(All of Me)」 같은 노래?"

236

"누구 버전이 가장 블루지한데도?"라고 묻고 나서 나는 나도
모르게 "빌리 홀리데이?"라고 했는데, 비올라가 거의 동시에
똑같이 말을 했어. "빌리 홀리데이지." 그러고서 비올라는 입술을
삐죽거리며 만족한 듯한 표정을 지었고, 나는 짐짓 무심한
척하며 턱을 치켜든 채 그녀를 너려다보고 있었어. 속으로는
무척 떨리더라⋯⋯. 나는 우선 허리부터 쭉 폈어. 그리고 자세를
가다듬어 제대로 앉은 뒤에 다리는 한 번 꼬았어. 안 그러면 발목에
힘이 풀릴 것 같더라고. 비올라는 아예 고개를 구십 도로 돌리더니
왼뺨을 베개에 딱 붙인 채로, 그렇게 나를 뚫어져라 보고 있었어.
그 기대에 찬 눈빛을 보니 더 긴장이 됐어⋯⋯.

　　　내 모든 것
　　　내 모든 것 가져갈래요?
　　　당신 없인
　　　난 쓸모가 없잖아요
　　　내 입술 가져가요
　　　버려 버리고 싶어
　　　내 팔도 가져가요
　　　이제 쓸 일도 없는데 뭐
　　　당신과 이별하니 내게는 눈물밖에 남은 게 없네요
　　　자기 없이 난 이제 어떻게 살아요?
　　　내 심장이었던 것도 벌써 떼어 갔잖아
　　　그러니 차라리 내 모든 것 다 가져가요

'망했다⋯⋯.' 노래가 끝나 갈 무렵에 나는 이미 이렇게 생각하고
있었어. 그런데 노래가 끝나자마자 "한 번 더"라고 비올라가 말했어.

"한 번 더 불러 줄래? 너무 슬퍼. 너무 좋아."

내가 잠시 머뭇거리고 있자 비올라가 물었어.

"왜? 싫어?"
"소리가 잘 안 나와서요. 괜찮으시다면, 신발을 벗어도
될까요?"
"마음대로 해."

비올라가 웃었어. 내가 비웃음이라고 느꼈던 바로 그 모양의
웃음이었지만, 더 이상 화가 나지는 않았어. 그런 게 이미 하나도
중요하지가 않았지. 나는 신발을 벗었고 양말도 벗었어. 그리고
드디어 맨발로 바닥을 디디고 섰어.

사실 어떻게 노래를 불렀는지는 기억이 나지를 않아. 왜, 정작
무대에 설 때는 몸이 하던 대로 습관처럼 하는 것일 뿐, 솔직히
정신이 좀 없잖아. 단지 지금도 기억이 나는 건, 발바닥에 뭔가 작고
뾰족한 게 자꾸 걸려서 아팠거든. 하지만 그럴수록 사바나가 가르쳐
준 대로, 그 아픔에 집중하려고 하면서 나는 내 노래를 했어. 내
있는 그대로의 목소리로 말이야.

두 번째 「내 모든 것」이 끝났을 때, 비올라는 말이 없었어. 내가
그녀를 보니, 어느새 그 눈가가 축축해져 있는 것 같았지. 나는 한
번도 느껴 본 적 없던, 어떤 감정의 둔기에 머리를 세게 얻어맞은
것처럼, 그렇게 멍한 느낌이었어. 그러니까 그건, 누군가 내 노래를
진심으로 좋아해 주는 것 같은 그런 느낌이었겠지…… 비올라가
코맹맹이 소리로 내게 물었어.

"키스해 봤어?"
"네?"
"키스하면 어떤 느낌이야?"

이렇게 물을 때 비올라의 한쪽 눈에서 눈물이 흘러내렸어. 나는
나도 모르게 웃었어.

"지금 키스 못 해 봐서 우는 거 아니죠, 수녀님?"
"지금 나를 비웃는 거야? 하긴 비웃음당해도 싸, 나는."
"왜 자꾸 그렇게 못되게 말을 해요? 상처받을까 봐 일부러 더
그러는 거예요?"
"나는 진실을 말하는 거야. 비올라에게는 진실 아닌 말을 할
시간이 없어."

……유나야, 너는 어떤 키스를 해 봤니? 문득 그게 궁금해진다.
왜냐하면 키스에도 종류가 많잖아. 우리는 만나는 상대에 따라 늘
다른 키스를 하고, 심지어 같은 사람과도 매 순간 다른 키스를 하니까.
내가 좋아하는 키스를 먼저 말해 줄까? 우선은 서로가 서로를 먼저
놓지 않으려고 하는 키스야. 그렇다고 해서 조급해하지도 않고,
둘 중 누구도 먼저 떠나려고 하지 않는 그런 키스야. 그리고 또 내가
좋아하는 키스는, 각자 감각적으로 너무 채우려 하지 않는데도
서로의 존재를 확인하는 것만으로도 내가 온전해지는 것 같은,
그런 키스야. 그리고 마지막으로 내가 좋아하는 키스는 욕심이 없는
키스야. 욕심이 없는 키스란 건, 나 자신을 위한 키스보다 상대를
위한 키스를 뜻하는 거겠지? 그런 키스를 언제 할 수 있을까를
생각해 보면, 아마도 영영 이별할 때, 그때는 그럴 수도 있을 것
같아. 만약에 내가 진정으로 누군가를 사랑했다면 말이야, 그렇다면
앞으로 내가 상대를 못 가지는 것보다 상대가 나를 못 가지게 될

것이 더 아플 수도 있지 않을까? 그런 키스라면 욕심이 없는 키스, 욕심이 없는 사랑이라고 부를 수도 있지 않을까……?

그때도 나는 이렇게 말했고, 그랬더니 비올라가 말했어.

"너 정말 키스해 본 거 맞아?"
"무슨 소리예요. 내가 수녀도 아니고 살면서 키스 한번 못 해 봤을 거 같아요?"
"그래, 나는 수녀라서 살면서 키스도 한번 못 해 봤다. 하지만 대신에 살면서 얼마나 많은 사랑 이야기들을 들었는지 몰라. 그놈의 사랑 때문에 인생 말아먹은 여자들만 내 주위에 복작거렸다고. 그리고 그 모든 건 그놈의 키스에서 시작된 일이었지……. 그건 그렇고, 네가 말하는 욕심 없는 사랑? 나 그런 사랑 해 봤어. 매일 밤 기도할 때마다 나보다 그분을 더 사랑한다고 고백했고, 일생 동안 그분만을 사랑하겠다고 맹세했어. 그러면서 상상했지. 그분에게 사랑받는 나 자신을. 근데 이게 무슨 말인지 알아? 나는 사랑을 상상으로만 했던 거야. 그래서 그 상상 속에서 내가 무슨 짓까지 했는지 알아? 우선 그분께 내 입술을 떼서 바쳤어. 그다음엔 내 팔다리를 떼서 바쳤고. 그리고 심장도, 그 밖의 모든 것도 다 떼서 다 바쳤어. 머릿속에서 아주 구체적으로 최대한 끔찍한 그림을 그려 가면서까지 그렇게 했다고. 왜냐하면 느껴 보고 싶어서……. 그거라도, 뭐라도 좀 느껴 보고 싶어서……. 그래서, 그 결과가 뭐였는지 알아? 나는 사랑할수록 더 불행해졌어. 그런데 너는 정말 이런 욕심 없는 사랑을 하고 싶다는 거야? 도대체 왜?"

비올라의 이야기를 듣는 동안 나는 발바닥이 몹시 시렸지만 차마 신발을 신으러 갈 수가 없었어. 마치 벌을 받는 것 같은 심정으로 고통스럽게 서 있었지.

　"아까는 농담이었어요. 기분 상했다면 미안해요."
　"영영 이별할 때에는 그럴 수 있을 거라고? 그래, 나도 제발 그랬으면 좋겠다. 근데 문제는, 이 사랑이 안 끝나. 내가 죽어야 끝나겠지 하다가도, 내가 죽어도 안 끝날까 봐 나는 그게 무서워. 죽고 나서 처음으로 눈을 딱 떴을 때, 그때도 내가 여전히 사랑만 하고 있으면 어떡하지? 주위에는 또 나 같은 할망구들만 득시글거리고 있고, 쓸 만한 남자는 단 한 명도 없고 말이야……."

비올라가 초승달 같은 눈을 빛내건서 히스테릭하게 웃었어. 마치 자기 농담에 내가 같이 웃어 주거나 뭐라도 대꾸해 주기를 바라는 것처럼. 하지만 나는 차마 웃을 수도 없었고 어떤 말을 해야 할지도 알 수가 없었어. 그녀는 마치 '너는 뭔가를 이토록 사랑해 본 적이 있니?'라고 묻는 것 같았어. 또 마침내 웃음을 거두며 눈을 감았을 때는 '너는 제발 그러지 마'라고 말하는 것 같았지.

　"이제는 여기 오지 마."

대신에 그녀는 이렇게 말했어.

유나야, 그날 나는 비올라에게 끝내 고백하지 못했어. 그녀 앞에서 두 번 노래했던 그 순간이 내 평상 노래했던 날들 중에 가장 벅찼던 순간이었다는 것을. 살면서 그 어떤 누구도 내 노래를 듣고서 '너무 슬퍼'라든지 '너무 좋아'라고 말해 준 적이 없었다는 것을. 하지만 어차피 비올라는 그런 거엔 관심도 없었을 거야. 왜냐하면 오직

내 모든 것　　　　　　　　　　　　　　　　　　　　　　241

자기 자신에게만 집중하고 있었으니까. 마치 유나 네가 너의 노래를 듣고 내가 어땠을지, 그런 거에는 아무 관심도 없었던 것처럼 말이야.

하지만 유나야, 나는 너를 만난 이후로 언제나 너의 노래를 듣고 있었어. 네가 가수가 되기 이전에도, 또 가수가 된 이후에도. 이따금씩 침묵 속에서도 늘 너의 노래를 들었어. 특히 네 1집 앨범에 어느 이름 없는 사람의 새벽 귀갓길을 위로해 주던 노래 있잖아. 나, 그 노래 정말 많이 좋아했어. 그 노래 들으면서 너무 슬펐고, 너무 좋았어. 네가 그런 마음에 대해 겪어 본 적도 없고 아무것도 모르면서 아는 척 거짓말을 하고 있다는 걸 다 알면서도 말이야.

그래서 그날 나도 비올라에게 거짓말을 하기는 했지만, 그럴 수도 있는 거라고 생각하려고 해. 고백하면, 사실은 나 여태껏 키스 한번 못 해 봤거든. 욕심 없는 키스는커녕 아주 보잘것없는, 거지 같은 키스도 한번 못 해 봤거든…….

◆

지난주 월요일에는 작은 아가타 수녀님이 죽었고 비올라가 밥을 안 먹는다는 소식을 들었어. 나는 부득부득 갔어. 그리고 비올라에게 물었어.

　　"오늘도「내 모든 것」불러 드릴까요?"

비올라가 눈을 뜨고 나를 보는데, 그 투명한 올리브색 동공이 마치 우리 사이에 있는 유령을 보는 것 같더라. 이미 정신이 혼미해 보였어. 내가 주섬주섬 기타를 꺼낼 때 비올라가 뭐라고

중얼거렸어. 나는 다가가 그녀의 입술에 귀를 댔어. 마르고 까슬한
입술이 내 귓불을 스쳤어.

바람 같은 소리로 비올라가 말했어.

　　"다스 바 이히. 알레스 폰 미어."

그러고는 이내 눈을 감아 버렸고, 다시는 나를 보지도, 뭐라고
 말을 하지도 않았어. 나는 한참을 침묵 속에 기다렸어. 그리고
허리를 숙여 비올라의 입술에 내 입술을 갖다 댔고, 입을 맞추며
이렇게 말했어.

　　"다스 바 이히. 알레스 폰 미어."

무슨 뜻인지도 모르면서 말이야. 그렇게 하고 돌아오는 길 내내
그 말을 절대로 잊지 않으려고 안간힘을 썼어. 병동에서 멜라니를
만나자마자 붙들고 물었어. 혹시 독일어를 아느냐고.

　　"몰랐어? 에릭이 아주 어릴 때 독일에서 왔잖아."

에릭은 날 보며 천천히 또박또박 이렇게 말했어.

　　"그건 다 나였어. 내 모든 것이었어."

◆

오늘 아침에 비올라가 떠났어. 그녀에게는 정말로 시간이 얼마 없었던
거야. 그리고 그렇게 비올라가 떠나는 모습을 보면서 나는 생각하게

내 모든 것　　　　　　　　　　　　　　　　　　　　　　243

됐어. 나에게는 과연 어느 만큼의 시간이 있을까에 대해서 말이야.
그래서 유나야, 아마도 이게 내가 너에게 보내는 마지막 편지가 될
것 같아. 말하자면, 이별의 키스 같은 거라고나 할까? 욕심이 없는
키스 말이야. 그러니 부디 행복하렴, 나의 달빛, 나의 유나야…….
네가 언제나 행복하게 너만의 노래를 부르기를 바랄게.

유나야. 나는 차라리 더 불행해질 거야.

그리고 계속해서 노래할 거야.

무 법 자

우린 그녀를 은애 이모라고 부른다. 가끔은 은혜 이모라고 부르는
이들도, 심지어 응애 이모라고 부르는 이도 있지만, 내가 알기로는
은애 이모가 맞다. 은애 이모는 추운 겨울 동안엔 한낮에, 뜨거운
여름 동안엔 대개 해 질 무렵에 예의 그 모습을 드러낸다. 늘 자기
몸집 두 배는 돼 보이는 불뚝한 장바구니 카트를 덜덜덜덜 끌면서,
아파트 단지 뒤편의 비탈길에서 그 특유의 여리고도 섬세한
목소리로 외쳐 부른다. 보둥아아······. 부비야아······.

배가 유난히 흰 고등어 고양이 보둥이가 우람한 근육을 뽐내며
달려온다. 보둥이는 은애 이모 밥 자리에 최근 합류한 막내다.
처음 만났을 때는 목에 낡은 가죽 목줄을 차고 있었는데, 그게
털을 짓누르며 막 살로 파고들기 직전이었다. 이모가 통조림으로
유인하자 보둥이는 정신없이 달려들어 코를 박고 먹기 시작했고, 그
틈에 이모는 슬쩍 목줄을 잘라 낼 수 있었다. 이후로 엄청나게 살이
찌기 시작해서 지금은 다이어트가 시급해진 배불뚝이 아가씨다.
보둥이 밥 자리의 원래 주인은 회색의 수컷 고양이 부비였다. 원래
이름은 까칠이였다. 성격이 너무 까칠해 툭하면 다른 고양이들을
괴롭히거나 내쫓아서 까칠이였다. 그러다 다 늙어서는 이따금
노인네 소일거리 하듯이 시비는 걸어왔어도, 예전처럼 막무가내로
덤비지는 못했다. 특히 보둥이 앞에서는 꼼짝 못 했다. 한편
까칠이가 오기 전에 이곳은 솔이와 누리 모자의 오랜 보금자리였다.
세상 얌전해도 한번 사람의 손길을 허락한 적 없던 야무진 솔이.
덩치는 산만 한 게 그런 엄마 뒤를 졸졸졸 쫓아만 다니던 마마보이
누리. 이들은 서너 번은 까칠이의 공격에 도망가 보기도 저항해
보기도 하더니만, 결국 인사도 없이 훌쩍 떠나 버렸다. 그래서
이모는 진작 까칠이가 미웠지만, 그래도 다 늙은 게 어떻게든
얻어먹으려고 고개를 주억거리면서 자꾸 오는 모습이 안쓰러워
어쩔 수 없이 거두었고, 조금이라도 순해지라는 의미에서 새 이름을

지어 주었다.

　"하도 부벼 대서 부비라고 했지."

부벼 댄다는 게 어느 정도인가 하면, 이모의 다리를 싸고 하도
뱅글뱅글 돌아 버릇하니 어쩔 땐 이모가 한두 걸음 떼기도 어렵고
까딱하면 넘어질 뻔할 정도였다.

　"집착! 왜 이렇게 집착을 해서 사람을 힘들게 한다니! 보면
　볼수록 닮았다니까! 내 팔즈-엔 이런 남자만 있는 건지……!"

이모 남편 얘기다.

게다가 다른 고양이들은 어디서 단체로 목욕이라도 하고 오는 건지
털들이 다 보송보송하기만 한데, 부비 혼자 늘 끈적끈적 기름져
있는 데다 가까이 가면 하수구 냄새까지 풍기는 통에, 이모는
매일같이 바지 밑단을 손빨래해야 했다. 왜냐하면 동네 캣 맘한테
냄새난다고 소문이라도 나기 시작하면 더 불리해질까 봐서.

여하튼 이모가 이 일을 시작한 지도 어언 팔 년째. 이제는 각이
딱 잡혀 날마다 척척이지만, 그래도 애들이 빨리 달라고 보채기
시작하면 워낙 많이 쑤셔 넣은 ㄱ-방 속으로 손을 넣어 휘휘
저으며 '어디 갔지?' 소리를 되풀이하게 되는 건 어쩔 수가 없다.
절차는 다음과 같다. 일단 얇은 스티로폼 접시를 꺼낸다. 접시는
미리 일회용 비닐로 싸 두었다. 그 위에 통조림을 덜어 내어
준다. 이렇게 해야만 하는 이유는, 통조림 가장자리에 입을 베어
구내염을 앓다가 결국엔 죽어 가는 길고양이들이 많아서다. 한편,
비록 길고양이들이긴 하나 매일같이 얻어먹을 수 있다는 믿음을

갖고 나면, 그것들에게도 어느덧 입맛이 생기기 시작한다. 그래서
이모는 또 각각의 기호에 맞는 통조림을 준비하는데, 어쩔 때는 그
종류가 대여섯 가지나 된다. 특히 겨울철에는 좀 더 준다. 지방이
조금이라도 더 있어야 추위를 견딜 것 같아서다. 너무 추운 날에는
통조림을 덜어 내자마자 금세 얼어붙으니 보온병에 뜨거운 물을
준비해 가서 그 위에 좀 부은 후 입으로 후후 불어 살짝 식혀서
내어 준다. 아이들이 통조림을 먹는 동안에는 사료 통을 보러 간다.
캣 맘들이 제작한 사료 통은 종이 상자에 플라스틱 통을 끼우는
방식으로 밑에 핫 팩을 넣을 수 있게 돼 있다. 새 핫 팩을 굳이
흔들어 넣을 필요는 없다. 밤을 견디려면 서서히 따뜻해지는 게 더
좋기 때문이다. 이런 식으로 물통 밑에도, 집 이부자리 밑에도 새
핫 팩을 넣어 준 뒤에 굳은 건 도로 수거해 오니, 겨울에는 가는
길보다 오는 길에 가방이 훨씬 더 무겁다.

아파트 뒷길로부터 나와 다시 단지 안쪽으로 서서히 진입할
무렵부터, 이모는 미미를 부르기 시작한다. 미미는 삼색 고양이로
에메랄드빛 눈을 가진 요염한 암컷이다. 타고난 털이 아름답고,
그루밍 솜씨도 일품이다. 내킬 때는 곰살맞은 애교로 사람을
홀려 놓고, 금세 또 뒤돌아 휙 가 버린다. 가다가 또 괜히 멈춰
뒤태를 보여 주고, 아직 자기를 보고 있는지 아닌지 확인도 한다.
매력덩어리 미미는 실은 동네에서 거의 마스코트 같은 존재로
모르는 사람이 없다. 누군가는 미미가 이 아파트가 세워졌을 무렵
집에서 키워지다 버려진 고양이라고 했다던데, 그게 진짜라면 못
돼도 열다섯 살은 됐을 거란 얘기다. 길고양이 수명상 불가능한
얘기 같긴 하지만, 미미가 원체 똑똑하고 자기 앞가림을 잘 하는
애라 그럴 수 있겠다는 생각이 들기도 한다. 어쨌든 은애 이모에게
밥을 얻어먹기 시작한 지도 햇수로 어언 팔 년째, 미미는 아직까지
건강히 잘 살아 있다. 요즘엔 나이 들어 기력이 떨어져 가는 게

보이는지라, 이모의 계획은 미미가 정 힘들어지면 집으로 데리고
가서 죽을 때까지 보살피는 것이다. 실은 두어 해 전 몹시 추웠던
겨울에 한번 시도를 해 보기는 했다. 이동 가방을 열어 두고 삼십
분을 기다렸더니 망설이다 결국 제 발로 걸어 들어왔다. 그렇게
해서 기껏 집 안으로 데려다 놓았더니, 글쎄 그날 밤새 괴성을 질러
대다가 다음 날 아침에 이모가 택배를 들이던 사이에 살짝 벌어진
현관문 틈새로 필사의 탈출을 했다. 이모는 계단으로 달려 내려간
미미가 지하 주차장으로 갔든 공동 현관을 통해 밖으로 나갔든,
자기 밥 자리로 돌아가지 못하고 길을 잃어버렸을까 봐 사색이
됐다. 그래서 두어 시간을 찾아 헤맸어도 도무지 찾을 수가 없던
녀석이, 결국 늦은 오후 무렵 울음을 삼키며 일을 나섰던 이모
앞에 떡하니 다시 나타났다. "지 밥 달라고. 그러면서 아주 멋쩍은
표정을 짓는 거야. 아유 고거 정말, 어찌나 얄밉던지……!"

아파트 안에서 이모를 알아보는 사람들의 수는 적지 않다. 사실
말을 붙여 오지 않는 사람들 중에 알아보는 사람들까지 세면 훨씬
더 많을 것이다. 그만큼 이모는 언제나 같은 시간 같은 장소에
있고, 특히 애들 사이에서 유명 인사다. 아이들은 이모를 만나면
늘 고양이에 대해 물어볼 것도 많고, 고양이를 싫어하거나 이모를
흉보거나 하는 자기 부모나 동네 어른들에 대해 상의할 것도 많다.
물론 이렇게 이모를 좋아하는 애들만 있는 건 아니다. 하루는
입술이 비죽 나온 한 아이가 다가와 묻더란다. 왜 옷을 빨아 입지
않느냐고. 이모가 부비 냄새 때문에라도 매일 빨아 입는다고 하자
이번에는 "알레르기 때문이 아니라 냄새 때문에요?"라더니 다시는
안 온다고 한다.

이런저런 간섭을 하는 사람들은 늘 있다. 달랑 츄르 한 봉지 사다
줘 놓고 고양이 집 비닐 문이 불편해 보이니 바꾸라는 사람, 부비

등에 딱딱하게 굳은 털을 좀 떼어 주라는 사람, 아이 목덜미를
살짝 들어서 병원에 데려가면 된다는 사람 등등. "자기가 하겠다는
소리도 아니고 말이야. 그래서 한번은 직접 해 보라고 하려다가,
그러면 너무 기분 안 좋게 할 것 같아서 이렇게 말했지. 병원에
데려가면 돈이 많이 들 수가 있다. 이왕 병원까지 간 거 검사도 할
텐데 했다가 큰 병 있으면 어떻게 하느냐. 입원하면 최소 오십만 원.
수술하면 몇백만 원이다. 얼마 전에도 한 아이 이빨 때문에 육백만
원 나온 거 이 동네 캣 맘들이 다 같이 나눠서 냈다. 그래서 지금
내가 하기에는 솔직히 좀 부담이 되는데, 그 돈 누가 내 줄 수만
있다면 내가 당장이라도 잡겠다. 그랬더니 아무 소리도 안 하고
가서 다음부터는 오지 않더라고."

반면 사료비, 통조림비에 보태라며 몇만 원씩 주고 싶어 하는
이웃들도 있지만, 이모는 절대로 돈은 받지 않는다. 왜냐하면
동네 캣 맘이 돈을 받는다고 소문이라도 나기 시작하면 더
불리해질까 봐서.

은근히 괴롭히는 사람들도 있다. 밥 자리 코앞에 자꾸 먹던
쓰레기를 버리고 가는 사람도 있고, 일부러 개똥을 싸게 하고 가는
사람도 있다. 안 그래도 단지 안 청소부들이 근처에 오면 왠지
모래바람 일도록 비질을 해 대는 것 같아, 이모는 남의 쓰레기건
똥이건 보이는 족족 치워 낸다. 치우다 보면 또 깨진 유리병 조각
같은 게 보이기 마련이고, 그러면 또 애들 발이라도 다칠까 봐
안 주울 수가 없다. 한번 청소를 시작하면 허리를 펴기가 어렵다.

대놓고 시비를 거는 사람들도 있다. 사람 사는 곳에 고양이가 살면
되겠느냐며 호통을 치는 할아버지도 있고, 집에 가서 남편 밥이나
주라고 타박하는 할머니도 있다. 웬 술주정뱅이가 다가와 이 아파트

사는 거 맞느냐며 몇 동 몇 호인지 대라고 협박을 할 때도 있다.
그럴 때마다 이모는 될수록 고개를 숙이면서 같은 말을 반복할
뿐이다. "좀 봐주세요. 애들 굶는 게 너무 불쌍해서 그래요……."
하루는 아파트 밖에서 다른 구역의 캣 맘을 만났는데, 별 얘기도
아닌 얘기를 되게 은밀하게 속삭이며 하더란다. "하나도 안 들려요.
왜 이렇게 작게 말해요?" 하도 답답해 물었더니 그녀의 대답인즉,
"아유, 고양이 밥 주느라 하도 눈치를 보면서 다니다 보니까 저도
모르게 맨날 이렇게 속삭이고 있네요"였단다.

그래도 세월이 흐르면서 그나마 경비 아저씨들의 잔소리가 줄긴
줄었다. 물론 계절이 바뀔 때마다 민원이 있었다며 경고 아닌
경고를 날리기는 한다. 즉 경비실에서 정면으로 보이는 자리만은
피해 달란 얘기다. 어쨌든 민원의 대상이 됐는데도, 지난겨울
이모는 혹시라도 미미가 어슬렁거리는 아파트 동 일층 집 화단에
상자 집을 잠깐 놓아 둘 수 있겠는지를 여쭙기 위해 이 집 저 집
초인종을 눌러 봤다. 허락해 준 집은 한 집도 없었다. 미미가 내내
그리 깨끗하게 지내고 곰살맞게 굴었어도, 그래서 오며 가며
다들 한 번씩은 아이를 쓰다듬고 기분 나면 츄르 같은 걸 챙겨 와
먹이고 그랬어도, 영하 십 도, 십오 도가 넘어가는 추운 겨울밤에
이 작고 연약한 생명이 그저 몸 한번 누일 만한 사 분의 일 평
정도를 내어 주겠다는 마음 하나 만날 수가 없었다. 설상가상
이모가 그렇게 부탁하고 다녔던 여파인지는 몰라도, 해 좋은 날
미미가 종종 낮잠을 즐기던 어느 일층 집 나무 벤치 위에는 웬
짱돌들이 등장했다. 그러면 미미는 또 귀신같이 알아듣고 마음이
상해 다시는 그 집 근처에 얼씬도 하지 않았다. 여하튼 그래서
올해 겨울도 미미는 지하 주차장으로 갔다. 한번은 이모가 끝까지
따라가 봤더니, 글쎄 높은 천장에 온수 파이프 위로 훌쩍 도약해
올라가는 그런 섹시한 모습을 보여 주더란다. 하지만 얼마 지나지

않아 또 다리를 절기 시작하는 것 같더니, 밥 먹으러 나오지도
못하고 두문불출하는 게 아무래도 주차장 후미진 곳 어딘가에 숨어
지내는 것 같아서, 거기 어디 구석진 곳에다 이모는 자신의 체취가
묻은 무릎 담요를 가져다 놓았다. 그랬더니 아니나 다를까, 며칠 뒤
거기에 털을 잔뜩 묻혀 놓았다. 그러고서 얼마 뒤 다시 낮에 이모를
만났을 때는 눈빛이 좀 말랑해져 있었다.

"그래도 요즘은 사람들이 처음 같진 않아. 이제는 거의들
포기했나 봐."

이렇게 말하면서 이모는 호쾌하게 웃는다. 사실 그녀는 혹시라도
애들 밥 먹이기에 불리해질까 싶은 마음에 언제든 고개를 숙여
죄송하다 할 뿐, 단 하루도 자기 하던 일을 접은 적은 없다.
정말이지 단 하루도. 앞으로도 접을 생각은 없다.

"내가 처음 이 일 시작할 때, 그냥 이거 하다 어느 날
길바닥에서 쓰러져 죽는 게 꿈이라고 했거든. 그랬더니 우리
애들이 막 질색하면서 화를 내더라고."

그 막 질색하던 아들은 이따금씩 엄마에게 호출을 당해 빗물
진흙탕에 빠진 고양이 집 밑바닥에 팰릿을 깔아 놓고 가기도 하고,
관리 사무소에 방문해서 어머니의 지나친 선행에 대한 양해를
구하기도 한다. 또 막 화를 내던 딸은 주말이면 종종 엄마와
동행해서 조수 노릇을 하며 턱을 조심해라, 계단을 조심해라,
이런저런 잔소리를 해 대기도 하고, 새로 밥 손님이 나타나면
잽싸게 이름을 지어 놓고 가기도 한다. 실은 보둥이도, 부비도,
보리도, 다 그녀가 지은 이름들이다.

"할아버지는 좀 아파. 집에 있지. 나랑 이거라도 같이 다니면
좋을 텐데."

이모 남편 얘기다. 이모는 자기 남편을 자꾸 할아버지라고 부른다.
또 이모 말에 따르면, 할아버지는 성격이 안 좋은 것도 주름이 많은
것도 꼭 부비를 닮았단다. 어느 정도 주름이 많은가 하면, 오죽하면
초등학교 때 별명이 '늙은 호박'이었다고 한다.

"내가 그 주름에 속았지."
"므슨 말이에요, 이모?"
"크린트 이스트우드가 주름이 멋있잖아. 내가 그 남자
좋아하거든."

클린트 이스트우드 얘기다.

"너가 진짜 좋아하는 영화가 「석양의 무법자」 같은 영화야.
그 영화는 정말 몇 번을 봐도 질리지가 않고 너무 재미있어.
그런 영화 보면 왜, 주인공이 굉장히 남자답잖아. 화끈하고
유거도 있고. 그리고 머리는 좋아서 사람들을 속여 가지고
돈기나 보물을 가로채는데, 알고 보면 또 정의롭잖아. 반대로
악강들은 좀 인간적이고. 나는 그런 게 좋더라. 진짜 선인도
진짜 악인도 없는 그런 거. 하지만 결국에는 정의로운 거."
"자신만의 정의를 쫓는 이야기를 좋아하시나 봐요."
"응, 옛날부터 그랬어, 나는. 원래 내가 제일 좋아하던
주인공이 루팡이거든?"
"고도 루팡? 의적이잖아요.'
"엄마가 좋아하는 한국 영호는 「전우치」예요."

이모의 딸이 듣다가 옆에서 끼어든다.

"전우치도 제멋대로 양반들 골탕 먹이고 하잖아요."
"나 미야모토 무사시도 좋아해."
"그러니까 가만 보면, 우리 엄마 좋아하는 남자는 맨 다
도둑놈들, 사기꾼들, 총 들거나 칼 든 놈들이에요. 그런
무법자들이 나와서 자기 마음대로 하는 그런 영화만
좋아한다니까요?"
"맞아, 나는 그런 게 좋아! 보면 아주 속이 다 시원해!"

은애 이모의 아버지는 한량이었단다. 말하자면, 그 옛날 경성의
모던 보이 같았던 그런 남자. 팔자 좋은 부잣집 도련님으로 태어나
백바지 입고 백구두 신고 놀러 다니다가 길가에 거지를 보면
문득 즉 윗도리를 벗어 주고 오던 그런 남자. 또 6·25 때는 직업
군인이었는데 군량미를 실은 배에 피난민들을 태웠다가 다들
너무 배고파하니까 일단 쌀을 풀어 먹이고는 감방에 갔다던
그런 남자. 전쟁이 끝난 뒤에도 그는 여전히 현실로 돌아오지
못했다. 집안의 돈을 족족 가망 없는 사업과 한정없는 음주에 써
버렸다. 그래서 그렇게 밖으로 떠돌다가 모처럼 집으로 돌아오던
날에는 술김에 집 안의 가구들을 왕창 때려 부수기나 했지만,
놀랍게도 세 딸들에게만은 상냥한 말투를 잃지 않았던 자상한
아버지였다고 한다.

"어느 날은 내가 숙제하는 걸 옆에서 보고 계시다가
그러시더라고. '아유, 우리 은애는 글씨도 참 잘 쓰는구나.'
그때 내가 기분이 너무 좋았어. 참 따뜻했어, 사람이."
"잘생겼었잖아. 우리 외할아버지, 키도 컸고 영화배우 뺨치게
잘생긴 얼굴이었어요."

"남자답게 생겼었지. 나는 그래. 남자다운 남자가 좋아.
쫌스러운 남자, 너무 싫어.'

이모 남편 얘기다.

하물며 고양이 세계에서도 그런 수컷다운 수컷이 좋다고 이모는
말한다. 몇 해 전 이모가 간단한 수술을 받고 입원했던 동안에 잠시
잠깐 딸내미가 밥 자리를 맡아 즌 일이 있었는데, 그때 보리가
나타났다. 진한 카키색 털이 마치 군복이나 제복을 갖춰 입은
것처럼 근사했지만, 눈빛은 잔뜩 겁에 질려 있었다. 인상적이었던
건, 눈이 마주치자 무서워 벌벌 떨면서도 절대로 시선을 피하지는
않았다. 그런데 실은 이런 모습을 꼭 닮았던 아이 하나가 그
반년 전쯤에 경비실 옆 수풀 밑에서 의문사한 채 발견된 일이
있었다. 그래서 이모 딸은 '너는 절대로 죽지 않고 계속 보리'라는
의미로 그의 이름을 보리라 지었다. 보리는 얼핏 사나운 야생
동물을 연상시키는 털 무늬를 가졌지만, 알고 보면 이모를 거쳐
갔던 수많은 수컷 고양이들 중에 가장 순둥이다. 게다가 암컷
고양이에게는 신사다. 처음 미미를 봤을 때부터 제 엄마 생각이
나서 그러는지 무척이나 따랐는데, 아무리 땅바닥에 뒹굴고 어필을
해 대도 미미가 앙칼지게 울어 다며 가까이 오지 마라 선을 긋자,
보리는 떠나지는 않으면서도 그 선을 찰떡같이 지켜 냈다. 그리고
마침내 이런 작전이 통했던 건지 얼마 전부터 약간의 거리를
유지한 채로 미미 곁에 앉아는 있을 수 있게 됐다.

이모는 집 앞 밥 자리 말고 조금 떨어진 곳에 있는 아파트 건너편의
공터, 이른바 '텃밭'의 고양이들에게도 밥을 주러 간다. 매일 가는
건 너무 힘들어서 이삼 일에 한 번, 큰마음을 먹고 간다. 텃밭의
삶은 훨씬 거칠다. 추위와 눈비를 피할 지하 주차장은 없고,

침입자는 많다. 서열 싸움을 위한 각개 전투가 벌어지면, 누군가는
필히 긁히고 다치고 심지어 피를 흘리기도 한다. 팔 년 전만 해도
이곳에는 열 마리 정도 고양이들이 활개를 치고 있었지만, 세월이
흐르면서 자연스럽게 숫자가 줄어들었고 지금은 단 네 마리만이
자리를 지키고 있다. 한창 고양이 무리들이 날뛰던 시절 이곳에는
대장인 흰노가 있었다. 흰노는 무척 점잖고 관용적이었던 수컷으로
특히 여성과 노약자를 우대할 줄 알았다. 다른 암컷 고양이들이나
어린 고양이들이 차례로 급식을 다 받고 난 뒤에야 자기 것을
달라 해 챙겨 먹었고, 다른 동네 수컷들이 다가와 공격할라치면
날아가듯 달려가 단숨에 상대를 제압했다. "흰노 다음 대장이
점박이였지. 점박이가 원래는 망나니였는데 대장이 되고 나서
의젓해졌던 것도 다 흰노를 보고 배웠던 거 같아. 여자들이 막 짜증
내면 남자답게 받아 주는 것도 그렇고. 지금 노리도 그렇잖아.
찐불이, 연불이, 외눈박이 삼비한테까지 부드럽게 대한다고. 이 터가
대대로 그런 거 같아."

한편, 부비 등살에 아들을 데리고 떠났던 솔이를 아주 아기 때부터
데리고 있었던 아빠 고양이도 있었다.

"보통은 엄마들이 돌보잖아. 그런데 솔이는 아빠랑 있더라고.
얼굴이 커다란 게 분명 아빠였어. 아빠가 웬 애기 고양이를
데리고 와서 밥 자리를 가르쳐 주고, 먹는 것도 끝까지 옆에서
쳐다보고 있는 거야. 참 나, 또 그렇게 부성애가 있는 고양이가
있더라. 근데 그렇게 며칠을 데리고 오더니, 어느 날부터는 솔이
혼자 왔어. 나중에 캣 맘들한테 들어 보니까, 원래 고양이들이
자기 밥 자리를 자식한테 물려주고 떠난대. 멋있지?"
"멋있어요."

그러면서 나는 이모에게 솔이라는 이름은 누가 지었느냐고 물었다.

"내가 지었어. 원래 미미가 있었으니까. 미미는 처음 만났을
때부터 다들 미미라고 했으니까. 근데 도레미파솔라시도
중에 미미잖아. 그래서 그다음엔 라라, 그다음엔 솔이, 그랬던
건데, 글쎄 라라라고 이름만 붙여 놓으면 자꾸 없어지고 죽고
그러는 거야. 그래서 그 이름은 이제 안 써. 참 왜 그럴까.
라라라는 게 원래 슬픈 이름인가. 왜, 「닥터 지바고」의 라라도
슬프잖아……."

아빠로부터 밥 자리를 물려받고 간 뒤에 솔이는 임신만 세 번을
했다. 얼굴도 몸매도 청순하고 관능미가 넘치던 솔이는 한마디로
타고난 '미묘'였고, 짐승도 예쁜 건 다 아는지 그렇게 허구한
날 윗동네 아랫동네 수컷들이 솔이만 보면 정신을 못 차리고
쫓아다녔다.

"어느 날 보면 또 한 놈이 와서 추근대고 있는 거야. 그런데
솔이는 아주 남자라면 지긋지긋해 하는 게 내 눈에 보이니까,
내가 떼 내 주려고 하지. 근데 아무리 혼내고 쫓아내고 해도
결국엔 가지를 않아, 이것들기. 솔이 수술? 시키려고 얼마나
노력을 했는지 몰라. 죽어도 안 잡혀. 아무리 미끼를 써서
유인해도, 구청에서 몇 날 밤 철창을 가져다 놓아도, 다른 애들
다 잡혀도 솔이 혼자 절대로 안 속는 거야. 아유, 고거 새끼
키우는 거 봤을 때는 또 얼마나 마음이 짠했는지……. 한동안
안 보이더니, 처음으로 물고 왔더라고. 근데 한 마리씩 물어서
갖다 놓아야 하잖아. 그러면 그사이 저기 있던 다른 한 마리가
도망을 가. 그럼 또 잡으러 가고. 걔 잡아서 겨우 물어서 갖다
놓으면 또 저기 다른 애가 도망을 가니까 또 잡으러 가고…….

진짜 애기 때는 사람이 만지면 어미가 새끼 버린다고 하잖아. 그래서 발 동동 구르면서 옆에서 지켜보고 있었지. 근데 어느 날 보니까 갑자기 새끼들이 없어졌어. 잃어버린 건지, 어디 두고 온 건지, 없더라고⋯⋯. 그렇게 해서 아들 누리 한 마리만 남았던 거야. 그랬더니 걔를 못 놓아 가지고 결국 나중에는 마마보이를 만들어 놨잖아. 아마 지금도 같이 있겠지?"

한편 텃밭에 있는 암고양이들은 죄 잡아 수술을 시킨 지 오래다. 쌍둥이처럼 똑 닮은 흰 고양이 자매 찐불이와 연불이에게도 한때 새끼들을 잔뜩 낳아 기르던 시절이 있었다. 그때는 이모가 처음으로 이 일을 시작했을 무렵이었고, 그래서 무엇을 어떻게 해 줘야 할지를 더 몰랐다.

"하루 만에 글쎄, 그 애기들이 다 죽어 있는 거야. 애들이 어쩔 줄을 모르고 멍하니 있더라고. 내가 기가 막혀서, 너무 참담해서, 그 애기들을 하나씩 거두어서 묻는데 그때 내 옆에 흰노가 계속 있어 주더라. 가지 않고서. 마치 뭘 아는 듯이⋯⋯."
"그때 엄마가 많이 울었어요. 살면서 우리 엄마 우는 거, 몇 번 못 봤거든요? 길바닥에서 걸어오면서 애처럼 울고 있더라고요. 설거지하다가도 울고."
"새끼들 잃고 나서, 연불이가 많이 힘들어했어. 까만 고양이 초코라고 있었는데, 걔랑 또 다른 애기랑 저기 밑에 빌라에서 데려와서는 꼭 자기 새끼인 것처럼 물고 빨고 키우더라고. 지극정성으로⋯⋯. 그때 내가 참 놀랐어. 그랬는데, 그 새끼가 또 죽은 거야. 그때 걔 잃고 나서 연불이가 나한테 절대로 안 오잖아. 늘 멀리서 지켜만 보고."

사실 이모가 이 일을 시작하게 됐던 건, 강아지와 산책을 나가던
길에 어느 길고양이가 차에 치여 죽은 걸 보고 나서였다. 그
얼마 전에도 길고양이 한 마리를 마주친 일이 있었다. 비 내리던
날이었다. 그날 이모는 강아지를 안고서 아파트 공동 현관을 막
나서려던 참이었는데, 작은 고양이 한 마리가 열린 문틈으로 뛰어
들어오며 비를 피하는 걸 보게 됐다. 그 고양이 역시 이모를 봤다.
그리고 이모의 품에 폭 안겨 있는 강아지를 한참 빤히도 봤다.

"그걸 내가 애써 못 본 척하건서 돌아섰는데, 바로 며칠 후에
길고양이가 차에 치여서 죽은 걸 보게 된 거야. 혹시 죽은
녀석이 그 녀석일까 싶더라그."

그리하여 결국에 그녀는 이 운명을 받아들이게 됐다.

"얼마 전에는 요 앞에서 비둘기 한 마리도 치여 죽었어. 조금만
천천히 달려왔으면 괜찮았을 텐데……. 그것도 다들 못 본
척하길래 내가 치웠지."

처음 밥 주러 다닐 때야 엄청 많이 울었지만, 이제 이모는
그렇게까지 울지는 않는다. 늘 보이던 애들이 갑자기 안 보이면
또 어느 상자 집 안에 들어가 죽어 있나 싶어 컴컴한 구멍 안으로
팔을 쑥 넣어 더듬어 볼 수 있을 만큼, 그만큼이나 대담해졌다.
하지만 그렇게 수많은 죽음들 가은데서도 차마 실컷 울지도
못할 만큼 마음이 힘들었던 적이 있기는 했다. 특히 환희에 대한
기억이 그랬다. 그래서 우리는 요즘도 환희의 이야기만은 될수록
피하고 있다.

때는 초여름, 석양빛이 유난히 따스했던 날이었다. 이모가 미미에게
밥을 주고 있길래 늘 그랬듯이 다가가 보았다. 기분 내키는 날이면
미미는 아스팔트 바닥에 드러누워 등을 비비며 자기 양손을 주었다
뺏었다 갖은 교태를 부리곤 한다. 그날도 한참을 그렇게 놀고
있었는데, 저만치 오토바이를 탄 관리 사무소 전기 수리공 아저씨가
우리를 유심히 보며 지나가는 게 느껴졌다. 얼마 후, 다시 오토바이
소리가 들리길래 봤더니 역시나 다가오고 있길래, 이모와 나는 서로
말만 안 했지 또 한소리 듣겠구나 싶어 바짝 긴장을 하고 있었다.

　“저기, 고양이 밥 주시는 거죠?”

아저씨는 경비 초소 쪽을 흘끔거리며 조심스럽게 말을 걸어왔다.

　“다 줬어요. 금방 갈 거예요.”
　“여기 지하 주차장에 새끼 고양이가 있어요. 본 지 몇 달
됐는데, 엄마가 거기 낳아 놓고 버리고 갔나 봐요. 빼짝 말라
가지고, 걔 죽어요, 인제.”
　“여기 지하 주차장이요? 차 대면서 한 번도 못 봤는데요?”
　“있어요, 삼층에. 거기서 못 나오고 있어요. 볼 때마다 불쌍해
죽겠어요. 걔 죽어요, 인제.”

그렇게 걔 죽어요, 인제, 라는 말만 연거푸 남기고서 전기 수리공
아저씨는 다시 떠났고, 이모와 나는 곧바로 지하 삼층으로 갔다.
엘리베이터가 없는 지하 삼층 주차장에는 쓸모 있는 기둥부터
쓸데없는 기둥까지 웬 기둥들이 그렇게나 많던지……. 그만큼 빛이
닿지 않는 컴컴한 구석들이 수두룩해 돌아 들어가는 길에서든 돌아
나오는 길에서든 등을 돌릴 때마다 덜컥덜컥 자꾸만 겁이 났다.

이런 곳에서 대체 아무것도 모르는 아기 고양이가 어떻게 살고
있다는 걸까. 무얼 먹고, 무얼 마시며, 무얼 보고 듣고 느끼며 홀로
살아서 있다는 걸까…….

　　"고양아…….”
　　"야옹아…….”
　　"나비야…….”
　　"애기야…….”

그렇게 이름 없는 고양이를 한참 동안 불렀어도 소득이 없던 차에,
결국 아기를 찾아낸 건 마침 또 퇴근길에 들렀던 이모의 아들이었다.
상황 설명을 듣자마자 그는 넌더리가 난다는 듯이 미간부터 확
찌푸렸다.

　　"또 시작이야, 또. 하, 제발 쫌……!”
　　"얘가 힘이 들어서 이래. 벌써 내가 구한 아기 두 마리가 얘네
　　집에 가서 살고 있거든.”
　　"입양은 한 서너 마리 보냈어요.”
　　"그중에 한 마리는 나랑 상관없잖아. 길 가다가 배수구 밑에서
　　웬 고양이 울음소리가 들려서 봤더니 거기 또 웬 아기가 빠져
　　있거래. 비 억수로 오던 날에. 그래서 얘랑 우리 며느리랑
　　모르는 남자 고등학생 두 명이랑 넷이서 한 두어 시간 동안
　　비 다 맞아 가면서 그거, 배수구 철창 뜯어내 가지고 그래서
　　살렸잖아. 걔 우리 집에서 한 일주일 놀다가 해남으로 입양
　　갔어. 바닷가에 있는 마당 넓은 집에. 걔 이름이 뭐였지?”
　　"햇살이.”
　　"야가 어릴 적부터 학교 앞에 아픈 병아리들은 다 사 오고, 길
　　가다가 남이 버린 강아지들은 다 데려오고 그랬어. 원래 착해.”

"아니요, 안 착해요. 그리고 저는요, 일생 꿈이 안 착하게 사는
거예요. 저는요, 나중에는 막 떠돌아다니면서 살 거예요. 제
마음대로. 발길 가는 대로."

어쨌거나 나중에 꿈이 뭐든지 간에, 일단 그는 지하 삼층부터
지하 일층까지 주차장 구석구석을 뛰어다니면서 모조리 뒤져
대기 시작했고, 결국에는 지하 이층 차바퀴 뒤에 숨어 있던 아기
고양이를 찾아냈다. 찾자마자 금세 잘도 잡아 냈다. 노란색 가냘픈
치즈 고양이를 한 팔에 감아 안고 일어서던 순간, 그의 얼굴 위로
형언할 수 없는 슬픔 같은, 어쩌면 공포 같은 표정이 흘러내렸다.

"……너무 가벼워요."

나는 얼른 손을 내밀어 꺾여 있던 아기의 목을 바로 세워 주려
했는데, 그 목이란 게 마치 어린 시절에 하도 갖고 놀아 다
헐어 버렸던 봉제 인형의 모가지처럼, 금방이라도 끊어질 듯이
달랑거리고 있어 온몸에 소름이 돋았다.

야간 동물 병원에서는 아기가 극심한 기아 상태로 현재 뭘
해도 몸에 무리가 가서 조치할 수 있는 것이 마땅히 없고 며칠
따뜻한 곳에서 조금씩 먹이며 지켜볼 수밖에 없겠다고 했다.
나이는 추정하기로 사오 개월 정도 돼 보이지만 정확치는 않고,
영양이 공급되지 않은 상태에서 간신히 성장을 하느라고 어느
정도 길쭉하게 늘어나기만 한 거라면서, 고작 요 몇백 그램의
몸무게로 지금까지 살아 있는 게 기적이라고 했다. 처음 만나 보는
바깥세상의 빛과 소란 속에서 아기가 할 수 있는 일은 그저 두
눈을 꼭 감고 애써 그르렁거리는 것뿐이었다. 물론 제대로 소리 낼
기운조차 없어 보였다. 작은 주사기 끄트머리를 입가에 대 주고

물을 줘도, 어떻게 받아먹어야 할지 감이 잡히지 않는 모양이었다.
하지만 쉬지 않고 입가에 물을 묻히자 어느덧 조금은 빨아 먹기
시작했고, 연이어 아기 츄르를 갖다 대자 비로소 생존에의 본능이
휘몰아치는지 필사적으로 입을 달싹이기 시작했다. 그러나
그것마저 곧 그만두었다. 한마디로 먹을 기운조차 없어 보였다.

그날 밤 이모는 밤새 아기를 보느라고 한잠도 못 잤다. 반면 아기는
마치 죽은 듯이 잤다. 겹겹이 쌓인 베갯잎 위에 드러누워 보드라운
가제 수건을 덮고서, 태어나 처음으로 따뜻한 잠을 잤다. 참, 그게
밤이었는지 아침이었는지 기억이 가물가물한데, 그사이 우리는
아기 이름도 지었다. 해남 가서 포동포동 살찐 '햇살이' 같은 이름이
좋겠다면서 이모 딸이 몇 가지 비슷한 이름들을 생각해 왔고,
그중에 이모가 골랐다. 그게 '환희'였다. 앞으로 남은 생이 빛처럼
환하기만 하라고, 그래서 환희.

환희의 아침은 웬 백발 거인의 동그란 미소로부터 시작됐다.

　　"환희야, 까꿍! 잘 잤어?"

그 아침에 환희는 분명 눈을 떴고, 은애 이모를 마주 봤다. 심지어
기지개도 켰다. 이모는 "아가야, 좀 더 자" 하며 가제 수건 위에
손을 살포시 대어 토닥여 줬다. 환희는 그렇게 지상 세계에서의
첫날 아침에, 자신의 몸 위로 덮이는 약간의 온기와 기분 좋은
무게감을 만끽하면서 다시금 눈을 감았다. 그러더니 얼마 지나지
않아 몸을 비틀면서 괴로워하기 시작했다. 이모가 내게 SOS를
쳤다. 나는 차에 이모와 환희를 태우고 병원으로 내달렸다.

　　"어제 그 병원에서 그냥 집에 데려가라는 게 포기하라는 말

아니었을까? 다른 병원으로 가는 게 낫지 않을까?”

이모는 울상이 되어서 물었고, 나는 헷갈렸다. 이모 딸로부터
전화가 걸려 왔다.

“알아봤는데, 얼마 전에 길고양이 치료해서 살려 준 의사
선생님이 우리 동네에 계시대요! 이리로 와요!”

●

가끔씩은 은애 이모가 옛날이야기를 해 주기도 한다. 초등학교 때
한번은 혼자 마을에서 나가는 장례 행렬을 따라간 적이 있었다고
한다.

“그때는 내가 도무지 집에 있기가 싫었어. 그래서 그렇게
혼자서 막 떠돌아다녔던 것 같아. 어릴 때부터. 내 마음대로,
발길 닿는 대로…….”

마을 사람들이 옛날식으로 상여를 지고 가며 이제 가면 언제 오나,
어야디야, 하는 장례였고, 그게 참 신기해 보였다고 한다. 그래서
한참 따라가다 보니 깊은 산속까지 가게 됐고, 거기서 사람들이
관을 내려 묻은 뒤에 다 함께 둘러앉아 끼니를 먹는 것까지도
구경하게 됐다고 한다.

“근데 거기서 글쎄, 개를 잡아먹는 거야. 사람들이 개를 묶어
놓고……. 너무 끔찍하고 너무 무서웠어.”

그러면서 이모는 계속해서 말한다.

"그때부터 나는, 하느님도 참 무서웠어. 보통은 사랑의 하느님, 자비로운 하느님이라고 하잖아. 그런데 나한테는 항상 무서운 하느님이었어. 성서를 봐도 그렇잖아. 맨날 무슨 벌을 내리고, 도시를 멸망시키고, 홍수를 나게 하고……. 그러니까 어느 날 가만히 생각해 보면, 이해가 안 되는 거야. 아니, 하느님은 왜 이런 식으로 생명을 만들어 놨을까? 왜 늙으면 아파야 되고 아파서 죽어야 할까? 아니, 왜 강한 것이 약한 것을 잡아먹고 못살게 구는 거를 자연의 법칙이게 만들어 놨을까? 좀 다른 법일 수는 없었을까? 왜 이런 법 같지 않은 법을 자기 마음대로 지어 놨을까?"
"신이 없다는 생각은 안 드세요?"

나는 반문했다.

"과연 신이 있나 싶긴 하지. 근데 신은 있는 거 같아. 그렇지 않아? 보면, 너무 신기하잖아? 이 세상 생긴 거 하나하나가 다……."
"이렇게 가만히 손톱 자라는 거 보고 있으면 신기하다고, 신이 있는 것도 같다고 하세요."

퇴근길에 또 호출당해 온 이모 아들이 말했다.

"그건 할아버지가 하는 말이고."

이모가 바로잡았다.

•

우리가 함께 환희를 묻던 날에는, 그날에는 나무뿌리에 삽이
걸려서 흙을 파내기가 너무나 힘들었고, 그 기억 때문인지 이모는
다음번에는 새로 호미를 사 와서 환희 곁에 부비를 묻었다.

이모 딸 동네에 길고양이를 살려 줬다던 의사 선생님의 병원은
병원비가 비싸도 너무 비쌌고, 그래선지 처치실 안의 에어컨 바람은
또 소스라칠 만큼 차가웠다. 그들은 환희의 몸통 같지 않은 몸통
어디에 수액 바늘을 꽂아야 할지를 몰라 수십 초를 헤맸고, 바늘이
제대로 꽂혔는지를 확인하느라고 다시 또 수십 초를 헤맸다. 그런
동안 간호사 한 명은 계속해서 드라이기로 환희의 몸을 덥히고
있었다. 결국 환희는 산소 발생실 안으로 들어가게 됐고, 돌아
나오자마자 이모는 절망적으로 중얼거렸다.

　　"아무래도 안이 너무 추운 거 같아. 병원에 괜히 데려온 거
　　같아."

이모의 입술이 새파랗게 질린 걸 보면서 나는 희망을 얼버무렸다.

　　"병원에는 왔어야 했어요. 이제 따뜻하게 해 줄 거예요."
　　"어떻게? 드라이기로?"

이모는 구체적으로 물었고, 내게는 책임질 수 있는 말이 없었다.
우리는 되돌아가서 다시 한번 따뜻하게 해 달라고 부탁했지만,
그게 과연 될는지 확신할 수 없었다. 접수처의 간호사가 뒤늦게
길고양이의 이름이 뭔지를 물었다.

"환희요."

"하니?"

"아뇨, 환희."

그녀가 잠시 멈칫하며 나를 봤다. 마치 그 이름을 책임질 준비가 돼
있냐는 듯이.

"환. 희."

나는 일부러 더 또박또박 말하면서, 이름의 기운이 전해지기를
간절히 빌었다. 검정색 네임펜이 그 빛나는 이름 두 글자를 묵묵히
적어 내리는 것을 보면서.

·

그날 처치실로 들어가기 직전까지 환희는 내내 은애 이모의 품 안에
안겨 있었다. 이모는 환희를 마치 진짜 아기 안듯이 안고 있었다.
그러니까 배가 위로 향하도록. 얼굴이 이모와 마주 볼 수 있도록.

그래서 그때 나는 볼 수 있었다. 고통스럽게 파르르 몸을 떨던
환희가 이따금씩 가늘게 눈을 뜨며 자신을 내려다보고 있는 이모의
동그란 얼굴을 확인하고 또 확인하던 순간을. 환희는 어느새 그
얼굴에 조금은 익숙해진 것 같았다. 그런 느낌의 안도하는 듯한
눈빛이었다. 그런데, 단지 그것만은 아니었다. 이내 환희는 눈을
조금 더 크게 떴고, 조금 더 선명하게 보려고 애를 썼다. 그래서
환희의 동공은 크게 벌어지다 못해 아예 풀어지는 것도 같았다.
마치 눈꺼풀이 도로 감겨 버리기 전에 조금이라도 더 이모의 모습을
담으려는 것처럼, 그렇게 환희는 마지막 안간힘을 쓰고 있는 것

같았고, 이모 역시 그런 환희를 느끼는 듯이 최대한 눈을 맞춰
주면서 웃는 얼굴로 버텨 내고 있었다.

　　"괜찮을 거야, 환희야. 환희야, 괜찮아……."

그리고 그 순간, 아무것도 이해하지 못한 채로 떨고 있던 환희의 그
푸르른 눈망울 속에서, 나는 언뜻 그곳에 비친 어떤 신의 얼굴을 본
것도 같았다.

한동안 비 온 뒤 무지개를 찾듯 나의 영화를 찾아다녔다. 내가
만들 영화, 나만이 만들 수 있는 영화가 어느 날 문득 저 하늘 위로
빛의 환영처럼, 그렇게 내 눈앞이 나타날 것 같았다.

그래, 환영. 헛된 그림자. 내게는 그게 영화였다. 그리고 너무
오랜 시간 그것만 찾다 보니, 어느새 그건 내가 되어 있었다. 나는
늘 높은 곳만 보느라고 목이 꺾여 있었고, 늘 빛나는 데만 찾다
보니 눈이 부셨다. 그러다가 밤이 되면 또 어김없이 내 누울 자리로
돌아와야 했는데, 그곳은 아주 낮고 어두운 밑이어서 가뜩이나
침침해진 내 눈은 점점 더 약해져만 가는 것 같았다. 어느덧
나는 밝은 곳으로 나가는 걸 두려워하고 있었다. 신을 신는 건
어려워졌고, 눈을 뜨는 건 힘겨워졌다. 그래서 차라리 눈을 감아
버렸고 그런 채 풀썩, 언 땅 위에 드러누워 버렸다. 흐느꼈다. 또
흐느꼈다. 결국엔 흐느끼는 것도 귀찮아졌다. 그런데 아마 그

무렵이었을 것이다. 어둠 속에서 나의 영화를 발견한 것은. 그것은
언젠가 반드시 내 손으로 피워 올리리라 했던 그 휘황한 불꽃
같은 영화는 아니었고, 그저 어느새 내 안에 남게 됐던, 누군가
다른 사람이 만들었던 어떤 영화의 희미한 잔상이었다. 사실 누가
만들었는지는 별로 중요하지도 않았는데, 왜냐하면 그것은 이미
나의 영화였기 때문이었다. 그러니까 보는 순간 나만이 알아봤고
나만이 가졌으며 그런 식으로 내 안에서 '영원'해질 수 있었던 진짜
나의 영화 말이다. 나는 그것에 대해 그만 까맣게 잊고 있었다.

그때로부터 차차 나는 기억해 내게 됐다. 영화의 진짜 자리는
허공 위에 있지 않다는 것을. 원래부터 내 영화는 나와 있는 거였고,
내가 눕는 내 땅 위에 있는 거였다는 것을. 그리고 그런 건 내가
굳이 이렇게까지 떠벌릴 필요도 없이, 세상 사람들도 이미 다 알고
있는 진실이라는 것을……. 무대 위의 영화는 내 영화와 다르다는
것. 그러니까 제아무리 잘생기고 아름다운 영화가 풀 메이크업을
하고 드레스를 뻗쳐 입고 번쩍거리는 트로피를 흔들면서 잠시 잠깐
내 심장을 두근거리게 만들었더라도, 그 영화를 내 인생으로 들이는
것은 전혀 다른 문제라는 것. 영화는 사람들에 의해 존재하고,
사람들을 위해 존재하며, 사람들의 가운데에 존재한다는 것.

그리하여 나는 그 땅 위의 영화들과 그들의 주인들을 찾아다니기
시작했다. 뭐, 그것보다 궁금한 일이 별로 없었다. 알던 사람들이나
작품 취재를 위해 만난 사람들에게 살면서 자신만의 영화를 만났던
이야기를 해 달라고 조르기도 했고, 가끔씩 그 이야기를 듣기
위해 부러 모르는 사람들을 만나기도 했다. 이 책은 그와 같았던
만남들을 나만의 방식으로 기록해 낸 결과물일 뿐이다.

◆

책 속에 등장하는 인물들의 이름은 대부분 실명이 아니다. 신원을
보호하기 위하여 혹은 다른 목적을 위하여 필요하다고 판단되는
경우, 내용을 각색하거나 편집했고 일부분 창작도 했다.

대체 무엇이 될는지, 되기는 할는지 모르겠는 이 작가와 이 책을
믿어 주시고, 세상에 누군가는 필요로 할지 모르는 자신만의 유일한
이야기를 내어 주신 분들께 존경과 감사의 인사를 드린다. 또
충분한 대화를 나눠 주셨음에도 결과적으로 이번 책에 포함되지
못한 분들께는, 죄송하다는 말씀과 함께 의미의 폭이 더 큰 감사의
인사를 드린다.

추천사를 써 주신 나의 오랜 동행자, 내 '영원'한 영화의 스승님,
이창동 감독님은 이 책에 대한 최초의 발상부터 기뻐해 주셨고
믿어 주셨다. 이 자리를 빌려, 늘 아낌없이 대련하며 페어플레이
해 주심에 감사드린다. 제자는 그 점을 무척 닮고 싶다. 정중히
손 내밀어 주신 무제 출판사 박정민 대표님께 감사드린다. 작가로서
내가 살아오며 더없이 존중받은 시간을 선물해 주셨다는 것을
아실는지 모르겠다. 해 나가시는 일들에 두 손 모아 지지를 표한다.
무제 출판사의 단단한 품 안에서 세상으로 나갈 채비하는 동안,
보이지 않는 곳에서 책의 몸이 되어 주시고 발이 되어 주신 권은경
편집자님, 김아영 이사님, 플레인아카이브 백준오 대표님과
이한솔 피디님, 프론트도어 강민정 디자이너님, 그리고 오디오북에
소중한 목소리와 손길을 내어 주신 모든 분들께 감사드린다.
한 번도 뵌 적 없지만 추천의 말씀을 주신 김혜리 기자님께
감사드린다. 오래전 속단하지 않고 바라봐 주시던 그 그윽한
시선에서 계속 써 나갈 힘을 받은 바 있다. 언젠가 뵙게 된다면
뜨거운 차 한잔 나누고 싶다. 완성된 원고가 제 둥지를 찾기 전에

기꺼이 읽어 주시고 용기 북돋아 주신 문학동네 김수연 선생님과
「버닝」의 전우, 굿데이필름 옥광희 대표님과 넷플릭스 프로덕션
디렉터 하정수 님께 감사드린다. 마지막으로 신영복 선생님과
최진리 배우님, 낯설어하던 신인 작가에게 늘 따뜻하게 대해 주셨던
두 분 고인의 마음을 이 자리에 조용히 새기고 싶다.

바야흐로 나는 여기 모인 마음들에 부끄럽지 않을 만한 영화를
만들어 낼 수 있겠는가, 이 부담스러운 각성만이 남게 된 것 같다.
그러나 혹여 이 무게에 마음이 짓눌릴지라도, 내가 들은 고백들은
한 권의 책이 되어 세상으로 나아갔다는 것, 그러므로 더 이상
나만의 것이 아니게 되었다는 것을 되새기면서 이를 위안 삼으려고
한다. 사실 한 권의 책이, 혹은 한 편의 영화가 다만 나를 통하여
가는 것일 뿐 이미 나를 넘어섰다는 생각이 들 때는, 그때는 그것에
대해 내가 더 이상 할 수 있는 것도, 해야 할 것도 없다는 깨달음이
일면서, 어째 그런 게 서운하기도 하고 허무하기도 해 나는 한동안
아프다가 다시 또 자유로워지고는 한다. 그리고 그렇게 한바탕
겪어 낸 뒤에는 언제나 그랬듯 원래 내가 있던 내 자리에서, 그저
한 번 더 귀 기울여 보는 것뿐이다.

2025년 9월
오정미

마음을 열게 하는 새로운 글쓰기

처음에 오정미가 영화에 대한 평범한 사람들의 인터뷰를 담은
글을 써 보고 싶다고 했을 때, 솔직히 나는 그것이 어떤 글이 될
것인지, 왜 그런 책을 내고 싶다는 것인지 선뜻 짐작이 가지 않았다.
게다가 그것을 통해 새로운 글쓰기를 해 보고 싶다고 당찬 포부를
덧붙였을 때는 더욱 감이 잡히지 않았다. 무엇보다 나는 온갖
자극적인 것에 길들여져 있고, 넘쳐 나는 리얼리티 쇼 등으로
연예인이나 유명인들의 일상을 자기 것처럼 소비하는 요즘
독자들이 과연 이런 평범한 사람들의 이야기와 경험에 관심을
가질 것인가 의심스러웠다.

그러나 『내 모든 것』에 실린 평범한 사람들의 고백은 놀랍게도
내게 어떤 소설이나 드라마보다 흥미롭고 극적이며 다이내믹했다.

이 책에 등장하는 주인공들은 그야말로 이름 없는 보통 사람들, 이를테면 작자 자신의 가족, 어릴 적 친구라든가 요가 학원 원장, 동네 구두 수선소의 아저씨 등이다. 잘 모르는 사람에게 일부러 인터뷰를 청한 경우도 있지만, 그들 역시 평범한 사람들이라는 점에서는 다를 바 없다. 그런데도 그 평범한 관객들이 들려주는 삶의 이야기, 영화에 대한 생각은 어떤 현자의 가르침 못지않게 깊은 공감과 깨달음을 주고 있다.

먼저 책을 읽으면서 궁금했던 것은 작자가 어떻게 이런 고백들을 이끌어 냈을까 하는 점이었다. 아마도 그에게는 사람들에게서 내밀한 고백을 이끌어 내는, 아니 자발적으로 하게 만드는 놀라운 능력이 있는 것 같다. 어쩌면 그것이야말로 오정미가 가진 작가로서의 타고난 능력인지 모른다. 사람들은 그에게 지금까지 누구에게도 발설하지 못했던, 또는 자기 자신조차 깨닫지 못했던 마음의 비밀을 고백한다. 심지어 수천 킬로 떨어진 곳에 사는 인터넷 영어 회화 선생조차 화상 통화로 죽은 엄마에 대한 고백을 털어놓는다. 그럴 수 있는 것은 아마도 그가 인터뷰이에게 먼저 마음을 열기 때문일 것이고, 또한 상대는 이쪽이 마음을 열고 있다는 것을 본능적으로 느끼게 되었기 때문일 것이다. 마음을 열게 하는 것. 그것이 바로 영화가 작동하는 방식의 본질이다.

놀라운 것은 평범한 관객들의 고백을 통해 영화가 그들의 삶에 어떤 식으로 관계 맺는가를 확인하는 일이다. 영화에 대한 그들의 다양하고도 생생한 목소리는 영화 한 편이 어떻게 그들의 삶에 영향을 주고 영혼에 흔적을 남기게 되는지를 깨닫게 한다. 폭력적인 아버지로부터 학대를 당한 관객은 영화 속의 아버지를 자신의 아버지로 대신하고, 심지어 영화 속 나무 계단을 밟는 소리에게도 위로를 받는다. 몸과 마음에 폭력의 상처가 새겨진 채 살아가는

젊은 여성은 자기가 좋아하는 영화 속으로 들어가 역시 폭력의
피해자인 주인공 곁에 머물고 싶다고 말한다.

"그냥 피해자가 한 명 느는 거죠. 그렇지만 덜 외롭잖아."

나는 영화와 관객과의 소통, 그 공감의 힘에 대해 이 이상의 증언을
들어본 적이 없다.

·

열세 편 이야기의 주인공들은 그들이 좋아하는 영화의 주인공과
달리 서사의 주인공이 되지 못한, 또는 스스로 주인공이 아니라고
생각하는 사람들이다. 작자는 삶의 무대에서 끊임없이 옷을 바꿔
입으며 이름 없는 역할을 맡고 있는 사람들의 고백을 통해 서사란
것이 무엇인지, 영화와 예술이 두엇인지, 삶이 무엇인지 질문한다.
어린 시절 맞닥뜨린 작은 반병아리 사체를 통해서도 세계의
폭력을 일깨우고, 사회적 재난에 의한 수백 명의 주검 위에 세워진
어느 고급 주상 복합 아파트에 대한 누군가의 기억을 통해서는
보통 사람들의 무의식에 새겨진 트라우마와 우리 시대 욕망의
잔인함을 묻는다. 신의 침묵을 향한 죽음을 앞둔 늙은 수녀의 소리
없는 절규, 아파트 단지 내에 길냥이를 살리려고 애쓰는 할머니
캣 맘, 가수의 욕망을 이루지 못한 채 먼 이국 땅에서 치매 환자에게
노래 부르는 일을 하는 무명 가수의 이야기를 통해 삶의 의미와
진정한 삶의 용기가 무엇인지 생각하게 한다. 배가 침몰하는
순간까지 연주하는 「타이타닉」의 악사들을 기억하는 아들은
대소변도 못 가리는 병든 아버지가 죽음 앞에서 끝까지 품위를
지키도록 애쓰고, 힘들고 고달픈 일상 속에서 스스로도 삶의 품위를
지키기 위한 헛된 노력을 포기하지 않는다. 또한 작자는 독자에게

예술이란 결국 누구나 맞닥뜨릴 수밖에 없는 죽음 앞에서 품위를
지키는 행위라는 것을 설득해낸다.

『내 모든 것』의 글들은 영화의 본질, 영화와 관객과의 관계를
탐구하는 보기 드문 에세이라 할 수 있다. 영화 이야기뿐만
아니라, 뛰어난 에세이가 그러하듯 우리 시대의 문제들, 고통과
외로움, 삶과 죽음의 경계, 예술의 역할, 영화의 운명 같은 것으로
주제는 자유롭게 확장되고 심화된다. 또한 무엇보다 이 책에 실린
이야기들은 아름다운 문장으로 쓰인 열세 편의 단편소설이라고
말할 수 있다. 실은 어떤 단편소설들보다 강력하고 설득력이 있다.
그럴 수 있는 것은 이 이야기들이 결코 허구로 지어낼 수 없는 실제
삶의 생생한 디테일, 사람들의 진짜 목소리를 담고 있기 때문일
것이다.

이 책에 실린 글들이 인터뷰일 수도 있고, 에세이일 수도 있으며,
소설일 수도 있는 것은 이 글의 형식 때문이다. 아직도 우리에게는
어떤 글이나 책을 소설이니 에세이니 인터뷰니 하는 식으로
구분하는 오랜 관습이 있다. 근대 이후 삶의 방식은 엄청나게
복잡하고 다양해졌지만, 여전히 우리는 그런 관습에 따라
글을 쓰고, 도서관이나 서점의 서가에 진열된 도서들도 그런 식으로
분류되어 있다. 그러나 『내 모든 것』에 실린 글들은 기존의 장르
분류법에서 벗어나 있다. 오랜 고정 관념의 칸막이를 넘어서거나
자유로이 넘나드는, 시쳇말로 '통섭하고 융합하는' 새로운
형식인 것이다. 이 책을 읽으면서 비로소 나는 새로운 글쓰기를
하고 싶다고 했던 오정미의 말을 이해할 수 있었다.

·

『내 모든 것』은 지금까지 내가 읽은 영화에 관한 책들 중에,
그것이 영화 평론이든 에세이든, 가장 공감이 가고 가슴에 와닿는
글이라 말할 수 있다. 그리고 그것은 평범한 관객의 삶 속에 스며든
영화의 모습, 그 진실을 그들의 진짜 목소리를 통해서 들려주기
때문이라는 것 또한 부인할 수 없을 것이다. 그런 점에서
이 책은 나를 비롯한 모든 영화인들이 왜 우리가 영화를 만들어야
하는지 귀한 깨달음과 공감을 불러일으키게 될 것이다. 그리고
불안과 외로움을 겪고 있는 평범한 독자와 관객 들에게도
깊은 공감과 위로, 삶의 용기를 전해 주게 될 것이다.

—이창동(영화감독)

지하철을 탈 때면 생각한다. 얼마나 많은 기막힌 이야기들이 이
칸에 실려 흔들리고 있을까. 다들 아무렇지 않은 척 살아가는
것뿐이야.

오정미 작가는 생각에 그치지 않고 결행한다. 타인의 마음을 두드려
여태 그들의 육신을 통과해 간 고통에 대해 듣는다. 그리고 덧붙여
당신의 '인생 영화'가 무엇인지 묻는다. 「릴리 슈슈의 모든 것」,
「스텝 업 2」, 「디 아워스」, 「모가디슈 」…… 거명되는 영화는
사람들이 진술한 삶에 들어맞는 경우도 있지만 영판 엉뚱할 때도
있다. 단, 그들이 선택한 영화는 그들을 방금 들려준 사연 이상의
존재로 만든다. 영화를 보는 인간은 불합리하고 신비롭다.

어째서 인간은 영화 같은 것을 보는 걸까? 감히 짐작하건대
오정미 작가는 이 수수께끼와 제대로 부대끼지 않고서는 영화를
흔쾌히 만들 수 없는 부류의 사람이고, 『내 모든 것』은 그 모색의
기록이다. "주먹 뼈가 삐뚤어지도록 영화의 문을 두드렸다"는
작가의 문장에 나는 잠깐 숨을 멈추고, 튀어나온 다섯 개의
뼈마디를 그려 보았다. 손바닥으로 소중히 감싸고 싶은 하얀
조약돌 같은.

—김혜리(『씨네21』 편집위원)

여기 온 힘을 다해 삶을 살아 내는 사람들이 있습니다. 그들에게
삶은 말 그대로 '삶'이며, 그 고백의 문장들은 삶의 몸부림과도
같죠. 놀라운 것은 시끄러운 속을 앓는 그들에게 '영화' 따위가
뭐가 중요하겠냐만은, 그럼에도 그 속에 각자의 '인생 영화'가
있다는 것입니다.

그들의 영화는 '명작'의 반열에 있는 것들이 아니거나, 혹 그렇다
한들 영화를 바라보는 시선이 지극히 사소하고 개인적이며
조금은 비틀려 있습니다. 한 영화에 삶의 인장을 박아 넣은 '진짜'
인생 영화인 셈이죠. 그리고 그들의 고백은 내게 이제 영화를
그만 '숭배'하라고 말합니다. 그만큼 그들의 인생 영화가 애달프게
다가오나 봅니다.

나는 이 책을 읽고 자문했습니다. 내 주변에는 왜 이런 사람들이
없느냐고요.

그러다 이내 질문을 바꿨습니다. 왜 내 주변에 이런 사람들이
없을 거라고 속단했는지로요.

이 책이 담고 있는 삶과 사람은 분명히 우리와 함께 살아가고 있을
것입니다. 그리고 저는 그것을 보여 주기 위해 이 책을 만들기로
결심했습니다. 고통을 부끄러워하고 회피하는 시대에 어딘가에서는
그것을 온몸으로 받아 내는 사람들이 있다는 것, 조용히 드러내지
않은 채 살아가지만 분명히 존재하고 숨 쉰다는 것을 말입니다.

　　　　　　　　　　　　　—박정민(출판사 무제 대표, 배우)

이야기 나눈 영화들
(언급순)

— 고레에다 히로카즈 「걸어도 걸어도」(2008)
Koreeda, Hirokazu. *Still Walking*.

— 이윤기 「여자, 정혜」(2004)
Lee, Yoon-ki. *This Charming Girl*.

— 허진호 「8월의 크리스마스」(1998)
Hur, Jin-ho. *Christmas in August*.

— 이와이 슌지 「릴리 슈슈의 모든 것」(2001)
Iwai, Shunji. *All About Lily Chou-Chou*.

— 빔 벤더스 「파리, 텍사스」(1984)
Wenders, Wim. *Paris, Texas*.

— 미하일 하네케 「피아니스트」 (2001)
Haneke, Michael. *The Piano Teacher*.

— 제임스 브룩스 「애정의 조건」 (1983)
Brooks, James L.. *Terms of Endearment*.

— 제임스 브룩스 「이보다 더 좋을 순 없다」 (1997)
Brooks, James L.. *As Good as It Gets*.

— 존 추 「스텝 업 2—더 스트리트」 (2008)
Chu, Jon M.. *Step Up 2: The Streets*.

— 빌레 아우구스트 「레 미제라블」 (1998)
August, Bille. *Les Misérables*.

— 이창동 「버닝」 (2018)
Lee, Chang-dong. *Burning*.

— 스티븐 댈드리 「디 아워스」 (2002)
Daldry, Stephen. *The Hours*.

— 데이미언 셔젤 「라라랜드」 (2016)
Chazelle, Damien. *La La Land*.

— 브라이언 싱어 「엑스맨」 (2000)
Singer, Bryan. *X-Men*.

— 대런 애러노프스키 「블랙 스완」(2010)
Aronofsky, Darren. *Black Swan.*

— 진모영 「님아, 그 강을 건너지 마오」(2014)
Jin, Mo-young. *My Love, Don't Cross That River.*

— 샘 우드 「누구를 위하여 종은 울리나」(1943)
Wood, Sam. *For Whom the Bell Tolls.*

— 최하원 「독 짓는 늙은이」(1969)
Choi, Ha-Won. *The Old Potter.*

— 카를 테오도르 드레위에르 「오데트」(1955)
Dreyer, Carl Theodor. *Ordet.*

— 장 콕토 「오르페」(1950)
Cocteau, Jean. *Orphée.*

— 윌리엄 와일러 「벤허」(1959)
Wyler, William. *Ben-Hur.*

— 머빈 르로이 「쿼바디스」(1951)
LeRoy, Mervyn. *Quo Vadis.*

— 류승완 「모가디슈」(2021)
Ryoo, Seung-Wan. *Escape from Mogadishu.*

— 제임스 캐머런 「타이타닉」(1997)
Cameron, James. *Titanic.*

— 데이비드 맥널리 「코요테 더글리」(2000)
McNally, David. *Coyote Ugly.*

— 세르조 레오네 「석양의 무렵자」(1966)
Leone, Sergio. *The Good, the Bad, and the Ugly.*

— 최동훈 「전우치」(2009)
Choi, Dong-Hoon. *Woochi. The Demon Slayer.*

— 데이비드 린 「닥터 지바고」(1965)
Lean, David. *Doctor Zhivago.*

— 제임스 캐머런 「타이타닉」(1997)
Cameron, James. *Titanic.*

— 데이비드 맥널리 「코요테 더글리」(2000)
McNally, David. *Coyote Ugly.*

내
모 든
것

삶과 영화에 대한 고백들

ⓒ 오정미, 2025

발행일 2판 1쇄 2025년 10월 27일
2판 2쇄 2025년 12월 25일

지은이 오정미
펴낸이 박정민
편집 권은경
디자인 프론트도어
디자인/제작관리 플레인아카이브
마케팅 김아영

펴낸곳 출판사 무제
출판등록 2019년 11월 1일 제2019-000294호
이메일 muzemkt@gmail.com
인스타그램 @booksmuze

ISBN 979-11-993644-3-1 03810

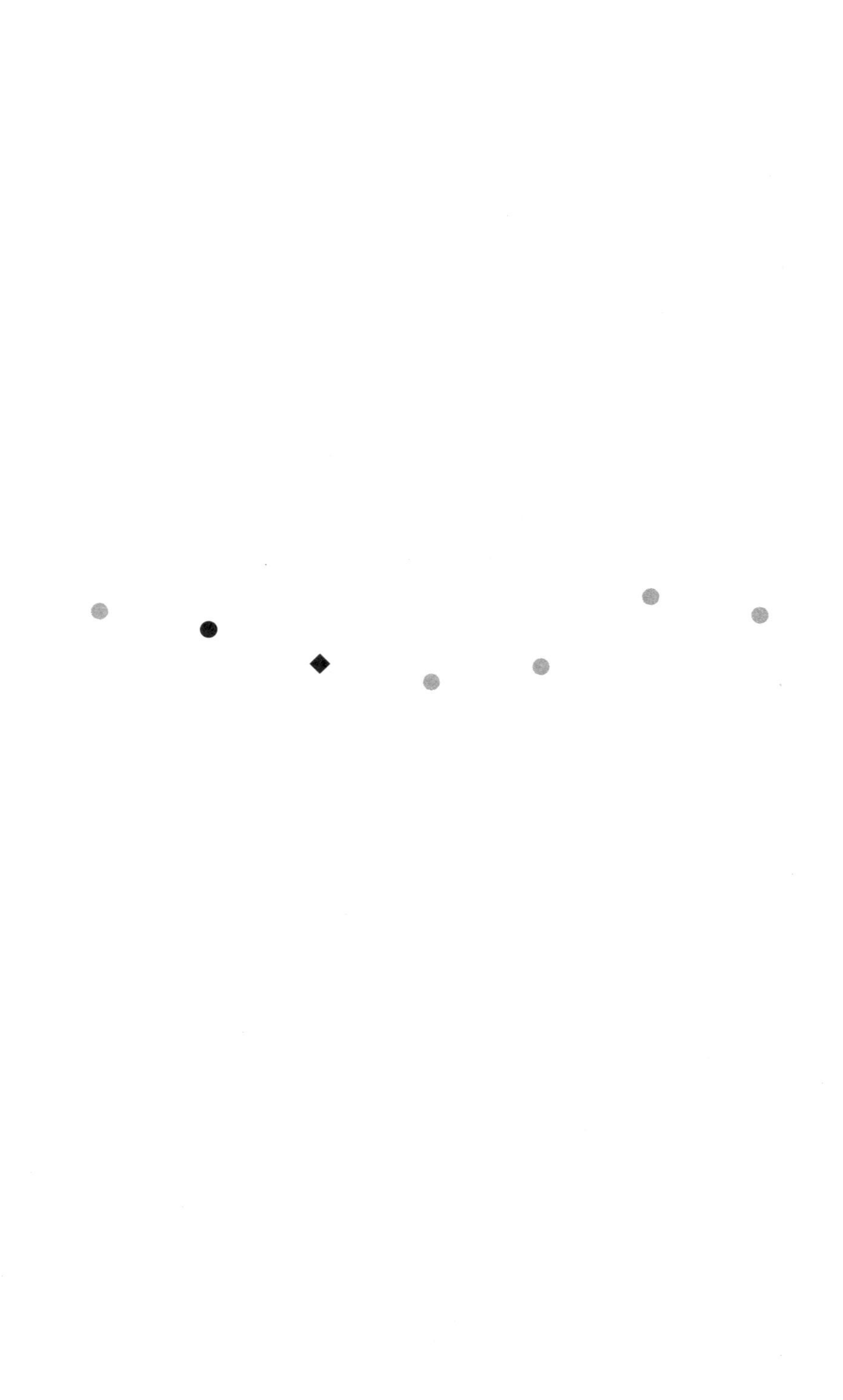

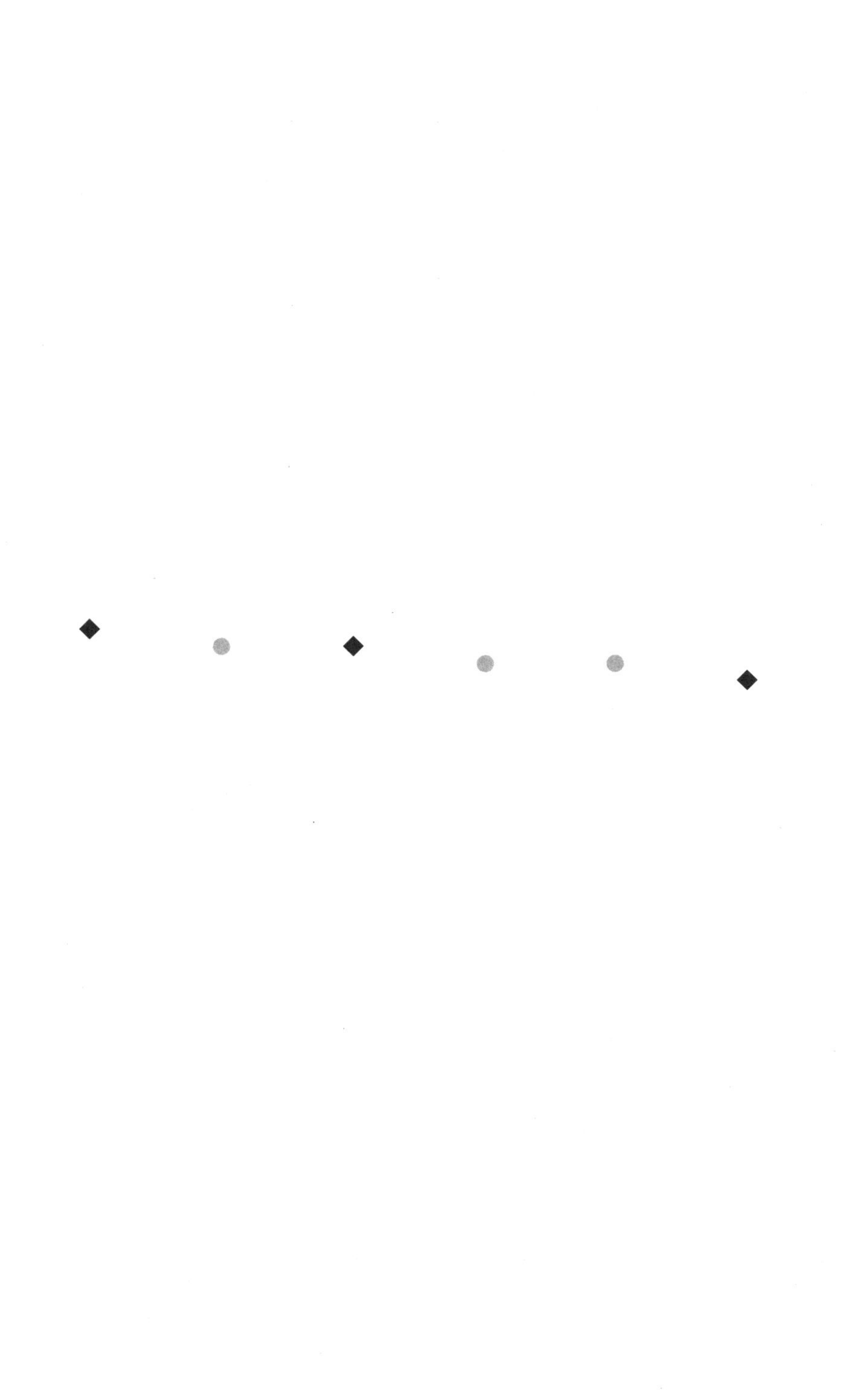

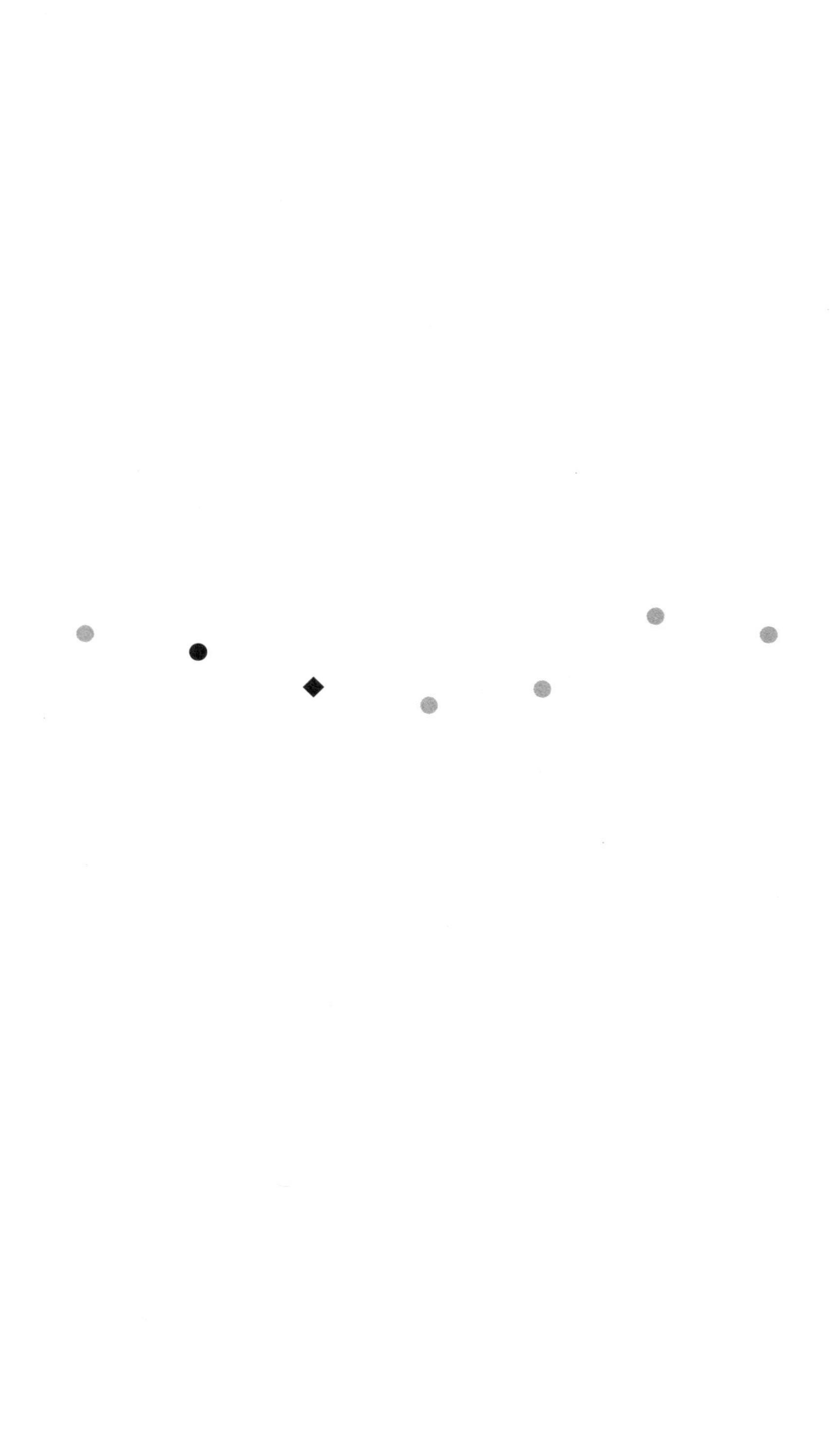